THEODOSIA
Y LOS OJOS DE HORUS

Para los amigos incondicionales que te apoyan en las duras y en las maduras.
En otras palabras: para Mary Hershey,
una amiga extraordinaria.

Editorial Bambú es un sello
de Editorial Casals, SA

Título original: *Theodosia and the Eyes of Horus*

© 2011, R. L. LaFevers, por el texto
© 2011, Yoko Tanaka, por las ilustraciones
© 2023, Patricia Mora, por la traducción
© 2023, Editorial Casals, SA, por esta edición
Casp, 79 – 08013 Barcelona
editorialbambu.com
bambulector.com

Ilustración de la cubierta: Mercè López
Diseño de la colección: Estudi Miquel Puig

Primera edición: septiembre de 2023
ISBN: 978-84-8343-935-7
Depósito legal: B-12998-2023
Printed in Spain
Impreso en Anzos, SL
Fuenlabrada (Madrid)

El papel utilizado para la impresión
de este libro procede de bosques
gestionados de manera sostenible.

THEODOSIA
Y LOS OJOS DE HORUS

R. L. LAFEVERS

Traducción de Patricia Mora

bam
bú
EDITORIAL

CAPÍTULO 1
EL GRAN AWI BUBU

23 de marzo de 1907

Detesto que me sigan. Sobre todo, detesto que lo haga una panda de adultos lunáticos que van por la vida creyendo que son ocultistas. Por desgracia, los acólitos del Sol Negro estaban dándolo todo aquel día. Vi al primero en la calle High y, para cuando llegué al teatro Alcázar, dos más me pisaban los talones.

Eché un vistazo a la escasa afluencia de personas que aguardaba a las puertas del desprestigiado teatro y me dio un vuelco el corazón en cuanto me di cuenta de que Will Dedoslargos aún no había llegado. Como no sabía qué hacer, me puse en la cola de la taquilla y comprobé si aún me seguían. Uno de ellos estaba apoyado en la fachada del edificio de enfrente, mientras que el otro se encontraba inclinado contra una farola y fingía que leía el periódico.

—Si no va a comprar una entrada, quítese de la cola —me espetó una voz en tono áspero.

Aparté la mirada de mis perseguidores y descubrí que la vendedora me estaba hablando. Mientras yo dedicaba mi atención a otros menesteres, la cola había avanzado y era mi turno.

–Perdone –masculié, dejando una moneda en el mostrador.

La mujer la recogió y me entregó una entrada de papel de color verde.

–¿Siguiente? –llamó.

Cuando me alejé de la taquilla, todavía no había ni rastro de Will. Sin quitarle ojo a los tipos del Sol Negro por si echaban a correr de repente, me acerqué al cartel que había pegado en la pared de ladrillo cochambrosa.

¡PRESENTAMOS
AL GRAN AWI BUBU!
¡HACE MAGIA EGIPCIA DE VERDAD!

La vívida imagen mostraba a un hombre ataviado al estilo egipcio levantando una momia.

Estaba bastante segura de que, hiciese lo que hiciese, el gran Awi Bubu no hacía magia egipcia. Seguramente se tratase de un charlatán que se aprovechaba del ferviente interés que sentían los londinenses por todo lo relacionado con Egipto.

Aunque tampoco es que yo tuviera nada que ver con eso; al menos, no de forma intencionada. Que las momias se pusieran a pasear por todo Londres no había sido culpa mía en realidad. ¿Cómo iba a saber que existía un báculo que despertaba a los muertos? ¿O que estaría escondido en el sótano del Museo de Leyendas y Antigüedades? Le podría haber pasado a cualquiera.

Will Dedoslargos había sido esencial a la hora de resolver el embrollo y, de paso, se había enterado de la relación tan insólita que tengo con los objetos del museo de mis padres. En mi opinión, sabía demasiado; pero ya no tenía remedio.

Sin embargo, desconocía que era la única que percibía las maldiciones malignas y la magia negra que seguía presente en los objetos. O hasta dónde llegaban mis conocimientos sobre los rituales y las prácticas del antiguo Egipto que usé para levantar las maldiciones. Pero había visto algo de magia en acción y lo que era capaz de hacer con ella la gente sin escrúpulos. Así que Will se pasaba una buena parte de su tiempo explorando Londres en busca de más magia egipcia, decidido a demostrar que estaba listo, dispuesto y capacitado para enfrentarse a las fuerzas oscuras que nos rodeaban.

Y por eso yo me encontraba hoy delante del teatro Alcázar, con la entrada arrugada en la mano, después de que todos los demás ya hubieran entrado. Los tipos del Sol Negro que estaban en la acera contraria (se hacían llamar Escorpiones, en honor de un antiguo mito egipcio) también parecían haberse dado cuenta de que la gente había desaparecido. Al ver que no quedaba nadie, uno de los Escorpiones (creo que se llamaba Gerton) decidió ponerse en marcha. Se alejó del edificio y se dispuso a cruzar la calle.

Estuviera Will o no, debía entrar. Cuando me volví hacia la puerta, oí por detrás de la taquilla un sonido fuerte y húmedo, como de sorberse los mocos. Solo conocía a una persona que pudiera convertir una nariz llena de mocos en una tarjeta de visita: Mocoso.

Me apresuré a doblar la esquina y casi me choco con uno de los hermanos pequeños de Will. Llevaba un llamativo chaqué a cuadros que le quedaba tan largo que iba prácticamente arrastrándolo por el suelo. Se había arremangado las mangas varias veces y me miraba bajo un enorme bombín que llevaba encajado en las orejas de soplillo.

–Llega tarde –me dijo.

–Claro que no. Llevo un montón de tiempo esperando. ¿Dónde está Will?

–Ya está dentro. Sexta fila junto al escenario, sección central, en pasillo. Dice que se dé prisa. La actuación está a punto de empezar.

–¿Tú no vienes?

–Os veré dentro –se limitó a decir antes de desaparecer por la calle.

Tras buscar de nuevo a Gerton con la mirada, me dirigí a la puerta del teatro, le entregué la entrada al portero y entré.

El vestíbulo estaba desierto, pero oí una melodía a lo lejos que procedía de un piano desafinado. Abrí la puerta que daba al auditorio y descubrí que ya habían apagado las luces. Dejé que mis ojos se acostumbraran a la oscuridad y respiré aliviada al reconocer a Will en la sexta fila. En realidad, era fácil de distinguir, ya que no dejaba de girarse para mirar a su alrededor. Sin duda, andaba buscándome.

En cuanto me vio, me saludó. Me apresuré a sentarme en el asiento vacío que había a su lado.

–¿Por qué ha tardado tanto? –preguntó.

–Llevo un montón de tiempo esperando fuera –respondí–. ¿Dónde estabas?

Antes de que pudiera responder, Mocoso y otro chico aparecieron en el pasillo.

–Déjenos pasar –me apremió Mocoso.

Encogí las piernas hacia un lado para que pudieran hacerlo. El segundo chico se quitó la boina de *tweed* cuando pasó a mi lado y reconocí los rasgos finos y esqueléticos de otro de los hermanos de Will: Rata. Nos conocimos brevemente a bordo del Dreadnought durante una serie de circunstancias de lo más perturbadoras. Aun así, inclinó la cabeza como saludo.

–¿Cómo os habéis colado? –le susurré a Mocoso.

Este miró a Will, que hizo todo lo posible por no mirarme a los ojos.

–Hemos usado una entrada secundaria, señorita. Ahora, silencio; está a punto de empezar.

Entonces, la melodía del piano sonó más fuerte y con más ritmo. Las cortinas se abrieron. Me recliné en el asiento abollado y hecho jirones y decidí disfrutar del espectáculo.

El escenario tenía dos palmeras falsas, una pirámide que parecía hecha de papel maché y media docena de antorchas encendidas. En medio habían plantado un sarcófago. La música se detuvo y el teatro se quedó tan silencioso que se oía hasta el siseo de las lámparas de gas. Poco a poco, la tapa del sarcófago empezó a abrirse, se cayó por un lateral con un golpe sordo y, entonces, una figura emergió de su interior.

–El gran Awi Bubu –entonó una voz grave desde algún sitio fuera del escenario– les mostrará a continuación las grandes hazañas de la magia egipcia. Esta magia es antigua y peligrosa y advertimos a la audiencia que deberá hacer lo que ordene el mago para evitar cualquier posible calamidad.

El mago era un hombre delgaducho y arrugado que, siendo justos, sí que parecía descendiente de los egipcios. Tenía la cabeza calva y bastante grande. Llevaba un par de anteojos de alambre sobre la nariz ganchuda que le daban la apariencia de una cría de pájaro muy anciana. Se cubría con una túnica de lino blanco y cuellos coloridos que se asemejaba vagamente a un vestido del antiguo Egipto.

Se acercó a una cesta que había en la delantera del escenario. Will me clavó un codo en las costillas.

—Atenta, señorita —susurró.

—Lo estoy —le repliqué. ¿Qué se pensaba, que estaba ahí sentada con los ojos cerrados?

Awi Bubu sacó una especie de flauta de entre los pliegues de la túnica y empezó a tocar una tenebrosa melodía desconocida. Lentamente, se sentó delante de la cesta y se cruzó de piernas. Después de tocar durante unos instantes, la tapa empezó a levantarse, se balanceó con suavidad y acabó cayendo al suelo.

—Deben permanecer callados —nos instó la voz narradora en un tono susurrado—. Cualquier sonido repentino podría provocar un desastre.

Unos momentos más tarde, algo pequeño y oscuro se asomó al borde de la cesta. Pareció dudar un instante y, finalmente, salió corriendo en dirección al mago. Le siguieron más. Eran un montón de escorpiones. Me sacudió un escalofrío cuando empezaron a trepar por las piernas, el pecho y los brazos de Awi Bubu. Uno se atrevió a subirle por el cuello hasta quedarse quieto sobre la calva, como si fuera un sombrero macabro. Durante todo el proceso, el mago se limitó a tocar la flauta y no se inmutó.

Mientras la audiencia contenía la respiración, se escuchó un altercado en la parte trasera del teatro.

—¡Eh! ¡No pueden pasar sin entrada!

Giré el cuello y vi a dos hombres bien abrigados pasearse por los pasillos, rastreando las caras de la gente del teatro. ¡Más escorpiones! Aunque, esta vez, de los humanos.

Me agaché todo lo que pude en mi asiento, agarré el bombín de Mocoso y me lo coloqué sobre la cabeza intentando no pensar en los piojos. Aguanté la respiración y recé para que Gerton y Fell no me localizaran.

La extraña música escogió justo ese momento para detenerse súbitamente. Los dos Escorpiones se detuvieron en mitad del pasillo, dándoles a los porteros la oportunidad de alcanzarlos. Mientras examinaban todo el teatro, Awi Bubu abrió los ojos y, con una elegancia sorprendente, se puso en pie con los bichos aún pegados al cuerpo. La audiencia profirió un grito ahogado.

A mi lado, Will se estremeció violentamente.

–Es una asquerosidad, eso es lo que es.

–Debe de haber algún truco –le respondí en un susurro–. Los escorpiones son muy venenosos. Quizá les ha extirpado los aguijones.

Will me miró de reojo.

–¿Siempre intenta arruinar el suspense, señorita?

Antes de que pudiera responder, noté un codazo en las costillas.

–¿Me devuelve mi bombín, por favor?

–Perdona –dije, y le di el sombrero a Mocoso.

–¡Shh! –nos chistó alguien de las filas de atrás.

Fruncí el entrecejo, pero me ahorré la respuesta cuando la música volvió a la carga con unos cortos estallidos en *staccato*. Los escorpiones cambiaron de dirección y empezaron a bajarse del mago. Sin embargo, en vez de dirigirse de nuevo a la cesta, se abalanzaron hacia el borde del escenario. Una mujer gritó y la audiencia encogió los pies sobre los asientos.

–Silencio –nos recordó el narrador–. No provoquen a los animalitos del mago.

Toda la audiencia (incluida yo misma) mantuvo la respiración mientras los escorpiones se balanceaban en el borde. Por fin, con un último giro de las pinzas, volvieron en masa a la cesta.

La audiencia se relajó un poco cuando el mago se acercó al canasto para asegurarse de que los escorpiones permanecían allí. Aún no había entrado el último escorpión cuando se oyó un sonoro golpe que provenía del interior de la pirámide. Dos golpes después, algo se abrió paso por el escenario. Todos emitimos un pequeño grito al ver que una momia se alzaba pesadamente de la tumba. Miré de reojo a Will, que tenía los ojos tan abiertos y redondos como dos monedas. ¡Por favor, estaba claro que era un hombre envuelto en telas! ¿Cómo se dejaban engañar con algo así? No pensarían lo mismo si hubiesen visto una momia auténtica. Sobre todo, si hubieran tenido la mala fortuna de ver a una momia auténtica moviéndose, como me pasó a mí. No pude reprimir un escalofrío.

–Le pone a uno los pelos de punta, ¿verdad, señorita? –susurró Will, que se pensaba que me había estremecido por la momia del escenario.

Como no quería estropearle la diversión, me limité a contestar:

–Fascinante.

(*Fascinante* es una palabra maravillosa; tiene infinidad de sentidos).

La momia se paseó un poco por el escenario mientras la audiencia soltaba varios «oooh» y «aaah». Entonces se detuvo; parecía que se daba cuenta de la presencia de la audiencia por primera vez. Con una lentitud y una teatralidad pasmosas, empezó a caminar hacia el público, como si pensara bajarse del escenario y mezclarse entre nosotros.

–Awi Bubu parece haber perdido el control de la momia –dijo el narrador en tono agitado–. Rápido, antes de que sea demasiado tarde, deben lanzar monedas. Es lo único que detendrá a la momia.

¡Por el amor de Dios! ¿Qué clase de espectáculo era ese? Se oyó un tintineo poco entusiasta cuando algunas monedas cayeron al escenario. Por el rabillo del ojo vi que Will, Rata y Mocoso le tiraron algo a la momia. Ahí fue cuando empecé a enfadarme. Will y sus hermanos eran pobres, como la mayoría de la gente que venía a este teatro de poca monta. ¿Cómo se atrevían los propietarios a sacarles el dinero que habían ganado con el sudor de la frente?

Al fin, como si la hubieran derrotado las monedas, la momia regresó a la pirámide. El público se calmó, aunque yo me removí en mi asiento.

Las antorchas atenuaron su luz y dos tramoyistas vestidos de esclavos egipcios corrieron por el escenario. Mientras colocaban los ladrillos en el suelo, Awi Bubu se acercó a una de las palmeras falsas y sacó un plato de bronce que había escondido detrás.

–Para el siguiente asombroso truco de magia de Awi Bubu, necesitamos un voluntario. ¿Quién se ofrece?

Como un payaso desquiciado en una caja sorpresa, Will, Mocoso y Rata se pusieron en pie agitando las manos en el aire. Awi Bubu analizó detenidamente la audiencia y, finalmente, estiró un brazo largo y escuchimizado para señalar a Rata.

Este soltó un silbido de alegría y Will y Mocoso gruñeron de decepción. Un acomodador se acercó al extremo de la fila para llevar a Rata hasta el escenario. Cuando llegó, Awi Bubu le indicó que se colocara bocabajo sobre los ladrillos y dejó la vasija en el suelo junto a su cabeza. Uno de los tramoyistas encendió incienso y Awi Bubu vertió unas gotas de un frasco en el plato de bronce.

Di un brinco al reconocerlo. El gran Awi Bubu estaba recreando una ceremonia oracular del antiguo Egipto, ¡la misma que Aloysius Trawley me había obligado a hacer unas semanas antes! Fuera quien fuese este mago, era evidente que conocía algunas de las prácticas verdaderas de la antigüedad. Eso sí que lo hacía interesante.

–Aparta todos los pensamientos de tu mente –le indicó el mago a Rata en voz baja y melódica–. Deja que se convierta en un lienzo en blanco para que los dioses puedan comunicarse a través de ti –entonces empezó un cántico–: Horus, invocamos tu poder y tu fuerza. Abre los ojos de este niño a tu sabiduría.

Di un respingo en mi asiento. Esas eran las mismas palabras que había usado Trawley. ¿Pertenecía Awi Bubu a la Orden Arcana del Sol Negro de Trawley, una sociedad secreta dedicada al ocultismo? ¿Por eso los hombres de Trawley se habían colado sin miramientos en el teatro?

Cuando el olor a incienso empezó a ahogar el tufo a ginebra del teatro, Awi Bubu le preguntó a Rata:

–¿Cómo te llamas?

–Rata.

–¿A qué te dedicas?

–Soy cazador de ratas.

En ese instante, me sentí aliviada de que no hubiera elegido a Will; se habría visto obligado a confesar que era carterista delante de esa multitud embrutecida.

–¿Dónde vives?

–En Nottingham Court, junto a Drury Lane.

El mago se giró hacia la audiencia.

–¿Qué os gustaría preguntarle al oráculo?

Varias manos se alzaron. ¿Cómo era posible que la gente fuera tan inocente? ¿No se daban cuenta de que era una pantomima? Pero nadie sospechaba nada. Todos agitaban los brazos en el aire con la esperanza de que Awi Bubu los eligiera.

–¿Volverá pronto el barco de mi padre? –preguntó un joven oficinista que agarraba su sombrero entre las manos.

–No. A finales de año entrará en prisión a causa de las deudas –entonó Rata en tono hueco.

Una mujer se puso en pie de un salto.

–¿Se pondrá bien mi hijo?

–Mejorará en cuanto llegue la lluvia el próximo martes.

La mujer cerró los ojos aliviada.

–¿A qué caballo debería apostar este sábado? –gritó un hombre.

–A Orgullo de la Mañana –respondió Rata.

El hombre, junto con la mitad de los asistentes del teatro, escribió rápidamente el nombre en un trozo de papel.

–¿Sucederán más cosas raras como lo de las momias? –preguntó un señor mayor y, con ello, provocó que todos los demás se quedaran en silencio.

Se produjo una pausa, a la que le siguió esto:

–El Sol Negro se elevará en un cielo rojo antes de caer a la Tierra, donde una gran serpiente se lo tragará.

Contuve un grito. ¡Eran las mismas palabras que yo le había dicho a Trawley! ¿Cómo lo sabía Rata? ¿Le habría pasado Awi Bubu una nota? ¿Se lo habría susurrado al oído? Evidentemente, esto demostraba que el mago era uno de los hombres de Trawley.

–Es hora de volver al mundo real, hijo mío –dijo Awi Bubu amablemente.

Rata parpadeó, se puso en pie trastabillando y lo miró con cierta vergüenza.

–¿Tendré la oportunidad de hacer magia? –preguntó.

–Acabas de hacerla –le informó Awi Bubu con delicadeza.

Entonces hizo una reverencia. La audiencia aplaudió y Rata se puso rojo como la grana hasta las orejas. Awi Bubu señaló a Rata y la audiencia aplaudió aún más fuerte. Mientras Rata volvía a su asiento, el mago hizo una última reverencia y las cortinas se cerraron.

La gente empezó a abandonar sus asientos y a dirigirse hacia las salidas, pero un hombre bajaba por el pasillo con paso decidido. Gerton había burlado al portero. Me volví rápidamente hacia Will.

–¿Crees que podríamos colarnos entre bambalinas? Me gustaría conocer a este mago que tanto te gusta.

A Will se le iluminó la cara.

–Es increíble, ¿verdad, señorita? Ya le dije que podía ser algo más que el chico de los recados. Tengo instinto para estas cosas.

–Eh, sí, es verdad –accedí–. ¿Vamos? –pregunté tras mirar de nuevo a Gerton, que cada vez estaba más cerca.

–Seguro que Rata puede llevarnos a los camerinos. Vamos a preguntarle.

Nos acercamos al escenario y alcanzamos a Rata cuando acababa de bajar los escalones. Todavía parecía algo descolocado y avergonzado.

–¿De verdad he hecho magia? –preguntó.

–¡Pues claro, chaval! Has soltado un montón de cosas. –El rostro enjuto de Rata se iluminó de alegría–. ¿Crees que podrías colarnos entre bambalinas? Sabes cómo llegar, ¿no, Rata?

Rata asintió.

–Claro.

Will se volvió hacia Mocoso.

–Vigila la salida para que no se cierre hasta que no terminemos aquí.

Tras echar un vistazo rápido a su alrededor, Rata nos llevó a Will y a mí por una puertecita que se abría a la izquierda del escenario. Miré por encima del hombro: Gerton seguía buscando entre el público, intentando dar conmigo.

Como si hubiera sentido mi mirada, alzó la vista en mi dirección.

Me apresuré a entrar por la puerta con la esperanza de que no me hubiera visto.

CAPÍTULO 2

LA COSA SE PONE INTERESANTE

El sitio era pequeño, estaba oscuro y olía a ratones. Ya recompuesto, Rata nos llevó por un intrincado laberinto de pasillos.

–¿Cómo se maneja tan bien? –le pregunté a Will.

–Estuvo trabajando aquí, señorita. Cuando eres cazador de ratas, te mueves por un montón de sitios.

Las palabras de Will me transmitieron cierto desasosiego. Me arriesgué a mirar hacia atrás, con miedo a que nos estuviera persiguiendo una rata gigante, pero no distinguí nada en la oscuridad.

Will se detuvo de golpe y, como estaba más atenta a la retaguardia, me topé con él con un «puf».

–Tenga cuidado, señorita. Aquí hay gente.

De hecho, oí las voces y los pasos apresurados que iban de un lado a otro.

Las bambalinas eran un conjunto enrevesado de habitaciones diminutas y armarios que daban a un pasillo torcido. Para empeorar las cosas, todo el suelo estaba inclinado hacia la derecha. En el ambiente se respiraba un leve hedor a sudor rancio y a humo de pipa.

Rata se llevó un dedo a los labios y señaló una puerta que estaba ligeramente entreabierta.

—La recaudación está bajando —decía una voz.

Si no me equivocaba (y casi nunca lo hacía), era el narrador. Usaba la misma entonación en las vocales y tenía ese tono típico de orador.

—Algunos días son mejores que otros, ¿no? —esta voz era más suave y tenía un acento rítmico, ¿sería la de Awi Bubu?—. Y, además, las actuaciones de día nunca se dan tan bien como las de la noche.

—Es posible. Pero el objetivo de tener a un extranjero con nosotros es aumentar los beneficios. Si no eres capaz de hacerlo, buscaré a otro.

—Habéis tenido tres semanas con muy buenos beneficios.

—Y quiero tres más. Asegúrate de que siga entrando dinero o esa momia que tienes y tú ya os estáis largando de aquí.

—No lo dices en serio.

Me encogí, convencida de que el otro empezaría a gritar que claro que lo decía en serio. Sin embargo, tras una larga pausa, volvió a hablar:

—Tienes razón. No es verdad. Simplemente, trata de recaudar más de lo que hemos ganado hoy.

Antes de que reaccionáramos los tres cotillas que estábamos escuchando, el narrador salió a toda velocidad de la habitación y se acercó a nosotros.

Sorprendidos, nos miramos los unos a los otros hasta que mi instinto se puso en marcha.

—¿Está aquí el gran Awi Bubu? —pregunté con un deje de emoción en la voz—. ¿Cree que podríamos pasar a hablar con él?

Junté las manos como si estuviera rogándoselo. El narrador se quedó desconcertado durante unos instantes, pero, al final, se encogió de hombros.

—Me da igual lo que hagáis, siempre y cuando estéis fuera dentro de cinco minutos.

Pasó a nuestro lado y nos quedamos mirando la puerta.

—Venga, adelante —me instó Will—. Ya has oído a ese hombre. Solo tenemos cinco minutos.

De repente, sentí vergüenza. ¿Qué le iba a decir al mago? «Oye, tú, ¿estabas usando magia egipcia de verdad? ¿Por casualidad eres miembro de la Orden Arcana del Sol Negro?».

—¿Queréis hacer el favor de pasar y dejar de husmear en mi puerta? —exclamó el mago.

Los tres nos quedamos petrificados y, al fin, entramos en la habitación como un pequeño rebaño de ovejas.

—¿Cómo ha sabido que estábamos ahí, señor? —preguntó Will con los ojos como platos. Iban a salírsele de las cuencas si seguía así.

—¿Ha usado magia egipcia con nosotros? —preguntó Rata con ansia.

—Me temo que no he usado ningún método emocionante. He oído lo que le decíais al gerente.

Mientras hablaba, su mirada reparó en mí. Parpadeó dos veces y preguntó:

—¿En qué puede serviros el humilde Awi Bubu?

—¡Guau! —soltó Rata, que ignoró la pregunta del hombre. Tenía la mirada fija en un cuerpo envuelto en telas que estaba apoyado contra la pared—. ¿Es esta la momia que usa en el escenario?

Resultaba tan evidente que era falsa que no pude evitar soltar un resoplido. Awi Bubu ladeó la cabeza y me miró de arriba abajo.

–¿No cree en las momias, señorita?

–Por supuesto que sí, pero en las auténticas, no en las falsas como esta. –Me volví hacia Rata–. Es totalmente falsa. Adelante, tócala. Con su permiso, por supuesto –añadí de mala gana.

Awi Bubu asintió. Sus ojos negros y resplandecientes seguían fijos en mí.

–Cómo no.

Will agarró a Rata y lo obligó a apartarse.

–Este no va a tocar nada. De ninguna manera, señorita. Seguro que le cae una maldición. Usted debería saberlo mejor que nadie.

Sentí que la mirada de Awi Bubu se endurecía todavía más.

–Por eso mismo, Will. Yo lo sé mejor que nadie, y es evidente que es falsa. Mirad. –Suspiré exasperada, me acerqué a la pared y toqué en el estómago al cuerpo envuelto (me negaba a llamarlo momia).

El cuerpo gruñó, lo que sobresaltó a Will y a Rata de tal manera que pegaron un chillido y se alejaron de un salto.

–¿Veis? –les dije–. Las momias de verdad no gruñen. Y no están blandas como esta. Es un hombre envuelto en tela, como os dije.

–Dejad que os presente a Kimosiri, mi ayudante –dijo Awi Bubu.

El hombre, de gran altura, alzó una mano y empezó a desenvolver las tiras de la cabeza, dejando a la vista un burdo rostro alargado de piel arrugada y pequeños ojos negros.

–Encantada de conocerlo –dije.

El hombre asintió con solemnidad.

—Veo que la señorita es algo escéptica —intervino Awi Bubu—. Me pregunto cómo se ha convertido en una experta en momias.

La habitación se volvió más cálida y, durante un breve instante, me descubrí a mí misma deseando contarle todo lo que sabía sobre las momias y la magia egipcia. En su lugar, respondí:

—Qué curioso, señor, eso mismo quería preguntarle yo. Alguno de los trucos que ha usado son recreaciones muy auténticas de antiguos rituales egipcios. ¿Cómo ha aprendido esas cosas?

—Ah, pero yo he preguntado primero, ¿no es así? ¿Qué le parece un intercambio de información?

—De acuerdo —contesté con la intención de contarle lo menos posible—. Mis padres tienen un museo con exposiciones egipcias. Como paso allí mucho tiempo, he aprendido un par de cosas sobre el antiguo Egipto. Ahora le toca a usted.

—Me temo que en mi pasado no hay nada tan interesante como un museo. Solo soy un pobre exiliado de mi propio país, Egipto, como habrá supuesto. Cuando me vi en una tierra extranjera sin forma de sobrevivir... En fin, uno debe ganarse el pan como puede. —Dirigió una mirada a Rata y a Will y, de repente, temí que descubriera que Will era o había sido carterista. Luego me di cuenta de que estaba siendo estúpida. Seguramente se estaría refiriendo a la profesión de Rata—. ¿Cuál de mis trucos ha impresionado más a la señorita? —Me dedicó una sonrisa que dejó entrever un diente de oro—. Está claro que no fue la actuación de la momia.

—Pues no —no quería hacerle saber qué era lo que me había alertado exactamente—. Fue el truco del oráculo, el que usó con Rata.

—Ah.

¿Era mi impresión o su rostro se había relajado un poco?

—De hecho, quería preguntarle si por casualidad conoce a Aloysius Trawley. Le he visto hacer el mismo truco.

—Por desgracia, no conozco a ese tal señor Trawley, y me duele saber que no soy el único que practica este ritual en Londres. Sin embargo, siento curiosidad. ¿Cómo es posible que sepa tanto sobre los antiguos rituales egipcios?

¡Porras! Ese era el problema de hacer preguntas. A veces una revelaba más de lo que debía.

—Ya se lo he dicho: mis padres tienen un museo.

—Sí, pero, normalmente, los museos no suelen informar sobre los rituales que llevaban a cabo los sacerdotes del antiguo Egipto.

Dejé pasar la pregunta por el momento.

—Lo que Rata dijo sobre el sol negro y el cielo rojo, ¿es algo que obliga a decir a todos sus voluntarios?

Awi Bubu se volvió hacia Rata.

—¿Te obligué a que dijeras eso?

Rata negó con la cabeza. El mago abrió los brazos de par en par.

—No dije más que lo que la audiencia y usted oyeron. ¿Esas palabras significan algo para usted?

—Claro que no —mentí—. Solo digo que eran extrañas.

—Dígame, ¿qué museo es el que tienen los padres de la señorita? Puede que les haga una visita la próxima vez que sienta nostalgia de mi país.

—El Museo Británico —la mentira salió de mis labios como un sapo desbocado. Will dio un respingo y se giró para mirarme. Antes de que hubiera más preguntas, le dediqué una breve reverencia—. Muchas gracias por tomarse la molestia de hablar con nosotros. Ha sido un placer, pero su gerente nos dijo que solo podíamos estar cinco minutos y no queremos entretenerlo.

Agarré a Will del brazo y nos dirigimos a la puerta con Rata pisándonos los talones.

—¡Adiós, señorita! Ha sido todo un honor recibir su visita —la voz burlona de Awi Bubu nos persiguió según salíamos al pasillo.

Mientras Rata nos llevaba a la salida más cercana, me di cuenta de que la conversación no me había aportado tanta información como esperaba. No me quedaba más opción que catalogar como coincidencia las similitudes entre la predicción de Rata y la mía. El único problema era que no me entusiasmaban las coincidencias.

Nos reunimos con Mocoso y, cuando ya estábamos fuera, le pregunté de nuevo a Rata con la esperanza de que, como Awi Bubu no estaba presente, se sintiera libre de contarme la verdad.

—No, señorita. No me susurró nada al oído ni me pasó una nota.

—Rata no podría leer ninguna nota, por mucho que Awi Bubu se la pasara. No sabe leer.

—Ah —no supe qué otra cosa responder a eso.

Will le indicó a sus hermanos que siguieran adelante y me apartó a un lado.

—Bueno, ¿qué le parece?

—¿El qué?

—¡Pues el mago, qué va a ser!

—Es fascinante.

—¿No cree que eso demuestra que tengo buen olfato para la magia egipcia? ¿No cree que podría tener futuro en la Hermandad como algo más que como chico de los recados?

—Por supuesto que sí —respondí.

Por desgracia, no me tocaba a mí decidirlo. Era cosa de lord Wigmere, el director de la Venerable Hermandad de los Guardianes.

—Entonces, hablará bien de mí la próxima vez que vea a Wiggy, ¿verdad?

Tenía la seguridad de que a un grupo de hombres dedicados a proteger su país de la influencia de la magia arcana y las maldiciones no le iba a importar un pepino el teatro Alcázar ni los magos de tres al cuarto. No obstante, le prometí que hablaría con Wigmere, dejé a Will con sus hermanos y empecé la caminata de vuelta al museo.

Mi mente daba vueltas sin parar tratando de averiguar quién sería en realidad Awi Bubu. Supongo que era posible que los rituales del antiguo Egipto fueran conocidos entre los egipcios. Sin embargo, ese era uno de los motivos por los que la arqueología era tan emocionante: revelaba los secretos del pasado, aquellos que hasta los propios egipcios habían olvidado sobre su historia, así que esa explicación no me cuadraba mucho. Parecía más probable que no quisiera confesar que era un miembro del Sol Negro. O quizá, pensé mientras frenaba el paso, era un topo de las Serpientes del Caos. Ellos también sabían un montón sobre magia egipcia. Y se dedicaban a usarla para sumir a nuestro mundo en... Bueno, en el caos.

Cuando volví la esquina de la calle Phoenix, detecté un atisbo de movimiento en los alrededores y, entonces, un hombre empezó a caminar detrás de mí. Pensé que sería Gerton, pero no estaba segura. Sea como fuere, no eran buenas noticias.

Media manzana después, un segundo hombre salió de un soportal en cuanto pasé por su lado. Mantuve la vista al frente y fingí que no lo había visto. Si los ignoraba, tal vez podría volver al museo sin provocar un enfrentamiento.

Sin embargo, cuando Basil Whiting, el número dos de Trawley, salió de un callejón y se apoyó contra una farola para cortarme esa vía de salida, me di cuenta de que no solo me habían encontrado los Escorpiones, sino que no iban a dejarme escapar.

CAPÍTULO 3

ESCORPIONES A LA FUGA

Vaya. Esperaba evitar otra reunión con el maestro supremo de la Orden Arcana del Sol Negro durante más tiempo. Lo que me quedaba de vida, a ser posible. De hecho, por eso le había costado a Will tanto tiempo convencerme de ir al Alcázar a ver a Awi Bubu: trataba de evitar a Trawley. Estaba más loco que una cabra y convencido de que yo era la reencarnación de Isis y tenía poderes mágicos. Por supuesto, todo eso no eran más que paparruchas; pero, aun así, tenía la mala costumbre de secuestrarme por la calle.

Whiting se separó de la farola y se acercó a mí a paso lento. Se detuvo cuando un carruaje negro enfiló la calle y pasó de largo y, justo cuando empezaba a ponerse de nuevo en movimiento, frenó bruscamente junto a la acera, a unos metros de Whiting.

«Ay, por favor, más refuerzos no», pensé. Estaba claro que tres hombres hechos y derechos contra una niña de once años ya tenían la balanza a su favor. Un momento. Conocía aquel carruaje. Estaba reluciente y más limpio que una patena y era totalmente negro; pertenecía a la Venerable Hermandad de Guardianes. Se abrió la puerta y un rostro cansado y familiar, con un espeso bigote canoso y unos solemnes ojos azules, reparó en mi presencia.

—¿Theodosia?

—¡Lord Wigmere! —la voz se me rompió en un leve sollozo de alivio y salí pitando hacia el carruaje dando un rodeo para evitar a Whiting.

—¿Qué demonios estás haciendo en esta zona de la ciudad, chiquilla?

—He ido a una actuación de magia —expliqué mirando con anhelo el interior del carruaje.

—Anda, entra. Este barrio no es seguro para que una niña ande por ahí sola. El peligro ya te acecha bastante; no hay necesidad de ser imprudente.

—No es culpa mía, señor. Los problemas parecen seguirme allá donde vaya —dije al subir de un salto al carruaje. Me senté en el asiento de enfrente y me alisé la falda para ocultar que me temblaban las manos. Habían estado a punto de conseguirlo—. Gracias, señor.

Durante un instante, pensé en contarle que los Escorpiones me estaban siguiendo, pero no quería llevarme otra regañina. Además, hacía ya un tiempo que me dijo que eran inofensivos. Molestos, pero inofensivos.

Wigmere dio un golpe en el techo con el bastón y el carruaje arrancó. Aunque iba impecablemente vestido con un abrigo largo y sombrero de copa, parecía mayor que la última vez que lo había visto. Más preocupado.

—Nunca pensé que te interesarían los trucos y la magia de

poca monta —dijo.

De perdidos, al río.

—Fue por Will, señor. Había dado con un espectáculo de magia egipcia bastante sospechoso y quería ver qué pensaba yo al respecto.

Wigmere resopló tras el bigote.

—¡Qué muchacho! No tiene ni idea de a qué nos enfrentamos. Se piensa que está en una novelucha cualquiera y que forma parte de una gran aventura.

—Era un espectáculo de magia bastante insólito, señor.

—¡Bah!

—Y Will me fue de muchísima ayuda con el problema del Dreadnought —le recordé—. Nunca lo habría conseguido sin él.

—Aun así —intervino Wigmere—. Esto no es un pasatiempo y no quiero que lo considere como tal. Hay demasiado en juego. Incluida tu seguridad.

—Sí, señor.

En fin, lo había intentado.

—Hablando del Dreadnought... ¿Te contó Fagenbush las novedades sobre Bollingsworth y los demás?

—No, señor, para nada —respondí.

Wigmere se aclaró la garganta.

—Está bien. La buena noticia es que nuestros médicos del Nivel Seis han conseguido estabilizar el estado de Bollingsworth. Le llevará un tiempo, pero se recuperará de la maldición que recibió de esa cuerda tuya.

—¿Y luego qué le sucederá?

—Luego lo mandaremos a la cárcel más profunda y oscura que tengamos y tiraremos la llave.

—¿Cuáles son las malas noticias?

He aprendido que, cuando alguien empieza con buenas noticias, siempre le siguen otras malas.

–Por desgracia, no hay ni rastro de los hombres que escaparon del Dreadnought. Me temo que se han librado de esta.

Se me encogió el corazón.

–Me encantaría que alguna vez consiguiéramos pillarlos a todos –dije.

–Lo mismo digo. Pero que estén a la fuga no es más que otro motivo por el que deberías tener cuidado. Will y tú sois niños y, como tales, siento una responsabilidad mayor a la hora de manteneros a salvo. Todos los hombres de los que dispongo están buscando a las Serpientes del Caos. Aun así, uno de sus agentes podría seguir a Will hasta vuestro lugar de encuentro y echaros el guante. Y lo que es aún más importante que nada es que dejes a un lado tus desavenencias con Fagenbush y empieces a seguir instrucciones. Hablando del tema, todavía no me ha traído ningún informe tuyo.

Me sentí avergonzada y visiblemente incómoda.

–Verá, señor, no le apetece tratar mucho conmigo...

–Bobadas. Tratará con quien se le mande tratar. No hay cabida para la animadversión personal en la Hermandad, Theodosia. Nuestra misión es demasiado crítica para preocupaciones tan nimias.

Me taladró con sus penetrantes ojos azules como si buscara algún fallo o interés propio.

–Sí, señor –murmuré, aliviada al ver el Museo de Leyendas y Antigüedades.

–Excelente –asintió Wigmere, que relajó el rostro–. Entonces, espero recibir informes regulares de tu progreso por parte de Fagenbush.

El carruaje se detuvo en la acera, frente al museo. No quería que nadie me viera con Wigmere.

–Gracias por traerme, señor.

–No hay de qué. Pero intenta no meterte en los barrios más desfavorecidos, ¿de acuerdo?

–Sí, señor.

Me bajé y crucé la calle. Le estaba muy agradecida por haberme rescatado de los tipos del Sol Negro, pero podría haberse callado ese recordatorio impertinente sobre trabajar con Fagenbush. Aunque hacía poco que había descubierto que era uno de los Venerables Guardianes (¿en qué estarían pensando?), seguía tratando de ignorarlo todo lo posible.

De vuelta en el museo, decidí buscar a mis padres para ver si se preguntaban dónde me había metido. No estaban en la sala que usábamos como comedor ni en la sala de descanso de los empleados. Sus despachos también estaban vacíos, así que subí al taller del tercer piso. Me detuve en la puerta para escuchar.

–No sé por qué piensas que es imposible –decía mi madre–. Estoy segura de que podemos hablar con Maspero para conseguir una segunda entrevista. No creo que David tenga la última palabra en el asunto.

Agucé el oído. Estaban hablando de su trabajo en el Valle de los Reyes.

–Tienes más fe que yo en la dedicación del Servicio de Antigüedades de El Cairo, Henrietta. Dudo que nos vayan a ayudar.

–Pero lo descubrimos nosotros... –dijo mamá en voz baja, y se quedó en silencio.

La buena noticia era que no se habían dado cuenta de mi marcha. La mala, que no me habían echado de menos. Su falta de atención solía irritarme, pero he aprendido a aceptarlo como una especie de bendición. Me permite ocuparme de mis cosas sin tener que responder a un montón de preguntas incómodas. Y tenía muchas cosas que hacer.

Había al menos dos maldiciones, posiblemente tres, en la zona de carga. Tenía que levantarlas antes de que se inaugurara la nueva exposición. No podíamos arriesgarnos a maldecir a quién sabe cuántos visitantes que vinieran al museo. ¡Sería malo para el negocio!

Tras localizar a mis padres, me fui a mi pequeña alcoba del museo. En realidad, era poco más que un armario, pero me hacía sentir bien pensar que tenía mi espacio. Una vez allí, me quité el abrigo y me puse un delantal. Luego me quité los guantes de vestir y los sustituí por otros más recios. A continuación, comprobé que llevaba los tres amuletos bien colocados alrededor del cuello. Satisfecha con tener toda la protección posible, eché mano a mi kit de eliminación de maldiciones y me dirigí a la zona de carga.

Por fortuna, era domingo, así que no estaban en el museo ni Dolge ni Sweeny, los dos empleados, por lo que tenía para mí toda la zona de carga. Me puse manos a la obra inmediatamente.

Había habido un impactante número de objetos malditos entre las antigüedades que mamá había traído con ella unos meses antes. No recordaba haber visto tantas en un único porte.

El primer objeto de mi lista era una cesta llena de rocas negras talladas con forma de grano. Había descubierto esa maldición sin querer un día que había ido a la sala de empleados para hacerme un bocadillo de mermelada y me había encontrado todo el pan lleno de bichos. Cuando los examiné de cerca, me di cuenta de que no eran bichos normales, sino diminutos escarabajos egipcios. Seguí la fina hilera de insectos hasta la zona de descarga. ¡Por favor! Bastante complicado era ya conseguir comida en el museo cuando mis padres estaban tan preocupados por su trabajo; no necesitaba que las maldiciones se llevaran la poquita comida que había.

Para esta maldición en concreto había necesitado investigar un montón, y solo había encontrado una similar en *Egipto secreto: magia, alquimia y ocultismo*, escrito por T. R. Nectanebo. Tuve que adaptar la receta a mis necesidades.

Dejé el maletín en el suelo y rebusqué entre mis suministros hasta que encontré un mortero y su maja, un bote de miel, una bolsita con tierra y un pastillero que la abuela había tirado a la basura. El ingrediente principal de la receta era la miel, porque uno de los principios de la magia egipcia es que los demonios aborrecen las cosas que les gustan a los humanos, como los dulces. Era muy común el método de usar dulces para espantar espíritus demoniacos y para la magia negra.

Vertí la miel en el mortero y añadí la cantidad exacta de tierra. Sentí un cosquilleo en la nuca, como si alguien me hubiera soplado. Me volví.

—¿Quién anda ahí? —me tembló la voz cuando el fino vello del cogote se me estremeció de nuevo.

Aunque no había nadie a la vista, estaba segura de que me estaban observando. Me asomé a los rincones más oscuros de la sala, pero no hubo ningún movimiento.

Seguían picándome los omóplatos. Me tapé la nariz y abrí el pastillero. La receta de Nectanebo exigía excremento de golondrina, aunque no logré dar con ninguna. No obstante, una bandada enorme de palomas solía anidar junto al museo, así que había rascado los excrementos del suelo para meterlos en el pastillero. (¡Otro motivo por el que es importante ponerse guantes de trabajo a la hora de hacer magia!).

Con un palo, vertí los excrementos en el mortero y lo molí todo con la maja. Por último, tomé un trozo de pan y esparcí las migajas sobre la mezcla de miel y excrementos. Nectanebo decía que usar miel, migajas de pan y estiércol a la vez redirigiría a los miniescarabajos malditos del pan al estiércol. Esa era mi esperanza.

Dejé las rocas con forma de grano sobre la mesa y vertí la mezcla en el fondo de la cesta, como decían las instrucciones. Luego volví a meter los granos en la cesta y sanseacabó. Solo tenía que esperar tres días y la maldición se habría levantado por completo. Si no, la zona de carga iba a despedir una peste curiosa.

Sentí un escalofrío en los hombros y me volví de nuevo pensando que mamá o papá habrían bajado para ver qué andaba haciendo. Pero seguía sin haber nadie y no había ninguna puerta abierta que hubiera causado la corriente. Intranquila, llevé con rapidez la cesta a su sitio y metí los botes vacíos en mi bolsa. Me detuve cuando oí un ligero susurro.

Agucé el oído. Venía del rincón noroeste de la sala. Me asomé a la oscuridad. Había algo tenebroso acechándome. Volvió a emitir un susurro y, de un solo movimiento, arrojé el resto de suministros dentro de la bolsa.

Cuando me dirigía a la puerta, el susurro se hizo más sonoro. Por el rabillo del ojo vi que la sombra se despegaba del techo y empezaba a arrastrarse hacia mí.

Aumenté el ritmo y salí por patas. Estaba claro que me quedaba mucho trabajo por hacer.

CAPÍTULO 4

LA ORDEN ARCANA DEL SOL NEGRO QUIERE UNA REUNIÓN

Mis padres no se llegaron a dar cuenta de que había salido y la mañana del lunes llegó sin incidentes, excepto que tuve que engullir a toda prisa el desayuno, ya que mi padre quería llegar al museo lo más pronto posible. Estaban preparando su próxima exposición: «Tutmosis III: el Napoleón del antiguo Egipto», y deseaban empezar cuanto antes. Tenían el convencimiento de que sería una exposición importante para el Museo de Leyendas y Antigüedades; que, incluso, podría ponernos al mismo nivel que el Museo Británico.

Mi padre había convocado una reunión del personal a primera hora de la mañana.

–Muy bien –dijo, y dio una palmada con poco acierto para llamar la atención de todo el mundo. Era una persona brillante, pero no se le daba bien dar órdenes a la gente–. Dos semanas –siguió–. Ese es el tiempo del que disponemos para terminar de montar esta exposición; la mejor de la década, en mi opinión. La junta nos ha permitido cerrar durante dos semanas para que nos dediquemos en cuerpo y alma a este asunto, así que saquémosle todo el provecho posible, ¿de acuerdo? ¿Weems?

El mojigato del primer ayudante del conservador avanzó pavoneándose y, cuando habló, le tembló el despeluchado bigotito.

—¿Sí, señor?

Vicary Weems es el típico adulto que cree que los niños no deberían estar a la vista ni se les tendría que escuchar. En ningún caso. También se viste por encima de sus posibilidades, siempre con chalecos con motivos atrevidos que hacen que me duelan los ojos y, para alcanzar el colmo de la ridiculez, polainas. Me da igual si el mismísimo rey Eduardo las lleva; quedan ridículas, parecen baberos para los pies.

—Tiene los planos que le di para las nuevas vitrinas de la exposición, ¿verdad?

Weems se dio un toquecito en el bolsillo de su chaleco escarlata y dorado.

—Aquí mismo, señor.

—Bien. Usted se encargará de dirigir a Dolge y Sweeny a la hora de colocar las vitrinas —se calló un momento y se volvió hacia Dolge—. Ya han llegado, ¿no?

—Sí, señor.

—¿Fagenbush? —siguió mi padre.

El aborrecible segundo ayudante del conservador dio un paso al frente y levantó una nube con hedor a col hervida y cebollas en vinagre. Juntó las espesas cejas negras en una uve. ¿Qué vería lord Wigmere en él?

—Le necesitaremos en el taller para que empiece a empaquetar los objetos que irán aquí abajo.

Fagenbush asintió.

—¿Stilton?

Edgar Stilton, mi conservador favorito, dio un respingo al darse por aludido y le salió un leve tic en la mejilla izquierda.

–Aquí estoy, señor.

Mi padre consultó su lista.

–Veamos, usted se encargará...

–Yo tengo que ir a ver al vendedor de telas esta mañana y aprobar el material que irá al fondo de las vitrinas –dijo Stilton, quien parpadeó rápidamente como si se sorprendiera de su propio atrevimiento.

–Ah, es cierto. Muy bien entonces. Supongo que eso es todo. ¿Alguna pregunta? Pongámonos manos a la obra. –Todos empezaron a marcharse y mi padre se giró hacia mí–. ¿Theodosia?

–¿Sí, padre?

–¿Cómo va el inventario del almacén?

–Está casi terminado –respondí alegremente agitando mi libro de contabilidad.

–Excelente.

Mi padre se giró para marcharse, pero me interpuse.

–¿Estás seguro de que no puedo hacer nada para ayudaros a mamá y a ti con la próxima exposición?

–En estos momentos, no. Puede que más tarde...

Suspiré.

–De acuerdo.

En mi opinión, era una injusticia en toda regla; sobre todo, porque había sido mi descubrimiento del anexo a la tumba de Tutmosis III lo que les había dado la idea de hacer la exposición. Cualquiera pensaría que, al menos, deberían dejarme ayudar. Sin embargo, me entristece decir que he descubierto que hay poca justicia en el mundo.

Sintiendo pena por mí misma, dediqué una última y larga mirada a todo el revuelo que se estaba formando en el vestíbulo y, después, me resigné a mi destino y me dirigí a las catacumbas.

Por supuesto, no eran catacumbas de verdad; solo el almacén del museo, pero parecía tan escalofriante como unas catacumbas. Me aferré a los tres amuletos que llevaba al cuello y me acerqué para abrir la puerta.

Una sombra se interpuso en mi camino y me sobresalté.

—¡Stilton! —dije más alto de lo que pretendía—. ¿Qué está haciendo aquí? Me ha dado un buen susto.

La mitad izquierda del cuerpo del tercer ayudante del conservador se estremeció cuando se llevó un dedo a los labios.

—Shh.

Tenía los ojos brillantes y las mejillas ligeramente sonrosadas.

—¿Qué sucede? —susurré.

—El gran maestro quiere verla.

La sensación de victoria que había sentido al darle esquinazo ayer se evaporó.

—¿Ahora?

—Sí, señorita. Ha convocado una reunión del Sol Negro. Todos estaremos allí.

Ese era el único fallo notorio de Stilton. Pertenecía a la Orden Arcana del Sol Negro.

—Es que estoy muy ocupada. Me temo que no es un buen momento.

Stilton parpadeó un par de veces y me dedicó una mirada de disculpa.

—Todo el mundo está ocupado con la exposición en estos momentos, señorita Theo. Y usted debe estar en el almacén del sótano. Nadie la echará de menos durante unas horas.

No andaba desencaminado. Tendría suerte si se acordaban de mí cuando se fueran a casa.

—Pero ¿y usted? ¿No se supone que tiene que ir donde el vendedor de telas?

Stilton parecía un poco sobrado.

—Me encargué de eso anoche de camino a casa.

—Ah. Pero ya le hice a Trawley el favor mágico que quería. ¿Qué quiere de mí ahora?

Un hombre de rostro afilado salió del pasillo que estaba detrás de Stilton.

—Dijiste que iba a venir.

Stilton se encogió al oír la voz de Basil Whiting. Conque habían mandado refuerzos, ¿eh? No pintaba nada bien.

—Y vendrá. Dentro de un momentito —dijo Stilton—. ¿Verdad, señorita Theo?

Sus suaves ojos del color del té me imploraron. Dado que Trawley había mandado al segundo al mando como refuerzo, era evidente que no tenía elección.

—Por supuesto, Stilton. Me encantaría.

Si captó mi sarcasmo, no hizo amago alguno.

—Muy bien, señorita. Por aquí.

Me hizo una señal en dirección a la entrada este. Solté un suspiro y eché a andar por el pasillo.

—Pensaba que los Escorpiones me servíais a mí —masculló sintiéndome algo incómoda.

—Estamos aquí para protegerla, señorita —respondió Whiting igualándome el ritmo.

—Sí, pero no es lo mismo exactamente, ¿verdad?

Miró por encima del hombro a Stilton, como si quisiera decirle: «Encárgate tú de ella». Stilton se encogió de hombros.

O se estremeció. No lo supe con seguridad.

Cuando estuvimos fuera, me abrió la puerta del carruaje y se montó conmigo. Para mi alivio, Whiting se sentó junto a Ned Gerton en el asiento del conductor. Stilton carraspeó y sacó una venda de seda negra. Me quedé mirándola con desagrado.

–¿De verdad es necesario?

–Así lo ordena el maestro supremo, señorita. Yo solo cumplo órdenes.

–Como una buena ovejita –murmuré.

–¿Qué ha dicho? –preguntó con una mirada de sorpresa.

–Que creo que me echaré una cabezadita por el camino –añadí–. Despiérteme cuando hayamos llegado.

Me hice un ovillo en el rincón más alejado, recliné la cabeza y cerré los ojos. Listo. Stilton tendría que moverme para ponerme esa maldita venda. A ver si era capaz de llegar tan lejos.

Esperé con los nervios a flor de piel; pero, tras un tenso momento, oí cómo suspiraba y se acomodaba en su asiento. Excelente.

Quince minutos después, sentí que el carruaje frenaba.

–Señorita, por favor –susurró Stilton–. Déjeme ponerle la venda ya o los dos nos meteremos en un lío.

Abrí los ojos.

–De acuerdo.

Al fin y al cabo, había conseguido una pequeña victoria. No me costaba nada dejar que guardara las apariencias. Me colocó la venda y me la ató con mucha suavidad, asegurándose de que no se me enredaba el pelo con el nudo.

–¿Tiene hermanas, Stilton?

–Pues sí, señorita. ¿Cómo lo ha sabido?

Había un tono de asombro en su voz que parecía pensar que lo había adivinado. Detestaba la idea de perder esa ventaja explicándole que solo un hombre con hermanas habría sido tan atento a la hora de tocar el pelo, así que me limité a decir:

–Una corazonada.

Desde el exterior del carruaje se oyó un ligero silbido.

–Muy bien, no hay moros en la costa –dijo Stilton.

Oí que abría la puerta; me dio la mano y, con cuidado, me hizo bajar los escalones. Fuimos hombro con hombro hasta que me ordenó que me detuviera. Hizo la seña en la puerta y esta se abrió inmediatamente.

–Os espera en la cámara. Está muy impaciente. Quiere saber por qué has tardado tanto.

–La chica se resistió al principio –soltó Basil Whiting por detrás de nosotros.

–Pensaba que sería Tefen el que se encargaría de controlarla –replicó el portero desconocido.

–Así es. –Stilton sonó algo irritado mientras me instaba a cruzar la puerta.

De nuevo, me llevaron por un oscuro pasillo enrevesado hasta que frenamos. Me quitaron la seda de los ojos y me encontré en la lóbrega cámara que ya conocía, alumbrada únicamente con velas negras en apliques de la pared. Media docena de personas ataviadas con capas y capuchas se arrodillaron ante mí. El único que permaneció en pie fue Aloysius Trawley, cuyos negros ojos relucían feroces bajo la tenue luz. Resultaba bastante perturbador tener media docena de adultos con capuchas observándome sin que tuviera ni idea de quiénes eran.

–Llegas tarde –le espetó a Stilton.

–Me temo que tuvimos algunos problemillas para escaquearnos.

Trawley posó sus ojos de loco sobre mí.

–Creía que habías dicho que serías capaz de controlarla.

—Así es. –La mirada de Stilton viró hacia Whiting, como si quisiera retarlo a que lo contradijera–. Simplemente, Throckmorton ha convocado una reunión de personal que no esperábamos; por eso hemos llegado tarde.

Tras aceptar esa excusa, Trawley señaló con la cabeza a los hombres arrodillados.

—Adelante, uníos a los demás. Hemos tenido que empezar sin vosotros.

Stilton y Whiting se colocaron en su lugar en el suelo y Trawley se dirigió hacia mí.

—Bienvenida, oh, creadora de la luz del cielo.

Ay, por el amor de Dios. Otra vez no.

—Señor Trawley –intervine, absteniéndome de usar su preciado título de maestro supremo–. ¿Por qué me han traído aquí en contra de mi voluntad?

—¿En contra de su voluntad, oh, creadora de la mañana? ¿No desea ver a sus leales sirvientes? Han pasado más de dos semanas desde que hablamos por última vez. Pensaba que había accedido a compartir su sabiduría y magia con nosotros. Ahora que usted es Isis y yo soy Osiris, daremos paso a la nueva era de Horus.

¿Era de Horus? ¿A qué se refería con eso? Horus era el hijo de Isis y Osiris, y el asesino de Set, pero nunca había oído hablar de una era de Horus. Estaba claro que este hombre era un lunático.

—No. Accedí a haceros un favor mágico y ya lo he hecho.

—¿Os referís a la profecía por casualidad? ¿Esa que aún no se ha hecho realidad? –su voz cada vez sonaba más molesta.

Me estaba haciendo responsable de eso, ¿verdad?

—Como comprenderá, mi deber es únicamente repetir lo que me dicen los dioses. No tengo poder para hacerla realidad.

Dio un paso al frente con unos ojos fieros que denotaban rabia.

–No me digáis. La reina de todos los dioses, que puede resucitar a los muertos y lanzar maldiciones terribles a los hombres y comandar al chacal Anubis, ¿no tiene en su mano hacer realidad una profecía?

Le dediqué una mirada de reojo a Stilton. Alguien había estado informando de mis movimientos a Trawley. Como si comprendiera mi acusación, Stilton meneó ligeramente la cabeza. Devolví mi atención al hombre furibundo que tenía delante.

–En primer lugar, ya se lo dije la última vez. No soy la reina de todos los dioses. Solo soy una niña que ha aprendido a levantar maldiciones. Nada más.

Trawley me fulminó con la mirada.

–Entonces, ¿cómo le devolvisteis la vida al ratón?

–Solo estaba desmayado –mentí.

–¿Y cómo hicisteis para que el hombre del muelle acabara cubierto de ampollas? No lo neguéis. Uno de los Escorpiones le oyó culparos directamente.

¿Quién era ese cotilla?

–No fui yo. Solo tuvo la mala suerte de tener en las manos un objeto maldito que le causó las ampollas.

Trawley dio otro paso al frente y yo resistí la necesidad de retroceder.

–Si no sois la reina de los dioses, ¿por qué el chacal Anubis cumplió vuestras órdenes?

No tuve más elección que tirarme un farol con esa acusación.

–¿Chacal? ¿Qué chacal?

Trawley ladeó la cabeza y Basil Whiting se acercó. Las luces parpadeantes se reflejaban en sus pómulos afilados.

45

—Por favor, cuéntale a la Luz Rosada de la Mañana lo que viste en los muelles del príncipe Alberto hace dos semanas —pidió Trawley.

—Estaba aguardando, sin apartar la vista del hombre al que había maldecido, que se había quedado en el río. Una media hora después, hubo un altercado en la barca en la que estaban...

—Barco —corregí.

Whiting se sobresaltó y se quedó mirándome.

—¿Qué?

—Era un barco, no una barca —expliqué.

—¡Silencio! —ordenó Trawley. Luego se volvió hacia Whiting y dijo—: Continúa.

—Apareció un chacal con un palo o bastón largo en la boca. Decidí seguirlo y me llevó de vuelta a su museo, donde entró por una ventana rota. Intenté entrar yo también, pero el guardia me detuvo y me dijo que el museo estaba cerrado.

Mal asunto. Mal asunto de verdad. Había confiado en que nadie hubiera visto a Anubis corretear por Londres. O, al menos, nadie que pudiera relacionarlo conmigo.

—Eh... —dudé.

—¿Señor? —interrumpió Stilton con delicadeza.

Trawley se giró hacia él.

—¿Qué?

Stilton se recolocó los cuellos del abrigo.

—Tenemos muy poco tiempo.

Trawley le dedicó una larga mirada a Stilton, como si quisiera que el joven se doblegara a su voluntad, hasta que finalmente apartó la vista.

—Si tan poco tiempo tenemos —dijo—, empecemos con la ceremonia.

Sentí tanto alivio con esta prórroga que ni siquiera me importó saber que me iba a pasar la próxima media hora observando a unos cuantos hombres de pelo en pecho pasearse con túnicas del antiguo Egipto agitando ramas en flor. Eran de lo más ridículo. El cántico era un completo sinsentido, parloteando sin parar sobre los frutos de los grandes misterios y no sé qué más. Al final, todos dejaron las ramas en flor a mis pies y Trawley se tiró encima.

Qué horror.

–Levántese –le dije.

–Debéis levantarme vos, oh, Isis. Levantadme para que, como el sol que se alza por el cielo, pueda empezar la era de Horus.

¡Por el amor de Dios! Me agaché, le agarré del brazo regordete y tiré sin muchos miramientos. El hombre se puso en pie y se alisó la túnica.

–La era de Horus ha comenzado –declaró–. ¡Viva!

–¡Viva la era de Horus! –gritaron los demás, y después se hizo el silencio.

–¿Hemos acabado? –pregunté esperanzada.

Trawley cerró los ojos durante unos segundos. Stilton dio un paso al frente.

–Sus padres no tardarán en echarla de menos –intervino como excusa.

Esas palabras, aunque no eran del todo ciertas, lograron que Trawley cediera.

–De acuerdo. Ya hemos acabado por el momento. –Se acercó a mí y usó la diferencia de altura para intimidarme–. Pero, la próxima vez que vengáis –continuó–, quiero que traigáis el báculo que ha mencionado Whiting. Me encantaría verlo con mis propios ojos, aunque no sea capaz de resucitar a los muertos.

Le dediqué una reverencia rápida.

–Haré lo que pueda para hacerlo realidad –mentí. El problema era que ya no lo tenía; Wigmere se lo había llevado para guardarlo en un lugar seguro–. Pero ya me cuesta bastante escaquearme sin llevar un palo de metro y medio –señalé.

Trawley suspiró.

–Llévatela –le dijo a Stilton.

Madre mía, sí que estaba enfadado. Y no quería provocar a una persona tan inestable como él.

–Lo siento muchísimo, señor. Es muy difícil desplazarse con libertad cuando se es una niña. Y, si siguen restringiendo mis movimientos, no tendremos más oportunidad de tener estas charlas.

–De acuerdo –coincidió Trawley, que parecía algo más tranquilo–. Nos volveremos a ver. –Sus ojos de lunático se centraron en los míos–. Pronto.

–¡Por supuesto, señor Trawley! –Hice otra reverencia–. Será un placer.

–Tefen. –Trawley señaló con la cabeza a Edgar–. Llévala a casa.

–Sí, señor. Venid conmigo, Luz Rosada.

Torció ligeramente los labios al decir eso y yo resistí las ganas de propinarle un puñetazo. En su lugar, di un par de zancadas para alcanzarlo y lo seguí por el pasillo. A paso ligero, llegamos hasta la puerta principal, donde se detuvo y empezó a palparse los bolsillos en busca de una venda.

Aproveché la distracción, abrí la puerta y salí al exterior sin esperar a que me la pusiera.

–¡Señorita Theo! –exclamó escandalizado.

–Demasiado tarde –le advertí–. Ya lo he visto. Ahora deje de escurrir el bulto y volvamos al museo.

Mientras lo hacíamos, analicé todo lo que me rodeaba. Estaba en un barrio bien, poco ruidoso. Cerca de la plaza Fitzroy, si no estaba equivocada. ¿Quién iba a decir que el Sol Negro iba a merodear por una zona tan normal?

Stilton miró a su alrededor con nerviosismo, angustiado por si alguno de los Escorpiones me veía sin la venda.

–Súbase –me susurró al abrir la puerta del carruaje– antes de que la vea el conductor.

Me subí y le di la dirección del museo al conductor. Cuando Stilton se colocó en su asiento, me miró con gravedad.

–Sabe que soy quien la introdujo en el Sol Negro –dijo eligiendo sus palabras con mucho cuidado–. Pero creo que es mejor que no vaya a verlos más si yo no estoy presente.

–¿Verlos? ¡Yo no quiero verlos! Son ellos los que me secuestran alegremente en plena calle.

Stilton pareció preocuparse aún más.

–Trawley parecía muy interesado en ese báculo, ¿verdad?

Con el pie, empezó a tocar una retreta rápida en el suelo del carruaje hasta que alzó la mano y frenó su propia pierna.

–Fue usted quien le contó lo del ratón. –Ni siquiera traté de ocultar el tono acusador en mi voz.

–Lo sé, y lo siento. No me gustaría pensar que la he involucrado en un asunto turbio, Theo.

–¿No debería haber pensado eso antes de llevarme allí?

–En aquel momento trataba de rescatarla –replicó un poco a la defensiva–. No tenía muchos recursos a mano.

–Cierto, se me había olvidado.

Si no hubiera sido por Edgar, quién sabe lo que me habría sucedido cuando las Serpientes del Caos incautaron mi carruaje.

Cuando llegamos al museo, había un coche suntuoso aparcado en la puerta. ¡La abuela Throckmorton! Se me cayó el alma a los pies. De repente, Aloysius Trawley no me parecía tan malo.

CAPÍTULO 5

HENRY DESCUBRE ALGO INESPERADO

Stilton le pidió al conductor que me dejara en la esquina de la plaza y que lo llevara a él a la entrada trasera del edificio para que no nos vieran juntos ni levantáramos sospechas.

Abrí la puerta principal del museo y eché un vistazo con precaución. El vestíbulo era un caos absoluto: había vitrinas de exposición a medio montar y cajas a medio vaciar por todo el suelo. A primera vista, parecía desierto. Pero, entonces, me percaté de que Clive Fagenbush estaba bajando las escaleras con una caja enorme entre las manos.

Como un sabueso que percibe los olores, dio conmigo al instante.

–¿Dónde estabas? Tus padres y tu abuela te están buscando por todas partes.

Parecía extrañamente contento, como si deseara que me hubiera metido en un lío por ello.

–He salido a dar un paseo –respondí.

Daba la sensación de que había estado fuera días, pero en realidad no habían pasado más de dos horas. Fagenbush me dedicó una mirada de incredulidad que me dejó claro lo que pensaba de mi excusa. Siempre conseguía estar al tanto de mis actividades clandestinas, así que tenía razones para sospechar de mí. Dejó la caja en el suelo y se acercó. Comprobó que estábamos a solas y preguntó en voz baja:

−¿Quieres decirme algo para que se lo comunique a Wigmere?

−No, nada en absoluto.

Rodeé la caja para ir hasta el comedor familiar, pero se interpuso en mi camino.

−Se supone que debes informar a Wigmere todos los días. A través de mí −añadió. Le temblaba la nariz de la frustración−. ¿Has encontrado algo reseñable en el almacén? ¿Algo más que Augustus Munk hubiera escondido allí?

−Nada más −contesté−. Puedes decirle a Wigmere que sigo buscando.

−Como no estás teniendo suerte, quizá debería hacerlo alguien con más experiencia. Puede que estés pasando algo por alto.

Arqueé una ceja, como había visto hacer a mi madre.

−Creo que Wigmere me ha confiado a mí esta tarea.

Fagenbush curvó los labios con desdén.

−No puedes engañar a todo el mundo tan fácilmente como a él. Además, si eres de confianza, ¿por qué te has escaqueado hoy?

Conque me estaba controlando, ¿no?

−Eso no es de tu incumbencia.

−Wigmere me ha ordenado que seas de mi incumbencia. Y, a pesar de lo que pienso de ti, no tengo intención de fracasar en mis obligaciones. −Fagenbush endureció su mirada y yo resistí un temblor–. Comunicaré tus informes a Wigmere. No dejaré que una niña de once años eche abajo mi carrera en la Hermandad. ¿Me entiendes? Puedes ponérnoslo fácil a los dos o puedes ponérmelo un poco cuesta arriba.

–Pues ya lo veremos –murmuré.

Dio un paso atrás, sorprendido.

–¿Qué has dicho?

–Que si has visto a mi gata. No la he visto esta mañana.

Antes de que pudiera decir nada más, una voz imperiosa surgió del pasillo de al lado.

–¿Pero dónde está la niña?

¡Abuela! Aunque no solía alegrarme de sus visitas, tuve que admitir que en esta ocasión me venía de perlas. Fagenbush me fulminó con la mirada y volvió a subir las escaleras para ir en busca de otra caja. La voz de la abuela seguía oyéndose.

–Siempre anda de un lado para otro y, ahora que la necesito, no hay manera de encontrarla. ¡Qué chiquilla!

Se me pasó por la cabeza un pensamiento espantoso. ¿Y si iba acompañada de una de esas terribles institutrices? Justo cuando estaba planteándome esconderme, entró a toda velocidad en la habitación con mi padre pisándole los talones. Parecía bastante indignado.

–No sé dónde está, madre; pero, quizá, si la próxima vez que tengas a bien visitarnos nos avisas con antelación, podremos asegurarnos de que esté aquí para saludarte.

La abuela se detuvo y examinó el desastre a su alrededor.

–De verdad, Alistair. ¿Esta es la mejor forma de llevar un museo? Parece un estercolero. Bastante suplicio es que decidieras trabajar; lo menos que podrías hacer es mantener el recinto en condiciones.

53

–Estamos preparando una nueva exposición, madre. Y está cerrado por los preparativos, para que así nadie vea el desorden, excepto aquellos que se presentan sin avisar –le explicó con retintín.

–¡Theodosia! ¡Aquí estás! –soltó la abuela dirigiéndose hacia mí–. ¿Dónde te habías metido, niña? Casi ponemos todo el museo del revés buscándote. Qué poca consideración tienes al desaparecer.

Abrí los ojos y traté de fingir inocencia.

–He estado todo el día en el sótano, catalogando los objetos que tenemos allí.

–¿De verdad? –Papá frunció el ceño–. Ese fue el primer sitio en el que busqué.

–Ah –objeté–, he tenido que ir al servicio. Es posible que hayas bajado justo en ese momento.

La abuela dio un golpe con el bastón.

–No seas vulgar.

–¿Cómo te gustaría que lo llamase, abuela? ¿El baño?

–Me gustaría que no lo mencionaras siquiera. No es algo de lo que se hable en compañía de personas decentes. En fin, Sopcoate siempre te tuvo mucho cariño. He pensado que quizá tú tendrías alguna idea.

¡Ay, no! ¡No quería hablar del almirante Sopcoate con la abuela Throckmorton! Se había encariñado con él, lo cual, aunque fuera repulsivo, no era ni de lejos tan malo como que él se descubriera como uno de los agentes del Caos. La abuela pensaba que había muerto como un héroe, cuando en realidad había escapado junto a sus compañeros de las Serpientes del Caos.

–¿Ideas sobre qué? –pregunté con cautela.

Mi padre dio una palmada.

–Ahora que la has encontrado, creo que me vuelvo al taller.

¡Por favor! ¡Pero qué cobarde era algunas veces!

La abuela lo despidió con la mano.

–Muy bien. Ya me iré por mi propio pie cuando Theodosia y yo hayamos terminado. Vamos, niña. No quiero seguir en medio de este desorden. Vayamos al salón. Solo tengo unos minutos antes de ir al almirantazgo.

«Gracias a Dios por los favores sin importancia», pensé mientras la seguía con resignación hasta la habitación que nuestra familia usaba como refugio en el museo.

–Siéntate –me ordenó, y ella misma se acomodó en un diván de terciopelo rojo.

Yo me encaramé en el borde de una alta silla. No había que ponerse muy cómoda cuando se estaba con la abuela.

–En fin. –Me dedicó una breve mirada y luego se volvió para observar el reloj que había sobre la repisa–. No hay noticias del almirante Sopcoate.

–Lo siento muchísimo, abuela –murmuré.

–Sí, ya, no se puede hacer nada. No obstante, he decidido que deberíamos celebrar su coraje y patriotismo. –Me fulminó con la mirada–. Es lo mínimo que deberíamos hacer, ¿no crees?

–Eh... Sí, abuela.

Con satisfacción, me ofreció un asentimiento fugaz, encantada de que por primera vez estábamos de acuerdo en algo. ¡Si supiera la verdad! Pero me habían prohibido contárselo. Eso sin mencionar que no sabía cómo se tomaría esas noticias. Era una devota derechista y tal vez se suicidara si se enteraba de que había confabulado con el enemigo, aunque no fuera consciente de ello.

–¿Qué estás pensando?

La abuela se puso en pie y se acercó a la chimenea.

–Debería ser un acto de categoría. Con mucha pompa y ceremonia. Una enorme banda de bronces y uniformes. Puede que incluso una salva de cuarenta y un rifles. Me parece lo apropiado para un héroe como Sopcoate.

–Pero, abuela... –elegí las palabras con cuidado–, hay muchos héroes que no reciben una salva de cuarenta y un rifles, ¿no es así? Si no, oiríamos disparos constantemente. Supongo que habrá una normativa que decida quién se merece ese tipo de fanfarria, ¿no?

Me miró con el ceño fruncido.

–Suenas igual que el almirantazgo.

–¿Cómo dices?

La abuela resopló y se puso de espaldas a la chimenea.

–El almirantazgo por fin ha concedido permiso para celebrar una misa en recuerdo a Sopcoate. Sin embargo, no me dejan hacerla en la abadía de Westminster ni desfilar con su ataúd por Londres sobre un afuste. Extrañamente, parecían reacios a rendirle honores como se merece, lo cual solo me insta a ponerle más empeño. No dejaré que lo desprecien o lo olviden.

Nunca sabré cómo consiguió la abuela convencer al almirantazgo para que permitiesen un funeral. Imagino que fue aprobado por alguien que no sabía cuál era la verdadera razón de la desaparición de Sopcoate. Como había jurado tener tacto, me limité a decir:

–Quizá no tenga que ver con su condición de héroe, sino más bien con el hecho de que no hay cuerpo.

–Sea como fuere, es imperdonable. En definitiva, he elegido un ataúd de caoba, revestido con una almohadilla copetuda de seda. Creo que a Sopcoate no le gustarían los volantes. He pedido una placa de bronce con una inscripción y unas asas de bronce. Y, para el paño mortuorio, he escogido seda en lugar de terciopelo, ya que casi estamos en primavera. ¿Qué te parece?

Parecía inútil mencionar (otra vez) que no habría cuerpo que meter en ese féretro tan elegante, así que me limité a asentir con la cabeza.

—Además, he contratado un carruaje de seis caballos. Me intentaron convencer de que solo fueran cuatro, pero creo que Sopcoate se merece, al menos, seis. También he encargado pañuelos de crepé negros, guantes negros y bandas negras para los sombreros, para que se distribuyan entre todos los que acudan al sepelio. Ah, y plumas de avestruz negras. Creo que le dan mucha dignidad a un funeral, ¿no te parece?

—Lo cierto es que nunca he ido a un funeral, abuela –señalé.

Se giró para mirarme.

—¡Claro, es verdad! Aún no habías nacido cuando falleció mi querido esposo –hizo una pausa breve con los ojos empañados–. Eso sí que fue un funeral. –La abuela chasqueó la lengua–. Si nunca has ido a un funeral, tendrás que tomarte las medidas para encargar ropa de luto.

—¿Ropa de luto?

—Por supuesto. No puedes acudir con otro color que no sea negro riguroso. –Dio un golpe con el bastón–. Volveré dentro de un par de días con una costurera para que te tome las medidas.

Antes de que pudiera dar más explicaciones, el sonido de la puerta delantera chocando contra la pared nos sobresaltó.

—Pero ¡qué demonios...! –empezó a decir la abuela.

—¿Hay alguien en este viejo sitio mohoso?

Enseguida me puse en pie.

—¿Henry?

Horrorizada, fui corriendo a la puerta principal y allí estaba mi hermano, con las manos en las caderas, mirando el vestíbulo.

–Pero bueno, ¿a qué viene todo este escándalo? –Mi padre se asomó por las escaleras.

–Es Henry, papá –le dije–. Ha venido por las vacaciones de Pascua.

–Habría llegado muchísimo antes –dijo Henry fijando en mí su mirada– si a alguien no se le hubiera olvidado ir a recogerme. Eso me recuerda algo: necesito dinero para pagar la calesa.

Papá bajó corriendo las escaleras.

–¿Por qué no nos has avisado, Theodosia? Habríamos ido a recogerlo nosotros.

Reprimí un exabrupto de irritación. Aunque era cierto que solía ser la encargada de recordar esas cosas, no me parecía justo que me llevara la bronca si se me olvidaba.

El cochero asomó la cabeza por la puerta.

–¿Dónde está mi dinero, chico? Dijiste que habría alguien aquí que podría pagarme. Espero que no estés intentando timar al viejo Bert.

–No –dijo Henry, y se volvió hacia mí–. Necesito dinero –repitió.

–Pues a mí no me mires –le respondí–. ¿Papá? Hay que pagar el coche de Henry.

–¿Un chiquillo alquilando una calesa él solo? –pronunció escandalizada la abuela.

Me había seguido hasta el vestíbulo y se encontraba en el umbral de la puerta mirándonos con desdén por encima de su larga nariz.

Mi padre salió para pagar al cochero. Mientras la abuela se abría paso entre las cajas y los objetos para llegar hasta nosotros,

Henry se acercó a mí.

–Pensaba que las cosas habían cambiado entre nosotros, pero ya veo que me equivocaba. Solo piensas en ti.

–No, Henry. En serio, simplemente se me ha olvidado...

–¿A ti? ¿A la señorita sabelotodo? ¿A ti se te ha olvidado? Ja. Siempre me estás amenazando con no recordárselo a mamá y papá, pero ¿por qué lo has cumplido esta vez?

–Que no, de verdad, se me ha olvidado. Verás...

¿Cómo le iba a explicar nada? ¿Por dónde empezar?

–¿Ves? Tengo razón. Te has olvidado.

Detesto que Henry tenga razón; sobre todo, detesto cuando él tiene razón y yo estoy equivocada. Sin embargo, no me habría acordado ni aunque la abuela no me hubiese entretenido. Ni aunque los malditos Escorpiones no me hubieran emboscado.

Antes de que pudiéramos retomar la conversación, la abuela nos alcanzó y empezó a armar escándalo al ver a Henry, quien lo acogió con entusiasmo, como Isis cuando le pongo un cuenco de leche. Al menos, ahora ya podía escaparme.

Me acerqué a una de las columnas con la esperanza de escabullirme sin que nadie se diera cuenta. Quería ir a la sala de lectura e investigar sobre el ritual de oráculo que habían usado Awi Bubu y Trawley. Tal vez encontrara alguna pista que explicara por qué Rata y yo pronunciamos la misma profecía.

Casi había llegado al pasillo cuando tuve que echarme a un lado para dejar pasar a Vicary Weems. Iba con la nariz tan alta que ni siquiera se dio cuenta de que había estado a punto de arrollarme. Un bruto. Esperé a ver qué estaba tramando.

Mi padre había vuelto y Weems caminaba en su dirección. Miró de reojo a Henry, como si fuera alguna asquerosidad que llevase mi gato en la boca. Weems carraspeó un poco.

—Perdone, señor.

Mi padre, que acababa de conseguir que la abuela saliera por la puerta, parecía molesto.

—¿Qué sucede, Weems?

Volvió a aclararse la garganta y trató de fingir que lo que estaba a punto de decir le dolía. Sin embargo, el deleite en sus ojos lo delataba.

—Hemos recibido una nota de lord Chudleigh, señor. Nos recuerda que la junta de directores sigue esperando el inventario del museo, que debíamos haber entregado el viernes.

Tras el reciente follón en el que todas las momias de Londres acabaron en nuestra puerta levantando todo tipo de sospechas en mi padre, aunque fuera durante poco tiempo, los directores del museo decidieron que querían un inventario detallado de nuestros objetos, algo que no se había hecho durante años (puede que nunca). Por lo visto, los miembros de la junta querían un recuento por si a alguna de nuestras piezas le daba por darse un paseo. No habían reparado en que fueron otros objetos los que emigraron aquí.

Mi padre suspiró y se pasó los dedos por el pelo con frustración.

—Sí, Weems. Pero, como ves, estoy algo liado en estos momentos intentando que la nueva exposición esté lista para la inauguración.

—Sí, señor, lo entiendo; pero la inauguración es dentro de dos semanas, mientras que el inventario había que entregarlo hace tres días. Creo que todo es cuestión de gestionar mejor el tiempo de cada uno...

—Gracias, Weems —le interrumpió mi padre, sin sonar en absoluto agradecido—. Ya me encargaré yo de dárselo a él en persona.

Weems se estremeció de pura indignación al pronunciar:

–De acuerdo, señor. –Y salió a zancadas de allí.

Sinceramente, ¿cómo era posible que no se tropezara con sus propios pies?

–¿Theodosia?

Ups.

–¿Sí, papá?

–¿Has terminado ya con el inventario del sótano?

–Casi. Solo me queda un estante.

–Pues ponte con ello. Necesito tenerlo todo para el final del día, así podré llevárselo a Chudleigh a primera hora de la mañana.

–De acuerdo.

Asignarme el inventario del sótano estaba a medio camino entre ser un regalo y un castigo. (¡Sí, solo a mi padre se le ocurre combinar ambas cosas!). También era un intento de mantenerme ocupada, ya que la abuela no había logrado encontrar una institutriz que me aguantara.

Mi investigación sobre los rituales del oráculo tendría que esperar. Cambié de dirección y me encaminé con prisa hacia mi alcoba para buscar el cuaderno del inventario.

El sótano desprendía cierta miasma de magia maldita desde hacía unos días, pero no había logrado dar con el objeto en concreto. Como tenía poco tiempo, decidí recoger todo lo que me quedaba de cera y llevar a cabo una prueba de segundo nivel masiva.

Volví a la alcoba y tomé el libro del lavamanos, donde lo había dejado de forma muy irresponsable. A continuación, me acerqué a la enorme bolsa en la que llevaba mis suministros para levantar maldiciones y rebusqué en el interior hasta que encontré trozos de cera (sobre todo, cabos de velas). Una vez equipada, me dirigí a las catacumbas.

De camino, llamé en susurros a Isis preguntándome dónde se habría metido. Normalmente salía para saludar a las visitas, así que me sorprendió que no hubiera salido al vestíbulo cuando llegó Henry.

Por desgracia, tampoco apareció de camino al sótano. Era una pena, porque siempre me gustaba tener algo de compañía allí abajo.

El problema con las catacumbas es que había tantas reliquias olvidadas, amontonadas unas encima de otras, que era prácticamente imposible distinguir cuáles eran responsables de la magia maligna y las maldiciones oscuras que pendían en el ambiente. Para empeorar las cosas, con el báculo de Osiris ni siquiera había percibido la maldición, así que no sabía cómo distinguir un objeto poderoso de uno libre de maldiciones.

Abrí la puerta, prendí las luces de gas y me detuve al sentir la fuerza de la magia oscura. Me estremecí y eché mano a los tres amuletos que llevaba al cuello. Justo cuando estaba levantando el pie para empezar a bajar los escalones, una voz a mi espalda dijo:

–¿Puedo ir contigo?

El pulso se me enlenteció un poco del alivio.

–¡Henry! –Alentada ante la posibilidad de tener compañía, aunque solo se tratase de mi hermano, contesté–: Por supuesto que puedes bajar conmigo. Si quieres. Aunque no creo que te interesen mucho este tipo de cosas.

Henry se encogió de hombros.

–Tampoco es que haya mucho que hacer en este viejo sitio aburrido.

–Entonces, adelante. Ven conmigo. Pero tienes que ponerte esto.

Me saqué por la cabeza uno de los amuletos y se lo entregué. Mi hermano reculó como si le hubiera ofrecido un plato de sebo hervido.

–No voy a ponerme uno de tus estúpidos collares.

–No es un collar, Henry. Es por protección, ¿recuerdas? Le di uno a Stokes cuando le hirieron en la iglesia de Saint Paul.

Negó con la cabeza.

–Deja de fingir que existen la magia y el misticismo –dijo–. No engañas a nadie y pareces tonta.

Antes de que pudiera impedírselo, pasó a mi lado y bajó corriendo las escaleras. Me dolieron sus palabras y estuve a punto de abandonarlo a la suerte de la magia que encontrara allí. Entonces sabríamos quién estaba engañando a quién. No obstante, solo de pensarlo corrí escaleras abajo en su busca. En el último escalón, en vez de detenerme, seguí corriendo hasta que me choqué con él.

–¡Ten cuidado! –exclamó apartándome de un empujón.

–Lo siento –murmuré mientras le colaba el amuleto en el bolsillo del chaquetón con el pretexto de recuperar el equilibrio.

Una vez estuvieron zanjados los temas importantes, centré mi atención en las catacumbas. Las luces de gas apenas penetraban en los rincones oscuros de la habitación, sobre todo, porque no eran sombras normales y corrientes. Sentí un escalofrío al pensar que Henry podría haber estado desprotegido. Delante de mí, mi hermano olisqueó.

–Huele a perro mojado.

Observé la estatua de Anubis, que se encontraba sobre la caja canópica. Era de elegante piedra negra y no había movido ni un bigote ni la cola, gracias a Dios. Desde que devolví el orbe de Ra a su caja, no había vuelto a la vida. Sin embargo, siempre había bajado sola, así que no estaba segura de si el *ka* de otra persona tendría algún efecto en la estatua. Hay maldiciones que permanecen latentes durante siglos, hasta que quedan expuestas a la fuerza vital de una persona y se activa la magia de la misma forma que el sol provoca que una flor florezca.

–¿Qué hace aquí tu gata?

Henry señaló a Isis, acurrucada entre las patas delanteras de la estatua.

–¿Qué narices estás haciendo aquí, Isis?

La gata levantó la cabeza y me miró con sus ojos dorados. Me maulló como saludo. Henry silbó y dejé de centrarme en la gata. Mi hermano tenía los ojos abiertos, grandes y redondos, y la mirada fija en las momias que había contra la pared.

–Vale –dijo al cabo de un rato–, ya entiendo por qué lo llamas «las catacumbas». Este sitio da mal rollo.

Me pareció esperanzador que al fin sintiera una leve incomodidad. Aunque él nunca lo admitiera en voz alta.

–Deberías haberlo visto antes de que le diera un buen repaso –le contesté acercándome a la estantería del rincón más alejado, el lugar donde había encontrado el báculo de Osiris.

Desde que había descubierto que el báculo llegó a nosotros junto a una montaña de artefactos de origen desconocido, había tratado de identificar el resto del lote. Por eso iba tan lenta con el inventario. Si había otros objetos que albergaban el poder de los dioses, no estaba segura de querer ponerlo por escrito para que lo supiera todo el mundo. Lo mejor era dejarlos escondidos hasta que pudiera llevarlos a la Venerable Hermandad de los Guardianes y que ellos se encargaran de todo.

Miré por encima del hombro a Henry, que seguía examinando la hilera de momias, dedicándole especial atención a la que antes era conocida con el nombre de Tetley.

–En mi opinión, este tipo tiene un aspecto muy raro en comparación con los demás.

–Tienes razón, Henry. Es una momia de una época mucho más reciente que las demás.

¿Sería capaz de reconocerlo? Lo había visto una vez en vida, cuando lo estábamos persiguiendo. Empecé a preocuparme cada vez más al ver que Henry seguía observando la momia.

–Toma. –Arranqué una página en blanco de mi cuaderno y se la di–. ¿Podrías escribir los nombres de esas armas que hay en la esquina? Aún no he tenido tiempo de hacerlo.

En realidad, sí que lo había hecho, pero sabía que Henry estaba más interesado en las armas y parecía un buen lugar para apalancarlo.

–¿Armas?

Se le iluminó el rostro. Cogió la hoja de papel y se fue a la esquina. Cuando estuvo a salvo y ocupado con esa tarea, catalogué el último estante. Mientras hacía inventario del sótano, también había ido organizándolo un poco, y en esa balda, habían acabado todas las tablillas de piedra, junto a unos cuantos cachivaches casi imposibles de identificar.

A la espera de recibir esa punzada de energía latente, tomé la primera tablilla de madera y la agarré con fuerza. La estela mostraba un faraón ofreciendo vino al dios Amen-Ra y parecía proceder del Imperio Nuevo. Sin embargo, no desprendía ni una pizca de poder o energía mágica. Aunque, claro, tampoco había sentido un cosquilleo de poder la primera vez que sostuve el báculo. Pero sí que noté cierto titileo cuando lo activé sin querer al colocar el orbe de Ra en las mandíbulas del chacal. Examiné la estela que tenía en las manos. ¿Cómo diantres se activaba una estela? No tenía ni idea. La agité levemente, pero no sucedió nada. Si había alguna forma de accionar esta estela en particular, era todo un misterio para mí.

Tras mirar de reojo a Henry para asegurarme de que se encontraba ocupado (estaba haciendo fintas y ataques con un cuchillo ceremonial del periodo tardío de la Edad de Bronce), pasé a la siguiente estela. Esta mostraba un faraón ataviado con la corona del Alto Egipto. A un lado, Troth, el dios de la sabiduría con cabeza de ibis, y al otro, Horus, el dios con cabeza de halcón, parecían envolverlo. De nuevo, no había ninguna forma visible de activarla... ¡Claro! Seguro que sería de una manera mucho más sutil que algo mecánico. Puede que respondiera a un *ba* o un *ka* o a algo etéreo de esa naturaleza.

En una ocasión, había respirado demasiado cerca de una vasija de bronce y mi aliento había activado la maldición que se escondía tras la inscripción de jeroglíficos, lo que había llevado a que la vasija se llenara de una sustancia repugnante que parecía baba de rana. Me incliné sobre la estela, respiré encima y esperé.

Pero esta vez no funcionó. Decidida a no rendirme aún, acerqué el objeto a una de las lámparas de gas. Quizá la llama, al imitar la energía del sol, consiguiera despertar alguna maldición o poder latente.

—¡En guardia!

La voz de Henry rompió el silencio y me sobresaltó. Me giré justo en el instante en el que la punta de una lanza se dirigía hacia mi cabeza. Sin pensarlo, alcé la estela para protegerme del golpe. La lanza aterrizó contra la tablilla de piedra, que se hizo añicos en el suelo.

CAPÍTULO 6

LA TABLILLA ESMERALDA

–¡Henry! –grité–. ¿Qué estás haciendo? No son juguetes, ¿entiendes?

Henry miró horrorizado la punta metálica de la lanza, que se había doblado levemente.

–¿Cómo iba a saber que ibas a pararla con una tablilla de piedra?

–¿Qué esperabas que hiciera cuando vienes a por mí con una lanza? Además, no era esa mi intención. Protegerme con ella ha sido por puro instinto.

Me arrodillé para examinar la estela. Cómo no, tenía una enorme grieta que la abría por la mitad.

–¡Ay, Henry, la has destrozado!

–Que no. –Dejó la lanza en el rincón y se arrodilló a mi lado–. Tal vez podamos pegarla –sugirió.

–¿Y rezar para que nadie se dé cuenta? Lo dudo.

–Bueno, no será muy importante si lleva una eternidad aquí acumulando polvo.

–Todos los objetos son importantes, Henry.

Estiré la mano y agarré la estela. Me quedé horrorizada cuando la esquina superior derecha se resquebrajó y cayó al suelo. El destrozo era mucho peor de lo que pensaba.

–¡Anda, mira! –señaló Henry.

Bajo la esquina que se había desprendido, asomaba una piedra de color verde apagado. Fruncí el ceño desconcertada y me acerqué para examinarla con más detalle. Henry también se inclinó para ver mejor. Le lancé una mirada.

–Me estás respirando encima.

–Lo siento. ¿Qué crees que hay ahí dentro?

–No estoy segura. Es como si la estela estuviera cubriendo otra cosa.

–Bueno, entonces no se ha producido ningún desastre; es un descubrimiento –se apresuró a puntualizar.

Todavía no estaba preparada para dejar que se saliera con la suya con tanta facilidad.

–No estoy segura...

–Que sí. ¡Mira!

Me quitó la estela de las manos, la puso en el suelo y empezó a romper lo que quedaba de la capa exterior.

–¡Henry, para! ¡Así no se hacen las cosas!

Pero reaccioné tarde. En menos de diez segundos había conseguido quitar por completo todo el recubrimiento. Se había resquebrajado tan fácilmente como se pela una naranja y había dejado a la vista una piedra de color verde esmeralda.

No supe identificar qué tipo de piedra era, pero lo más intrigante es que tenía símbolos tallados sobre la superficie. No se parecían a nada que hubiera visto antes y descarté que se tratara de jeroglíficos; algo extraño, porque también tenía talladas las figuras de dioses egipcios en la superficie. Reconocí a Thoth, el dios con cabeza de ibis, que le estaba entregando algo a Horus, el dios con cabeza de halcón. Ambos estaban frente a tres cimas montañosas iluminados por la luz de Ra.

—Es un descubrimiento importante, ¿verdad, Theo? —preguntó Henry hinchando ligeramente el pecho.

—Bueno, lo has descubierto de una forma muy negligente, pero sí —admití al fin—. Sin duda, podemos catalogarlo como descubrimiento. Aunque no sé de qué tipo.

En ese instante, un crujido en las escaleras nos hizo ponernos en pie de un salto a Henry y a mí. De forma instintiva, me coloqué delante de la tablilla esmeralda con la esperanza de ocultarla de la vista.

Edgar Stilton se había quedado en el penúltimo escalón de la escalera. Me alivió comprobar que no nos estaba mirando, sino que observaba con reserva a las momias que había contra la pared. En concreto, a Tetley.

—Stilton, ¿qué está haciendo aquí?

Solté la pregunta con cierta dureza, puesto que no me había olvidado de que me había estado espiando y que eso había llevado a Aloysius Trawley a creer que tenía poderes mágicos.

—Sus padres me han pedido que venga a buscarla para decirle que ya están listos para marcharse a... ¡Vaya! ¿Qué tiene ahí?

Con los ojos fijos en la tablilla de piedra esmeralda, se acercó a nosotros. Sin pensarlo, me agaché, recogí la pesada piedra del suelo y la agarré con fuerza entre ambas manos.

—No estoy segura —dije dedicándole una mirada de advertencia a Henry—. Es una de las estelas que había en el estante.

Hice el amago de girarme para ponerla en su sitio, pero Stilton me alcanzó y me detuvo.

–¿Puedo echarle un vistazo?

Su rostro relucía de la emoción. Como me recordé a mí misma, a Stilton se le daba casi tan bien como a mí detectar los extraños hilos de poder y magia. Evidentemente, él no lo sabía, pero yo me daba cuenta. Siempre se retorcía y estremecía como un bicho ensartado por un alfiler cuando estaba cerca de alguna maldición. Algo bastante útil, la verdad; sobre todo, en nuestro museo.

Me quitó la estela verde de las manos y yo tuve que resistir la necesidad de agarrarla de nuevo. Observé su rostro mientras la examinaba. Su interés académico se convirtió enseguida en algo distinto: sorpresa. Me miró con la cara resplandeciendo fantasmagóricamente bajo el leve reflejo verdoso de la estela.

–¿Es consciente de lo que ha encontrado, Theo?

–En realidad, he sido yo –dijo Henry con cierta arrogancia.

–No lo sé –respondí, dándole un codazo a Henry–. ¿Y usted?

Volvió a fijar los ojos en la estela y se quedó mirándola con reverencia.

–Creo que sí. Si no me equivoco, acaba de encontrar la Tabula Smaragdina, también conocida como Tablilla Esmeralda. Hay magos y alquimistas que llevan siglos buscándola.

–Ah –repliqué intranquila. Si mi experiencia con la Orden Arcana del Sol Negro me servía de algo, es que, cuando los magos se interesaban por algún objeto, solía significar que tenía propiedades peligrosas y cuestionables.

–¿Hace algo? –preguntó Henry.

Oír la voz de mi hermano pareció recordarle a Stilton que no podíamos hablar con total libertad. Parpadeó, centró la mirada en él y sonrió.

–Se dice que contiene la fórmula alquímica para convertir cualquier metal en oro.

–¡Oro! –jadeó Henry.

Fruncí el ceño en dirección a Stilton.

–Pero la alquimia es una patraña, ¿no es así? No es más que una teoría científica equivocada que se ha convertido en una ilusión, ¿verdad?

–No sabría decirle, señorita Theo. Hay quien piensa que hay mucha verdad en la ciencia de la antigüedad.

Me aclaré la garganta y miré a Stilton a los ojos.

–Eh... Cierto –rectificó–. Un sinsentido histórico, en realidad. De una época más ignorante.

–Gracias, Stilton.

No quería que plantase esas ideas en la cabeza de Henry. A mi hermano se le descompuso la cara.

–Pero, aunque la fórmula no sea más que una ilusión, una tablilla hecha de esmeralda valdrá una fortuna, ¿no?

–Pues sí, eso sí –concedió Stilton.

¡Por favor, este hombre no me estaba ayudando en nada!

–¿Has dicho que nuestros padres estaban preparándose para marcharse? –pregunté.

–Sí, así es. Estaban a punto de salir por la puerta cuando he bajado aquí.

–Será mejor que nos demos prisa entonces, Henry. No vaya a ser que nos dejen atrás. –Me giré hacia Stilton–. Gracias, Stilton. ¿Podría decirles que ahora mismo subimos? Ah, y hágame un favor, si no le importa. No le diga a nadie, a nadie, lo que hemos descubierto. Me gustaría darles una sorpresa a mis padres.

–Por supuesto, señorita Theo –replicó Stilton–. No diré ni una palabra.

Me guiñó un ojo. O fue un tic, no estoy segura.

–Henry, pon las armas en su sitio –dije cuando Stilton empezó a subir las escaleras.

Con un suspiro y arrastrando los pies, Henry volvió a su rincón y recogió las armas con las que había jugado. Mientras estaba de espaldas, coloqué la tablilla bajo un escudo de madera antiguo que había en el estante. Aunque creía que Stilton era de fiar (al menos, más que los demás), pensé que lo mejor era esconder la tablilla, solo para asegurarme.

Como Henry seguía perdiendo el tiempo, le di un empujoncito (en realidad, fue un empujón en toda regla). Busqué con la mirada a Isis, pero había vuelto a desaparecer. Me preocupaba un poco dejarla encerrada en las catacumbas toda la noche; sin embargo, luego me di cuenta de que, si había bajado por sí misma, también sería capaz de salir.

Al llegar al final de las escaleras, nos encontramos el pasillo desierto.

–Puede que nos estén esperando en el vestíbulo –sugerí.

No era así, por lo que corrimos al comedor con la esperanza de encontrarlos allí.

–Dime otra vez por qué no podemos pasarnos la noche trabajando aquí –decía mi padre mientras se ponía el abrigo–. Tenemos seis semanas de trabajo que debemos terminar en solo dos.

–Pero, cariño –intervino mi madre mientras se envolvía el cuello con una bufanda–, es la primera noche que Henry está en casa desde Navidad.

–¡Porras! ¡Lo he vuelto a olvidar!

Al menos, no era la única hija de la que se olvidaban.

–Eso es porque trabajas demasiado –dijo mamá–. Te vendrá bien una noche libre. Venga, vamos. Vayamos a buscar a los niños.

Como no quería que nos pillaran escuchando a escondidas, entré en la habitación tirando de Henry.

–¡Estamos aquí! –exclamé con alegría.

–Menudos dos rufianes estáis hechos –dijo papá.

Aunque sus palabras sonaron bruscas, le revolvió el pelo a Henry con suavidad. Me descubrí a mí misma deseando tener el pelo más corto, como el de un chico. Es de lo más injusto que a los chicos se les demuestre afecto despeinándolos mientras que a las chicas no se nos permite ningún tipo de desorden. Justo cuando empezaba a sentir pena por mi persona, mi padre me pasó un brazo por los hombros.

–¿Qué te parece si nos vamos a cenar?

CAPÍTULO 7

UNA VISITA INESPERADA

Al volver al museo la mañana siguiente, nos encontramos una pequeña reunión de agentes de policía deambulando por el vestíbulo y hablando con Flimp, el vigilante nocturno.

–Ay, no, otra vez no –murmuró mi madre.

Cuando mi padre vio al inspector Turnbull, se le puso el rostro como la grana. Pero antes de que pudiera embestirle como un toro embravecido, el inspector dio un paso al frente y nos saludó con amabilidad.

–Buenos días, Throckmorton. Señora Throckmorton. Nos ha llamado su vigilante nocturno. Anoche pilló a alguien merodeando sin invitación. Normalmente le dejo estos casos a los agentes de a pie; sin embargo, debido a los problemas que tuvo hace unas semanas, he pensado que lo mejor es que viniera a comprobarlo yo mismo.

¡Un intruso! Mis ojos fueron directos a la pared, pero no había ninguna momia apoyada ahí como la última vez que vino el inspector Turnbull.

Mi padre decidió tomarse el saludo amable de Turnbull como una ofrenda de paz. Su rostro volvió a su tono normal y preguntó:

–¿Dónde está?

–Por aquí, señor.

Turnbull nos guio por el pasillo hasta el armario de las escobas. Había dos agentes de policía haciendo guardia a cada lado de la puerta. Mi mente se acordó de la Tabilla Esmeralda. ¿Habría roto su promesa Stilton y se lo habría contado a Trawley? ¿Habría venido el mismísimo maestro supremo anoche para llevársela?

–Abrid la puerta –les ordenó Turnbull.

Los agentes se apresuraron a hacer lo que les ordenaba y luego volvieron a quedarse en guardia. Solté un gritito. Allí, sentado en el suelo con las piernas cruzadas junto a fregonas y baldes, no había otro más que...

–¿Awi Bubu? –se me escapó.

Seis pares de ojos adultos se fijaron en mí.

–¿Conoce a este hombre, señorita? –preguntó Turnbull al mismo tiempo que mi padre decía:

–¿De qué demonios conoces a este tipo, Theodosia?

Pasé la mirada de un rostro furioso a otro.

–Es mago. Hace actuaciones en el teatro Alcázar. He visto una foto suya en un folleto.

–¿Qué estabas haciendo en esa zona de la ciudad, jovencita? –preguntó mi madre.

A veces elige los peores momentos para hacer de madre preocupada.

–¿No es más importante preguntarse qué está haciendo él aquí? –contrarresté intentando desviar su atención adonde correspondía.

–Sí –replicó mi padre, que se volvió hacia el anciano egipcio que había en el armario–. ¿Qué está haciendo usted aquí?

Lentamente, Awi Bubu se puso en pie. Uno de los agentes de policía echó mano a la porra, como si pensara que ese hombre tan arrugado tuviera intención de atacarlo.

–Siento haberme colado. Solo estaba buscando un sitio en el que pasar la noche.

Turnbull miró con dureza a Flimp.

–¿Es eso cierto? ¿Llevaba algo encima cuando lo encontró?

–No, señor. Pero ¿qué persona en su sano juicio dormiría en un museo con todos los sitios que hay?

Me pareció de poca educación puntualizar que el propio Flimp hacía eso cada noche.

–¿Y bien? –ladró Turnbull–. Responda a la pregunta de este hombre.

Awi (¿o debería llamarlo señor Bubu?) hizo otra reverencia.

–Tenía pensado pasar la noche en el parque…

–El vagabundeo también es delito, hombre. Dormir en el parque tampoco está permitido –dijo Turnbull.

–Aun así, como no tenía donde pasar la noche, pensé en intentarlo allí. Sin embargo, antes de llegar me atacaron unos ladrones a los que no les gustaba mi aspecto de extranjero. Con la intención de escapar de ellos sin que me hicieran mucho daño, busqué refugio en la parte trasera del museo. Descubrí que una de las puertas estaba entreabierta y me colé con la esperanza de dar esquinazo a mis perseguidores. Como no me localizaron, me temo que me invadió una sensación de seguridad y me quedé dormido.

Turnbull miró a mi padre.

–¿Es que no saben cerrar este museo con llave?

Mi padre se volvió hacia Flimp.

–¿De qué puerta estamos hablando?

–De la puerta trasera que hay junto a la zona de carga, señor. Supongo que es posible que Dolge o Sweeny la dejasen abierta. –Se rascó la cabeza–. Pero juraría que la comprobé anoche, señor, como hago siempre.

Por supuesto que lo había hecho. Y no me cabía duda de que estaba cerrada con llave. Miré a Awi Bubu y descubrí que él me estaba observando fijamente.

Me acaloré, me sonrojé y aparté la mirada, ya que no quería que los demás se dieran cuenta de que Awi Bubu y yo nos conocíamos y habíamos mantenido una conversación.

–Puede que se les olvidara –dijo el mago egipcio–. Yo nunca habría entrado si la puerta no hubiera estado abierta. –Se volvió hacia mi madre–. ¿Puedo elogiarla por la excelente colección que tiene? Es una de las mejores que he visto desde que salí de El Cairo.

–Aun así –intervino Turnbull–, puedo encerrarle por la Ley de Vagos y Maleantes. ¡Agentes!

Uno de los hombres dio un paso al frente para echarle el guante a Awi Bubu, pero mi madre lo detuvo.

–¿De El Cairo dice?

Awi le dedicó una profunda reverencia.

–Sí, señora. Estoy muy lejos de mi tierra natal.

–Cierto. ¿Y no tiene pensado quedarse?

Él abrió los brazos.

–Me han echado de mi alojamiento, señora. Aunque la magia egipcia está muy de moda en Londres, me temo que no ocurre lo mismo con las personas egipcias.

El gesto de mi madre se suavizó.

–¿Y cómo sabe tanto de colecciones de museos, señor Bubu?

–Tuve la oportunidad de trabajar para Gaston Maspero, del Servicio de Antigüedades de El Cairo.

La cara de mi madre se iluminó como si alguien le hubiera lanzado un regalo preciosamente envuelto en el regazo.

–No me diga, señor Bubu.

–¡Ay, no, Henrietta! –Papá la agarró del brazo y la alejó unos metros por el pasillo. Yo los seguí–. Sea lo que sea que estés pensando, olvídalo.

–¡Pero, Alistair! Ha trabajado en el Servicio de Antigüedades de El Cairo. ¿Cada cuánto se nos presenta en la puerta un conocido del director? Es una oportunidad fantástica. ¡Puede que sepa aconsejarnos sobre cómo presentar nuestra solicitud!

Los ojos de mi madre relucían y tenía las mejillas sonrojadas. Me arriesgué a mirar de nuevo al egipcio; observaba intensamente a mi madre y movía los labios en silencio. Me recorrió un escalofrío por la espalda. No tan potente como cuando estaba en presencia de una maldición, pero lo bastante fuerte como para saber que estaba utilizando algún tipo de magia.

–¡Ya basta! –grité.

Awi Bubu cerró la boca y se giró para mirarme. Al igual que todo el mundo.

–¿Qué pasa, Theodosia? –preguntó mi padre molesto por la interrupción.

¿Qué les iba a decir? Histérica, miré a mi alrededor y di con Henry.

–Ha sido Henry. Me estaba pellizcando.

–¡Claro que no! –soltó furioso.

–Sí que lo hacías –repliqué desesperada por crear una distracción de mi comportamiento inexplicable.

–¡Silencio! –ladró mi padre.

Dejé caer la cabeza y la vergüenza coloreó mis mejillas. Pero Awi Bubu ya no estaba murmurando su cántico.

–No se angustie, señor –dijo uno de los agentes–. Los niños son así.

–Bueno –intervino Turnbull–, les sugiero que nos permitan imponer cargos contra este maleante y nos iremos.

–No, inspector –respondió mi madre–. No será necesario. Creo que todos entendemos las circunstancias atenuantes en este caso. Después de todo, no se le puede pedir a una persona que se someta voluntariamente a una paliza si tiene una puerta abierta a mano.

Era evidente que el inspector Turnbull no estaba contento con la situación.

–Pero, señora...

Awi Bubu volvió a hacer una reverencia.

–Gracias. Espero poder devolverle este favor algún día.

–Pues, ahora que lo dice... –contestó mamá–. Si no le importa, me gustaría hablar un momento con usted sobre su trabajo en el Servicio de Antigüedades de El Cairo.

–Por supuesto, lo que desee la señora.

–¿Sería posible que viniera mañana a las dos?

Awi Bubu se inclinó por enésima vez.

–Como desee. Nos vemos mañana entonces.

Tras pronunciar esas palabras, Awi Bubu nos dedicó una última reverencia y salió por la puerta. Todos nos quedamos mirándolo hasta que desapareció. Entonces el inspector Turnbull les dijo a mis padres:

–Yo tendría cuidado. Quién sabe qué trama alguien de esa calaña.

−¿De qué calaña? −preguntó mi madre con frialdad.

Turnbull parpadeó.

−De la que pasa la noche en parques y museos, señora −replicó con la misma frialdad.

−Tomaremos todas las medidas pertinentes, inspector −intercedió mi padre antes de que todos nos congelásemos en el ambiente−. Y gracias por su rápida intervención.

Mientras los adultos intercambiaban una despedida, me alejé pasillo abajo. En cuanto estuve lejos de su vista, eché a correr, decidida a dar con Awi Bubu. Cuando salí del museo, ya estaba a media manzana de distancia.

−¡Espere! −grité, doblando la velocidad en un intento de darle alcance antes de que desapareciera.

CAPÍTULO 8

FAGENBUSH SUPONE UN DESAFÍO

Awi Bubu se dio la vuelta despacio, se cruzó de brazos y me dedicó una reverencia corta y precisa.

—¿La señorita me necesita para algo?

—No, no lo necesito para nada —resoplé mientras trataba de recuperar el aliento—. Pero quiero saber qué hacía anoche fisgoneando por nuestro museo.

—Creo que la señorita estaba presente cuando se lo he explicado a las autoridades. Me dirigía al parque...

—¡No le creo nada! ¿Dos días después de conocernos resulta que iba paseando por la zona del museo?

—Ah, pero la señorita me dijo que sus padres trabajaban en el Museo Británico, ¿no es así? ¿Cómo iba a saber que me había mentido?

¡Porras! Me había pillado. Bueno, como dice mi padre: la mejor defensa es un buen ataque.

—¿Y qué me dice de esa patraña que le ha contado a mi madre de que trabajó en el Servicio de Antigüedades de El Cairo?

–Eso no es, como usted dice, una patraña. Es la verdad. Trabajé allí antes de que me exiliaran.

Observé detenidamente al hombrecillo enjuto. Era difícil de creer que un mago callejero hubiese trabajado en una de las organizaciones arqueológicas más importantes del mundo. Pero, claro, también era difícil de creer que existieran adultos hechos y derechos que llevaran túnicas negras con capucha y pertenecieran a sociedades secretas.

–¿Tendré el placer de ver mañana a la señorita? –preguntó Awi Bubu como si estuviéramos de cháchara.

Me quedé mirándolo fijamente.

–Delo por seguro. Sé que está tramando algo y no voy a dejar que engañe a mis padres con alguna de sus artimañas.

–Es usted de lo más escéptica –dijo. Después me dedicó una de sus infernales reverencias y se marchó.

Antes de que pudiera darme la vuelta para volver al museo, me asaltó la voz de Henry.

–¿Por qué estabas hablando con ese hombre?

–¡Henry! –Me di la vuelta como un látigo y me pregunté cuánto habría oído–. ¿Qué estás haciendo aquí?

Mi hermano se metió las manos en los bolsillos de los pantalones.

–¿A qué se refería cuando dijo que le habías dicho que tus padres trabajan en el Museo Británico? A papá no le va a gustar eso, ya lo sabes.

–¡No, Henry, no debes contarle nada!

–No veo por qué no. Creo que me lo debes por inventarte tonterías sobre mí. ¡Como si yo diera pellizcos a las niñas! –exclamó. Era evidente que seguía enfadado conmigo.

Di un paso adelante.

–Henry, no tuve elección. Créeme.

Henry resopló y se dio la vuelta para volver al museo.

–¡Espera!

Me apresuré para alcanzarlo. Él se detuvo y me miró ceñudo.

–¿Por qué debería escuchar una palabra de lo que dices? Primero me dejas abandonado en la estación de tren, luego te inventas mentiras para meterme en líos con papá. ¡Y encima delante de desconocidos! La tregua a la que llegamos la última vez que estuve en casa hace tiempo que se acabó.

–No, no, Henry. Déjame explicarlo. Hay razones perfectamente válidas para todo. –Mi mente iba a toda velocidad, preguntándose cuánto debía (o podía) contarle–. Hay muchas cosas que no son lo que parecen.

Le dio una patada a una piedrecilla.

–Adelante, te escucho. Y más te vale que sean buenas razones.

Se cruzó de brazos sobre el pecho.

–Aquí no. –Miré alrededor de la plaza; no estaba segura de si habría algún Escorpión merodeando por los alrededores–. En las catacumbas, donde nadie pueda oírnos.

Puso los ojos en blanco.

–Deja ya de ser tan misteriosa.

–No es por gusto. Lo entenderás cuando te lo explique.

Afortunadamente, el vestíbulo estaba desierto cuando regresamos al museo. No había agentes de policía, ni Flimp, ni mis padres. Incluso conseguimos evitar a Fagenbush de camino a las catacumbas.

Henry llegó el primero.

—¡Eh! ¿Dónde está la Tablilla Esmeralda?

Al oír sus palabras, se me aceleró el corazón, hasta que recordé que Henry no sabía que la había escondido. Pasé a su lado en dirección a la estantería y levanté la balda de madera.

—La escondí aquí debajo. Por si acaso.

—¿Por si acaso qué? —bufó Henry.

—Por si se colaban intrusos en el museo —repliqué.

Henry se quedó mirándome como un bobo hasta que encajó las piezas.

—¿Crees que ese anciano egipcio la buscaba?

—Bueno, no él exactamente —admití—. Pero sí pensé que tal vez vendría alguien a por ella.

—Pero si solo lo sabíamos tú, yo y Stilton... ¡Ah! ¿Creías que Stilton vendría a robarla? —Frunció el ceño, perplejo—. Siempre me ha caído bien.

—A mí también, Henry; pero últimamente están pasando un montón de cosas raras.

Aún no tenía claro cuánto iba a contarle, así que tomé aire. Tenía que saber una parte, aunque solo fuese para mantenerse a salvo. Y lo cierto era que no me venían mal dos pares de ojos pendientes de si ocurrían cosas extrañas. Sin duda, no pasaría nada si sabía lo mismo que Will Dedoslargos. Era lo más razonable.

—¿Te acuerdas de que te dije que había ido a Egipto bajo las órdenes de Wigmere?

Henry dejó de moverse.

—Fue más que eso —me detuve tratando de poner en orden mis pensamientos.

—Continúa —me instó mi hermano.

−Sigo echando un ojo a ciertas cosas para Wigmere. Pero hay otras personas involucradas. ¿Te acuerdas de Von Braggenschnott?

−No creo que pueda olvidarlo, teniendo en cuenta que casi mata a Will Dedoslargos.

−Sí, bueno. Pues resulta que Nigel Bollingsworth ha estado trabajando con él.

A Henry casi se le salieron los ojos de las cuencas.

−¿El antiguo ayudante del conservador? ¿Al que siempre le ponías ojitos?

−Eso no es verdad −repliqué.

−¿Era un traidor?

−Exacto. Y Wigmere quería que estuviera atenta por si había más delatores.

Henry se inclinó hacia delante.

−Es ese tal Fagenbush, ¿a que sí? Siempre me pareció sospechoso.

Suspiré.

−Me temo que no. Wigmere afirma que lo ha comprobado a conciencia.

−Puede que se equivoque.

−Eso mismo pienso yo.

−¿Qué me dices de Stilton?

−Stilton no trabaja para las Serpientes del Caos, pero sí que pertenece a una organización secreta...

−¿Como un club?

−Eso es, como un club. Se llama Orden Arcana del Sol Negro y se sienten extrañamente atraídos por todo tipo de magia; en concreto, por la magia egipcia. Así que, aunque Stilton tiene buenas intenciones, no me fío mucho de los demás de su organización.

Henry silbó.

–Espera –le dije–, hay más. ¿Te acuerdas cuando fuimos a Seven Dials la última vez que viniste a casa? ¿Y que seguimos a un señor por el Museo Británico?

Henry asintió.

–Me dijiste que se llamaba Tetley.

–¡Shhh!

Miré por encima del hombro, temerosa de que a la momia le diera por responder a su nombre.

–¿Qué? –susurró Henry.

–Es ese –señalé la momia apoyada en la pared.

–Deja de tomarme el pelo...

–¡No, Henry, lo digo en serio! Von Braggenschnott se enfadó con él por su fracaso cuando estábamos en Egipto e hizo que lo momificaran como castigo. Son personas extremadamente peligrosas. Por eso te lo estoy contando: para que estés en guardia en todo momento.

–¿Significa eso que también voy a trabajar para Wigmere?

–No para Wigmere exactamente. Más bien para mí. Puedes ayudarme con las obligaciones que me encomiende Wigmere. Eso será lo mismo que trabajar para él –me apresuré a explicar.

No se dejó engañar.

–No es cierto. Será como trabajar para ti –suspiró claramente molesto. Luego frunció el ceño–. ¿Y qué tiene que ver ese anciano egipcio en todo esto? ¿También trabaja para Wigmere? O para la Orden Arqueta del Bol Negro... ¿Cómo dices que se llama?

–La Orden Arcana del Sol Negro. Y aún no sé qué tiene que ver, eso es lo que estoy intentando averiguar.

–¿Averiguar el qué?

Alcé la cabeza al oír la voz de Clive Fagenbush. Estaba plantado en el último escalón. ¿Cómo diantres había bajado toda la escalera chirriante sin que lo oyera?

—¿Qué está haciendo aquí? —pregunté de malas formas.

Bajó el último peldaño y recorrió lentamente con la mirada la jungla desordenada de artefactos olvidados antes de fijarse en la hilera de momias que había en la pared de enfrente. Se acercó a ellas y las estudió con interés.

—Veo que tienes a Tetley aquí guardado.

—No fue mi elección. Chudleigh no quería saber nada de él en cuanto supo que era una momia falsa. Es evidente que no puede estar en el museo, pero no puedo hacer otra cosa. A menos que tenga usted alguna sugerencia —añadí con dulzura.

En realidad, lo que me habría gustado es darle al pobre hombre una sepultura decente, pero aún no había encontrado la forma de hacerlo.

Fagenbush se paseó tranquilamente ante la caja canópica sobre la que descansaba la estatua de Anubis.

—Ah, sí, tu chacal.

«Por favor, no digas más», pensé. «Vas a desvelar todos mis secretos». Miré a Henry, que observaba a Fagenbush con los ojos entrecerrados.

—Es increíblemente realista, ¿verdad? —señalé.

Fagenbush me miró por encima del hombro y luego pasó la vista a Henry.

—Es fascinante —pronunció arrastrando las palabras.

—¿Qué está haciendo aquí? —exigí de nuevo. El escrutinio que estaba llevando a cabo me estaba poniendo de los nervios.

—Verás, Theo, no puedes culparme de que venga a visitar el sitio en el que has estado encerrada las últimas semanas. No puedes acaparar los objetos más jugosos, ¿entiendes? Tengo que asegurarme de ello y venir más a menudo. De hecho, se podría decir que voy a seguirte como un perro.

Miró de reojo la estatua de Anubis y se rio de su propia broma. Pero yo reconozco una amenaza cuando la oigo. Pensaba seguirme a todas partes si era necesario, lo que fuera con tal de tener esos malditos informes para Wigmere.

Siguió ojeando la habitación, acercándose cada vez más a las estanterías. Cuando Fagenbush acortó distancias con la tablilla, me di cuenta de que tenía que distraerlo. Pero ¿cómo? Miré a mi alrededor y mis ojos recayeron en un frasco canópico que contenía un trozo de cuerda hechizada con una maldición especialmente desagradable. Mmm. Podría usarla, pero era un tipo de magia bastante maligna y, aunque quería quitarme de en medio a Fagenbush, no quería causarle ningún daño permanente. Bueno, no a menudo.

Cuando Fagenbush estiró la mano y tomó una máscara funeraria que estaba en el estante de arriba de la tablilla escondida, mi mirada dio con una banqueta del Imperio Nuevo que estaba colocada contra la base de la estantería. Con cuidado, como si no quisiera que me viese, levanté el pie y empujé con suavidad la banqueta por detrás de la caja canópica.

Fagenbush levantó la cabeza y movió la nariz como un sabueso de caza.

–¿Qué ha sido eso?

–¿Qué ha sido qué? –pregunté inocentemente.

Devolvió la máscara olvidada al estante y caminó a zancadas hasta mí.

–¿Qué estás intentando ocultarme?

–No estoy intentando ocultarle nada.

–Renacuaja mentirosa...

Se abrió paso y se asomó tras la caja canópica. Sonrió triunfante al hallar la banqueta.

—¿Ves? Sabía que estabas tratando de esconder algo.

La examinó. El asiento de cuero se había descompuesto hacía siglos, pero las patas tenían incrustaciones de pequeñas piezas de marfil y ébano, así que Fagenbush no tardó mucho en dilucidar que había pertenecido a alguien importante. Su mirada se volvió insegura.

—Me pregunto por qué no querrías que lo viera.

En realidad, sí que quería. Esa había sido la intención y la base de la estrategia que se me había ocurrido en el momento: redirigir la curiosidad de Fagenbush hacia artefactos inofensivos. Bueno, relativamente inofensivos. La banqueta tenía una maldición suave, una que se traduciría a bote pronto como: «Que las arenas del desierto se te metan en los bombachos hasta la próxima luna nueva».

Fruncí el ceño, como si estuviera molesta por que hubiera encontrado la banqueta.

—Perdone, ¿ha dicho ya qué está haciendo aquí?

Fagenbush se aferró a la banqueta y redujo el espacio que nos separaba.

—La verdad es que tu padre y Weems me han mandado para ver si has terminado ya su valioso inventario. Si no, debo ayudarte hasta que esté rematado. Básicamente, me han enviado a arreglar tus desaguisados.

—Lo dudo —repliqué enseñándole el inventario—. Terminé de catalogarlo anoche. Tome. Todo suyo.

Evidentemente, no estaba terminado. Había ciertos artefactos cuestionables que no había incluido, como la tablilla y el orbe de Ra, pero no pensaba confiarle eso a Fagenbush.

Este me arrancó el libro de las manos y hojeó las páginas, leyendo lo que había escrito.

–Muy bien, parece terminado.

–Lo está. Soy muy meticulosa. –«Y harías bien en recordarlo», pensé–. Ahora que tiene lo que quería, tal vez debería volver al trabajo.

Se inclinó hacia delante y me envolvió una nube de olor a cebolla en vinagre y col hervida.

–Ten cuidado, Theo –se limitó a decir. Después, cerró de un golpe el libro y empezó a subir las escaleras.

Solté un suspiro de alivio y miré a mi hermano.

–¡Menudo bruto! –exclamó Henry.

Me encogí, convencida de que Fagenbush todavía no había llegado a lo alto de la escalera.

Mis sospechas se confirmaron cuando todo el sótano se quedó a oscuras de repente. Me quedé helada al oír la suave risa de Fagenbush deslizándose por la escalera, seguida del chasquido que hacía la puerta al cerrarse. Esperé para comprobar si echaba la llave, pero no lo hizo. Parecía satisfecho con apagar las luces y dejarnos a tientas en la oscuridad.

–¿Por qué Fagenbush es tan retorcido? –preguntó Henry.

Suspiré.

–No lo sé, Henry. Quizá nunca pensó que tendría que trabajar con una niña. Sea como sea, es muy cansino. Sinceramente, no me fío de él ni un pelo.

–No puedo culparte por ello. ¿Sabes qué? No estamos tan a oscuras como deberíamos –añadió.

–Tienes razón.

Una luz tenue y fantasmagórica de color verde evitaba que la habitación estuviera totalmente a oscuras. No tardamos en encontrar el origen de la luz. Provenía de la estantería. De la Tablilla Esmeralda que estaba bajo el estante de madera, para ser más exactos.

–¿Es normal que brille así? –Henry sonaba levemente impresionado.

–Puede. Si es tan poderosa como nos dijo Stilton.

–¿Qué crees que significa?

–Eso es lo que pienso averiguar.

–¿Cómo?

Me volví hacia mi hermano.

–Investigando –anuncié–. Libros y más libros.

Henry profirió un gruñido y empezó a subir los escalones arrastrando los pies. Yo pensaba seguirlo, pero entonces creí ver unas sombras que se movían desde el techo hasta la pared que había detrás de las momias. Parpadeé para aclararme la vista y, cuando volví a mirar, ya no estaban. Era evidente que la extraña luz me estaba jugando una mala pasada.

Al pensar en la luz verde, me acordé de que aún tenía que llevar a cabo la prueba de segundo nivel en la Tablilla Esmeralda. Rápidamente, me saqué unos cuantos trozos de cera del bolsillo y los dejé junto a la tablilla. No nos vendría mal saber si estaba maldita antes de seguir toqueteándola. Entonces, al darme cuenta de que el día anterior no había logrado hacer la prueba de segundo nivel masiva que tenía pensado, me tomé otro momento para desperdigar más de una docena de cabos de cera por toda la catacumba. Ya era hora de atajar las maldiciones de ese lugar.

–¿Vienes o qué? –gritó Henry desde lo alto de la escalera.

–Ahora mismo subo –respondí.

CAPÍTULO 9

TODOS LOS CAMINOS LLEVAN A... CALDEA

—¿Has terminado ya? —me preguntó Henry por tercera vez, y eso que apenas llevábamos diez minutos en la sala de lectura.

—No, Henry, no he terminado. Acabo de empezar. —Lo cierto era que ni siquiera me había dado tiempo a abrir un libro, solo los había sacado de la estantería. ¡Por favor! ¿Es que se pensaba que absorbía las palabras con las manos?—. Voy a tardar un rato, así que será mejor que te pongas cómodo.

Mi hermano suspiró y, acto seguido, caminó fatigosamente hasta un espacio despejado del suelo, se sentó y sacó unas canicas del bolsillo. Satisfecha con que fuera a entretenerse él solo durante, al menos, cinco minutos, volví a mis libros.

Como Stilton había dicho que la tablilla era venerada por aquellos que estudiaban alquimia y ocultismo, la mejor opción para comenzar mi investigación eran los grimorios, antiguos libros que habían usado los alquimistas y los magos del pasado para tomar nota de sus experimentos y sus conocimientos prácticos sobre la magia. Uno de ellos, escrito por Silvus Moribundus, parecía un buen punto de partida. Gran parte de su contenido provenía del sacerdote jefe y mago de Nectanebo II. El problema era que el libro estaba escrito en latín con una caligrafía a la vieja usanza y había una serie de notas garabateadas a mano en los márgenes que me iban a llevar mucho tiempo y esfuerzo traducir. Investigar no es para quien se desmotiva fácilmente.

Hojeé las viejas y desgastadas páginas en busca de las palabras *Tabula Smaragdina* y me sentí victoriosa cuando las encontré.

Moribundus escribió que la tablilla provenía de Hermes Trismegistus, del que se decía que era una combinación del dios griego Hermes y el dios egipcio Thoth. Había quien pensaba que ambos dioses eran uno solo, y por ello, se creía que el libro era la fuente de todo el ocultismo y el folclore de Occidente.

Tal vez Stilton tenía razón y la tablilla no era más que una recopilación de las recetas fallidas para convertir el metal en oro.

–¿Has acabado? –la voz de Henry sobre mi hombro me hizo sobresaltarme.

–No –repliqué con más brusquedad de la que pretendía.

–Vale, no hace falta que me arranques la cabeza de un mordisco.

Tomé una bocanada de aire y traté de recomponer mi paciencia.

–Lo siento, Henry; cuando me asusto, me pongo de mal humor. –Parecía tan aburrido y triste que me dio pena–. Tengo una idea. ¿Por qué no vas a espiar a Fagenbush? A ver qué está tramando esta mañana, si intenta bajar de nuevo a las catacumbas y esas cosas.

A Henry se le iluminó la cara.

–¿En serio? ¿Me dejas hacer eso? –Entonces se le descompuso la cara–. Esto no será como lo de los pellizcos, ¿no? ¿No me estarás mandando a mí para que me lleve yo el castigo?

Sentí que se me sonrojaban las mejillas levemente al recordar mi comportamiento injusto.

–No, Henry, no es nada de eso. De verdad que pienso que es buena idea saber qué andan tramando los adversarios de uno. No sé si se enfadará mucho si te descubre, así que espíalo tan bien que no te pille.

–¡Excelente! –exclamó, y se dirigió hacia la puerta–. ¿Cuándo quieres un informe?

Miré mi reloj.

–¿Después del almuerzo? Así, si se reúne con alguien para comer, estarás ahí para verlo.

Henry pareció muy emocionado ante esa posibilidad y salió corriendo. Yo me dediqué a leer mi grimorio, decidida a conseguir algún avance.

Moribundus llamaba a la tablilla «la biblia de todo el saber alquímico». Durante generaciones, había sentado las bases de los experimentos químicos y las teorías mágicas, lo que confirmaba que Stilton sabía de lo que hablaba. Moribundus también afirmaba que había sido el mismísimo dios Thoth el que había tallado la tablilla. Si era cierto, entonces la tablilla era mucho más valiosa (y peligrosa) de lo que Stilton o Moribundus pensaban. Habría sido algo mucho más fácil de creer si los símbolos de la tablilla hubieran sido jeroglíficos egipcios, pero no era el caso. Era algo totalmente distinto.

Frustrada con este misterio, seguí leyendo. Moribundus continuaba diciendo que la tablilla, junto al *Libro de Thoth*, una obra de treinta y siete volúmenes que contenía toda la filosofía egipcia y las doctrinas mágicas, se habían guardado en la biblioteca de Alejandría y que habían desaparecido en el incendio. Suspiré decepcionada. Es duro ser consciente de la cantidad de conocimiento antiguo que se perdió en ese maldito incendio.

¡Espera un momento! Si la Tablilla Esmeralda se había perdido en el incendio, ¡no podía estar oculta en nuestro sótano! Con la esperanza de encontrar más pistas, volví la página. Había una nota a mano en los márgenes, aunque escrita por otra persona: *«Se rumorea que algunos de estos libros sobrevivieron al incendio y que se guardaron en secreto en el desierto, donde fueron prolijamente escondidos y solo los conocedores del wedjadeen podrán saber su localización».*

Qué interesante. Por desgracia, no tenía muy claro qué era un wedjadeen, así que no albergué esperanzas de conocer la ubicación. Oí un ruido en la puerta.

—Henry —dije sin levantar la vista—, todavía no es la hora de comer.

—En realidad —respondió Stilton aclarándose la garganta—, no soy Henry. Y sí que es la hora de comer.

—Ay, lo siento, Stilton. He perdido la noción del tiempo.

—Como siempre le pasa cuando está investigando algo, señorita Theodosia. ¿Ha encontrado algo sobre la Tablilla Esmeralda?

Torcí el gesto cuando dijo el nombre en voz alta.

—¡Shh! No, todavía no. Tampoco quiero que la gente se entere de que la he encontrado.

—¡Por supuesto!

—¿Qué puedo hacer por usted, Stilton?

Se retorció la mano izquierda de forma compulsiva mientras entraba en la habitación.

—Me preguntaba si podría contarme qué es lo que ha sucedido esta mañana. Me temo que me lo he perdido.

Me recliné en mi asiento, encantada de tomarme un descanso.

—Un vagabundo se coló en el museo y pasó la noche en el armario de las escobas —expliqué.

—¿Es cierto lo que he oído de que era egipcio? ¡Qué coincidencia!

—Así es —contesté. No estaba segura de cuánto podía contarle. Después de todo, trabajaba para Trawley.

Sin previo aviso, un tic recorrió la mejilla izquierda de Stilton y fue bajando hasta que se mordió los carrillos para detenerlo.

—¿Era el mismo hombre con el que estaba hablando en la calle esta mañana?

—¿Quién se lo ha contado? —pregunté con dureza.

—N... nadie, señorita Theo. Simplemente, resultó que estaba llegando cuando la vi.

—Ah. Sí, bueno, era ese mismo.

—Qué raro que tuviera algo que hablar con él.

Entrecerré los ojos. ¿Por qué Stilton estaba sonsacándome información?

—No es tan raro —respondí—. Resulta que solía trabajar para el Servicio de Antigüedades de El Cairo. Mi madre lo ha invitado a venir mañana. Solo sentí curiosidad sobre su trabajo en la institución.

Stilton se inclinó hacia delante, como si temblara por la anticipación.

—¿Y eso fue lo único de lo que hablaron?

—Pues sí, Stilton. ¿De qué más íbamos a hablar?

—De n... nada. Era por curiosidad.

Cansada de su secretismo, me froté los ojos y cambié de tema.

—Stilton, parece que sabe mucho sobre esta Tablilla Esmeralda. ¿Por qué cree que la gente sabe de su existencia si ha estado camuflada en una falsa estela durante todos estos años?

—Estuvo guardada en la biblioteca de Alejandría durante un tiempo y fue uno de los documentos más copiados en su época.

—Pero ¿cómo la descifraron? No he sido capaz de reconocer los glifos que tiene. ¿Usted sí?

—¡Ah! —El rostro de Stilton se iluminó—. Eso es porque es la escritura cuneiforme caldeana, señorita; no es egipcio.

—¿Caldeana?

—De Caldea, lo que los griegos llamaban Babilonia. Más concretamente, de la undécima dinastía de Babilonia durante el siglo VI antes de Cristo.

—Pero si la tablilla la creó Thoth o incluso Hermes Trismegistus, ¿por qué usaron la caligrafía caldeana en vez de la egipcia?

—Es una pregunta excelente, señorita Theo. Las traducciones actuales de la tablilla se crearon a partir de las copias en latín y en árabe que se hicieron en la Edad Media.

—¿Hay alguien que sepa leer caldeano? —pregunté.

—Un puñado de catedráticos —respondió Stilton—. Pero consiguieron descifrar el lenguaje cuneiforme hace apenas unas décadas, por lo que nadie que sea capaz de leer el cuneiforme ha visto la inscripción original de la tablilla.

—Lo cual hace que sea muy valiosa desde el punto de vista académico —puntualicé pensativa.

—Hay mucha gente que piensa que la razón por la que la fórmula nunca funcionó se debe a que hubo algún error en la traducción. ¿Quién sabe lo que se conseguiría con una que fuera fiel y precisa?

Le relucieron los ojos, como si estuviera imaginando montañas de oro.

–Stilton –empecé a decir, pero la voz de mi hermano me interrumpió.

–¡Theo!

Stilton me dedicó una despedida breve en cuanto apareció Henry. ¡Por favor! ¡Aquí había más idas y venidas que en la estación de Charing Cross! Cuando Stilton se hubo marchado, Henry empezó a saltar como si estuviera a punto de implosionar.

–¿Qué? ¿Qué sucede, Henry?

–¡Tenías razón, Theo! Fagenbush está metido en algo, seguro.

–¿En serio? –Qué suerte había tenido al pillarlo–. ¿Qué es lo que has visto exactamente?

–Estaba inquieto y nervioso, no dejaba de removerse en la silla o se ponía en pie y se paseaba durante un rato.

–Ah. –La emoción se evaporó de mi cuerpo. Esos movimientos correspondían más a tener arena en los calzones que a participar en actividades sospechosas. Sin embargo, le dije a Henry que había hecho un buen trabajo para no desalentarlo en su primera misión. Miré de reojo el reloj de pared que hacía tictac–. ¡Madre mía! Ya casi es la hora de ver a Will.

–¿Vamos a ver a Will?

Henry parecía muy ilusionado con ese anuncio.

–Sí, hemos quedado en vernos hoy en el parque.

Evidentemente, habíamos concretado eso antes de la reprimenda de Wigmere. Aun así, no pensaba dejarlo tirado. Tenía que explicarle lo que había pasado.

Henry corrió al lugar donde había estado esperando a que terminara mi investigación y empezó a rebuscar por el suelo.

–¿Qué estás haciendo? Tenemos que irnos.

–Quiero llevarme las canicas al parque, pero no están aquí. ¿Dónde las has metido?

–¿Yo? No las he metido en ningún sitio. No las he tocado.

–Pero si las dejé aquí –insistió.

–Puede que te hayas confundido. –Entonces, antes de que pudiera seguir discutiéndome, le dije–: Yo me voy ya. ¿Vienes o no?

Se puso en pie, se metió las manos en los bolsillos y pataleó.

–Voy.

CAPÍTULO 10

UN PASEO POR EL PARQUE

Afortunadamente para nosotros, era uno de esos insólitos días primaverales en los que hacía buen tiempo. Incluso se veía el cielo, lo cual ocurría con poca frecuencia. Mientras caminábamos en dirección al parque, intenté ordenar mis pensamientos para poder mandarle un mensaje coherente a Wigmere. Sin embargo, era una tarea complicada, ya que Henry no paraba de dar saltitos y preguntar cosas como «¿Crees que Will se acordará de mí?» (Por supuesto, Henry); «¿Crees que me enseñará a ser carterista?» (Sinceramente, espero que no, Henry), y otras por el estilo. Así que cuando llegamos al parque seguía sin tener ni idea de qué mensaje le quería mandar.

Debido al buen tiempo, había bastante gente y un montón de niños corriendo por allí. Estupendo. Eso mantendría a Henry entretenido.

Busqué entre la multitud, ya que no estaba segura de qué disfraz llevaría Will, si es que llevaba alguno. Había un deshollinador, pero era demasiado bajo y demasiado joven. Además, tenía el cabello de un tono pelirrojo reluciente. Y entonces, un chico mayor enfiló hacia nosotros. Enseguida reconocí los ojos azules y brillantes de Will bajo la visera de su gorra algo grasienta.

−¡Hola, señorita!

−¡Will! Has podido venir. ¿Has tenido problemas para llegar hasta aquí?

−No, ha sido fácil.

−Bien. ¿Te acuerdas de mi hermano Henry?

−¡Pues claro! ¿Cómo olvidar las peonzas que trajo la última vez que nos vimos?

Henry se alegró inmensamente. Will no podría haber dicho nada que le agradara más. Al mirar a mi alrededor, no pude evitar darme cuenta de que el resto de niños había dejado de jugar y nos estaban observando. Bajé la voz.

−Parece que tenemos audiencia −dije.

Will me miró extrañado.

−No es ninguna audiencia, señorita. Son mis hermanos.

−¿Todos? −hice un recuento rápido−. ¿Los seis?

−Sí. Ya conoce a Mocoso y a Rata. −Por supuesto que conocía a Mocoso, pero nunca lo había visto sin el enorme bombín que solía llevar. Y a Rata solo lo había visto bajo la tenue luz del teatro Alcázar o cubierto de hollín a bordo del Dreadnought−. Rata es fácil de reconocer porque parece una rata, ¿verdad, señorita?

Tuve que admitir que la cara de Rata era pequeña y enjuta y tenía una nariz bastante larga. Sin embargo, aunque había sido Will quien había sacado el tema, me pareció de mala educación darle la razón, así que me limité a señalar al pequeño deshollinador que trataba de trepar un árbol.

—¿Quién es ese?

—Es Chispas. Hoy no hay trabajo para él, así que se ha venido con nosotros.

—¿Por eso se llama Chispas? ¿Porque trabaja con chimeneas?

—Ah, no, señorita. Se llama Chispas porque es un entusiasta del fuego. Puede prender una llama con cualquier cosa que tenga a mano.

—Fascinante —admití.

—Luego tenemos a ese pequeñajo que está ahí al lado del arbusto, que se llama Pellizcos.

—¿Porque da pellizcos? —pregunté con cierto recelo tras mi experiencia con la señorita Sharpe, una de mis antiguas institutrices.

—Solo a las carteras, señorita. Es casi tan bueno como yo —replicó Will con un gran sentido del orgullo.

—¿Qué le está haciendo al arbusto? —quise saber.

Will se giró para echar un vistazo.

—Está practicando para ver si es capaz de agarrar una hoja sin que se muevan el resto de las ramas. Es más difícil de lo que parece.

—Ya me imagino —dije en voz baja.

—Y los dos más pequeños son Meón y Colilla. Mi madre no se encontraba bien hoy, así que me ha pedido que los cuide.

—¿Meón? ¿Colilla? —¡Por favor! ¿Es que nadie de esa familia tenía un nombre serio?

Will se acercó a mí y me susurró:

—Meón todavía moja la cama por las noches, señorita. Y Colilla, en fin, allá que va, ¿lo ve? —El niño había recogido lo que parecía una colilla usada y se la estaba llevando a la boca—. ¡Colilla, no! Deja eso —gritó Will, y este se asustó. Will se metió la colilla en el bolsillo–. Aún le quedan un par de caladas –explicó. Luego tomó en brazos al niño, que no paraba de llorar, y empezó a mecer al pobre Colillas en la cintura–. Bueno, señorita, ¿tiene algún mensaje que quiera que le lleve a Wigmere?

Sus ojos brillaron por la anticipación.

–Me temo que ha habido un cambio de planes. Wigmere me ha recordado que no debo seguir usándote como mensajero.

Will parecía hecho polvo.

–No irá a usar a Fagenbush, ¿verdad?

–No, no. Si no puedo mandar mensajes a través de ti, los enviaré yo misma.

Horrorizado, Will exclamó:

–¡No puede hacer eso, señorita! Ese barrio no es seguro para las niñas como usted. Además –una mirada de determinación cruzó su rostro–, si ese viejo se cree que no se puede confiar en mí para entregar un mensaje, tendré que demostrárselo. Soy tan de fiar como cualquiera de sus agentes.

–Wigmere se enfadará.

Will bufó y Colillas dejó de llorar, fascinado por el sonido que acababa de hacer su hermano.

–No me da miedo, señorita.

–De acuerdo. Si estás seguro...

–Lo estoy –se volvió y pegó un grito–. ¡Chispas! Ven aquí y cuida a Colillas, hazme el favor.

El chico pelirrojo se bajó del árbol de un salto y corrió hacia nosotros. Will le cedió a Colillas.

–Vamos, Colillitas –dijo Chispas, que se volvió a Henry–. ¿Vas a quedarte ahí a escuchar la cháchara o prefieres venirte con nosotros?

Henry me miró.

—Adelante —dije—. Tú ya sabes lo que le voy a contar a Will.

Una amplia sonrisa iluminó su rostro.

—¿Es verdad que puedes hacer arder cualquier cosa? —preguntó mientras seguía a Chispas hasta el extremo contrario del parque.

Puse los ojos en blanco y traté de no pensar en las nuevas habilidades que podría aprender Henry.

—Bien, señorita, ¿qué novedades me trae?

—Creo que he encontrado otro objeto especial, parecido al báculo de Osiris.

Will alzó las cejas.

—¿Puede resucitar a los muertos?

—No, no. Al menos, que yo sepa. Pero parece ser más poderoso de lo habitual. Dile a Wigmere que creo que he encontrado la Tablilla Esmeralda...

Will Dedoslargos silbó.

—¿Está hecha de esmeraldas?

—No estoy segura. Si es así, es una esmeralda descomunal. Pero dile a Wig...

—Entonces, valdrá una fortuna.

Desdeñé esa suposición con un gesto de la mano.

—Es valiosa por el tallado y por la historia que tiene. Se supone que contiene los secretos de la alquimia o algo así. Wigmere sabrá de lo que hablo. Pregúntale si cree que pertenece al mismo lote que el báculo y qué quiere que haga con ella. Según mi investigación, es un objeto codiciado desde hace siglos.

—Muy bien, señorita. Ha encontrado la Tablilla Esmeralda y quiere saber qué le gustaría que hiciera con ella.

—En resumen, sí. —Entonces me distrajo el olor a humo. Di un respingo al ver que Chispas, Henry, Mocoso y Colilla estaban en cuclillas alrededor de un montón de basura humeante–. ¡Henry, no! –grité.

–No se preocupe. Chispas sabe lo que se hace –me aseguró Will.

–Sí, ¡pero Henry no!

Me dirigí a toda velocidad hacia el grupo de niños, me agaché, agarré a Henry por el brazo y lo puse en pie de un empellón.

–¡Au! ¿A qué viene esto?

–¡No se pueden quemar cosas en un parque, Henry!

–Chispas me estaba mostrando cómo...

–¡No me importa, Henry! Y tú... –Me volví hacia Chispas–. Deberías saber que no hay que quemar cosas. ¿Qué ejemplo le estás dando a Colillas? Además –añadí al ver dos niñeras que nos estaban observando–, es una forma estupenda de llamar la atención donde no toca.

Chispas se levantó y empezó a apagar el fuego con el pie.

–Es tan divertida como una manta mojada –se quejó a Will.

Will le quitó la gorra a Chispas de un manotazo, lo que dejó a la vista más rizos pelirrojos.

–Cierra la boca. Lo siento, señorita –me dijo.

En ese momento, una de las niñeras (aunque tal vez fuera institutriz) se levantó del banco y se encaminó hacia nosotros.

–Vaya –le dije a Will con la boca chica–. Nos hemos metido en un lío.

En efecto, iba ataviada con ropas almidonadas y planchadas como si le fuera la vida en ello y se movía con una rigidez propia de los desfiles militares. Se detuvo a escasos metros, como si le diera miedo contagiarse de algo si se acercaba demasiado.

–Perdonadme –pronunció entrecortadamente y con brusquedad–, creo que este parque no es para vosotros. Está reservado para los que viven en la plaza Hartford. Si no os vais inmediatamente, tendré que llamar a la policía.

–Ya nos íbamos, vieja arpía –le espetó Will–. Vamos, chicos –ordenó, e inclinó la gorra en mi dirección–. Hasta pronto, señorita.

Observé cómo se iban; estaba furiosa con la mujer, que había sido muy desconsiderada. Pero, antes de que pudiera replicarle, ella se adelantó.

–Me refiero a todos vosotros –dijo señalando el camino a la calle.

Me recorrió la vergüenza, cálida y flagrante. ¡Se pensaba que era una golfilla como Will! Indignada, pensé en algo que decirle, pero Henry me agarró la mano y tiró de mí.

–Sí, nosotros también nos íbamos ya, vieja bruja.

Cuando llegamos al museo, todavía me picaban las mejillas por culpa de la maldita institutriz del parque. Decidí pasarme por el sótano un momento. Henry estaba muerto de hambre y fue en busca de comida («Buena suerte», pensé para mis adentros). Resuelta a sacarle partido a mi necesidad de soledad, decidí ir a ver si había obtenido algún resultado con la prueba de segundo nivel.

Afortunadamente, los pasillos estaban desiertos; sin duda, todos los conservadores estaban ocupados en el vestíbulo, montando las vitrinas y preparándolas para colocar la colección. Conforme bajaba las escaleras, no pude evitar preguntarme qué me iba a encontrar. Incluso si los trozos de cera se habían descompuesto, ¿cómo iba a estar segura de que se trataba de la tablilla y no de una maldición que afectara a otro objeto que estuviera cerca?

Sin embargo, lo que me encontré me dejó aún más perpleja. La cera que había colocado junto a la tablilla seguía blanca y limpia, mientras que el resto de la cera que había desperdigado por todo el sótano estaba descompuesta y con un color verde ennegrecido. ¡Qué extraño! Era como si el espacio que rodeaba a la tablilla fuese el único sitio del sótano que no estaba maldito. ¿Significaría eso que contaba con un hechizo protector? ¿O simplemente que todo lo demás que había allí estaba cargado de magia maligna y la tablilla era lo único que estaba limpio? Suspiré y sentí que me empezaba a doler la cabeza. ¿Por qué la magia egipcia no era simple y directa?

CAPÍTULO II

CINCO COSAS IMPOSIBLES ANTES DE LA CENA

A la mañana siguiente, cuando llegamos al museo, dejé a Henry a cargo del espionaje y me metí directamente en la sala de lectura. Me gustaba eso de tener a alguien que le echara un ojo a los conservadores y me informara de sus movimientos, ya que me ayudaba a reducir el número de visitas sorpresa. Como la tablilla había superado la prueba de segundo nivel con buena nota, me sentía más optimista: seguramente fuese importante solo para aquellos que estudiaban las ciencias místicas. Por supuesto, en pos de la meticulosidad, le haría una prueba de tercer nivel, pero para eso necesitaba la luz de la luna y no sabía cuándo volveríamos a pasar la noche en el museo. No pasaba tan a menudo cuando Henry estaba en casa.

Después de mi conversación con Stilton, quise buscar datos de los caldeanos. Según el libro que me prestó, habían gobernado Babilonia hasta que la conquistó el Imperio aqueménida en el año 539 antes de Cristo.

Lo más interesante era que los aqueménidas también habían gobernado Egipto durante un tiempo. Cogí de la estantería *Una historia del antiguo Egipto*, un libro escrito por sir Bilious Pudge. ¡Sí! ¡Ahí estaba! El emperador persa Cambises II había tomado Egipto en el año 526 antes de Cristo.

Eso significaba que los caldeanos y los egipcios habían estado dirigidos por el mismo gobernante. ¿Fue entonces cuando los caldeanos empezaron a interesarse por los dioses egipcios? ¿O cuando los egipcios decidieron usar la escritura cuneiforme de los caldeanos para que la tablilla fuera más difícil de descifrar? Nada unía más a dos facciones independientes que tener un enemigo común. Por ejemplo, miradnos a Fagenbush y a mí.

Hablando del tema, la mañana había sido de lo más silenciosa. Dejé de leer y miré mi reloj. Tras decidir que necesitaba estirar las piernas, fui a ver a Henry. Me lo encontré escondido junto a una armadura en una alcoba al lado del vestíbulo.

–¡Buen escondite, Henry! ¿De qué tienes que informarme hoy?

Salió a rastras de su escondite y noté con regocijo que tuvo cuidado de no tirar la armadura.

–Ha sido bastante aburrida, la verdad. Se han pasado la mañana trabajando en la exposición. Bueno, excepto Fagenbush. Sigue metido en su despacho y no deja de retorcerse y moverse como si tuviera hormigas en los pantalones.

«Eh... más bien, arena del desierto», pensé. Pero me limité a decir:

–Excelente trabajo.

–Lo que hacéis por aquí me parece bastante aburrido –se quejó–. No entiendo por qué te parece tan interesante.

Con suerte, nunca lo entendería.

–Si lo prefieres, puedes irte a jugar a las canicas o a leer en el salón un rato.

Se enderezó.

–¿Entonces, las has encontrado?

Torcí el gesto y me arrepentí de haber sacado el tema.

–No, Henry, no las he encontrado. Lo siento.

Se le descompuso la cara.

–Eran mis favoritas –refunfuñó.

–Supongo que entonces no te queda más opción que leer, ¿no?

Suspiró, frustrado, y caminó pasillo abajo. Antes de que pudiera volverme para ir a la sala de lectura, escuché un «¡pssst!» que provenía de la parte trasera de las columnas. Solo conocía a una persona que anunciase su presencia de esa forma.

–¿Will?

Asomé la cabeza por un lado de la columna y lo hice sobresaltarse.

–Ay, señorita, me ha asustado.

–Lo siento. ¿Tienes un mensaje para mí de parte de Wigmere?

Al mencionar el nombre de Wigmere, Will Dedoslargos frunció el ceño.

–Así es. Dice que no debe seguir mandando mensajes a través de mí. Debe usar el otro contacto. Dice que «si quiere formar parte de esta organización, hay que seguir los procedimientos oportunos».

Vaya. Justo lo que me temía.

–Lo siento m...

–¿Es que no valgo lo suficiente para llevarle mensajes a su señoría?

Will apretó los puños, pero me miró con duda en los ojos. Un brillo de dolor se asomaba tras todo ese arrebato.

–Quizá no tenga nada que ver con nosotros –propuse tranquila, como tanteándolo–, sino más bien con Fagenbush. Puede que esta sea la forma que tiene Wigmere de sacarle provecho a la formación que ha seguido o lo está poniendo a prueba antes de enviarle a una misión de verdad. Después de todo, es el único miembro en prácticas de la Venerable Hermandad de los Guardianes.

El rostro de Will se relajó y volvió a adoptar su habitual carácter optimista.

–De acuerdo, no pasa nada. Entonces, ¿qué vamos a hacer ahora?

–¿Dijo algo sobre la Tablilla Esmeralda?

–No, señorita.

¡Porras! Había confiado en recibir alguna recomendación por su parte.

–Seremos discretos durante un par de días y veremos cómo se desarrolla el asunto –decidí. Después, acordamos que Will volvería el viernes por la mañana, y se marchó.

¡Justo a tiempo! Apenas había doblado por el pasillo oeste cuando la voz de la abuela resonó por todo el vestíbulo.

–¿Theodosia?

Mientras corría para saludarla, la abuela me vio.

–Aquí estás, niña.

–Hola, abuela –saludé con mis mejores modales.

La abuela resopló.

–¡Lo que has tardado! Ya sabes que no tengo todo el día –señaló con el bastón a la mujer que iba tras ella, de nariz larga y rostro cetrino–. Esta es madame Wilkie, la costurera que te va a tomar las medidas para tu vestido de luto.

¡Ay, no! Se me había olvidado por completo lo de esa ropa.

—Acompáñanos. —La abuela echó a andar, me agarró del brazo y me arrastró hasta el comedor familiar—. No te podemos medir aquí en medio.

Hay pocas cosas que deteste más que me tomen medidas para los vestidos. En primer lugar, es de lo más tedioso, ya que no hay más que hacer que estarse quieta mientras una señorita con cara de pocos amigos te pincha alfileres y te clava los dedos huesudos para intentar medirte hasta el último centímetro. Para más inri, nunca te dejan opinar sobre el diseño o la tela del vestido que te van a hacer. Todo lo que te gusta es demasiado llamativo, demasiado estridente o totalmente inadecuado (¡a saber qué significa eso!).

Ignorando el forcejeo entre madame Wilkie y yo, la abuela sacó su tema favorito.

—Estoy intentando decidir si los dolientes deben llevar velos de luto.

¡Por favor! ¿Acaso tenía pinta de enterrador? ¿Cómo iba yo a saber si debían llevar velo o no? Afortunadamente, me libré de formular una respuesta, ya que madame Wilkie alzó la vista entre tanto pinchazo de sus malditos alfileres.

—Los velos de luto dejaron de usarse hace tiempo, señora.

Habló con vacilación, como si no estuviera segura de si la abuela iba a aceptar su consejo. No lo hizo. En su lugar, dio un golpe con el bastón.

—Eso es porque la gente ya no sabe cómo organizar un funeral como Dios manda.

Madame Wilkie se quedó pasmada ante esta contestación.

—Por supuesto, señora —murmuró, y siguió a lo suyo.

Con la esperanza de distraer a la abuela, pregunté:

—¿Puedo ver el estampado de la tela que has elegido?

Soltó un bufido.

–No seas vanidosa. El vestido no es para lucirlo, sino para mostrar al fallecido el respecto que merece.

No me cabía duda de que iba a ser tan bonito como un saco de nabos.

–Sí, abuela –dije con un suspiro, seguido de un sobresalto cuando madame Wilkie me metió la cinta de medir en la axila.

–Estate quieta –me reprendió. Se le habían acumulado algunas gotitas de sudor sobre el labio superior y olía ligeramente a pasas.

–Es que me hace cosquillas –protesté.

Miré de reojo el reloj y me pregunté cuánto tiempo más tendría que soportar esa tortura. ¡Eran casi las dos de la tarde! Awi Bubu llegaría en cualquier momento. No me podía ni imaginar cómo iba a reaccionar la abuela al ver a alguien como él hablando con mi madre.

–¿Queda mucho? –le pregunté a madame Wilkie.

–Esta es la última.

Me pasó la cinta alrededor del pecho, la apretó con fuerza y apuntó las medidas, todo ello antes de que me diera tiempo a sonrojarme de la vergüenza. Fue entonces cuando se apartó.

–Ya tengo todo lo que necesito, señora.

–Ya era hora –resopló la abuela.

Por la cara que tenía madame Wilkie, parecía que la acababan de obligar a tragarse unas lombrices, pero se mordió la lengua.

–Estupendo –dije feliz mientras trataba de guiarlas hacia la puerta–. Seguramente tengas que volver para organizar los planes del funeral. Lo cual me recuerda algo, abuela. ¿Tenemos una fecha para la misa?

Ya casi estaban en la puerta. Tres pasos más y se habrían marchado, y no habría moros en la costa cuando llegara Awi Bubu.

–Ya te lo dije, es el martes. Acuérdate de decírselo a tus padres. Insisto en que estén allí. Si no hubiera sido por la intervención de Sopcoate, tu padre quizá seguiría preso.

Bueno, no tanto. Yo había tenido algo que ver con su salida de la cárcel.

–Por supuesto, abuela, se lo diré.

La abuela abrió la puerta delantera y salió con madame Wilkie pisándole los talones. Suspiré de alivio cuando ambas fueron directas al carruaje. La abuela llevaba la cabeza tan alta que no llegó a ver que Awi Bubu se acercaba.

Como no quería levantar sospechas entre los conservadores que estaban trabajando en el vestíbulo (sobre todo, Stilton, que ya había hecho demasiadas preguntas sobre el mago egipcio), esperé a que Awi Bubu llamara a la puerta para abrirla.

–¿Quién es? –pregunté educadamente, como si nunca nos hubiéramos visto.

Sus ojos negros y relucientes me analizaron.

–Soy Awi Bubu y tengo una cita con la señora Throckmorton.

Tras pronunciar esta presentación, Stilton, que se había estado dedicando a colocar en su sitio la cesta llena de piedras con forma de grano, tembló de forma exagerada. Por todo el vestíbulo resonó el tintineo de las piedrecitas, que empezaron a correr por el frío suelo de mármol.

Fagenbush levantó la vista de las piezas de la cuadriga de Tutmosis III que estaba intentando montar.

–Qué bien –soltó, provocando que Stilton se sonrojara hasta las raíces del pelo.

Afortunadamente, mi madre apareció en lo alto de la escalera.

–Señor Bubu –dijo, asomándose con una sonrisa de oreja a oreja–. Me alegro mucho de que haya podido venir.

Solté un resoplido silencioso, del que solo se percató Awi Bubu, pero así le hacía saber que iba a estar vigilándolo. Sin embargo, el egipcio se limitó a ignorarme y le dedicó una reverencia a mamá.

–Es un honor recibir una invitación de su parte, señora.

–Suba, así podremos charlar un rato. Theodosia, ¿te importaría traernos un té? He perdido la noción del tiempo y no he podido hacerlo yo misma.

Molesta y frustrada (¿cómo iba a escuchar a escondidas si tenía que preparar el té?), corrí a la sala del personal y puse el hervidor al fuego.

Abrí la despensa, rebusqué hasta que di con una tetera y dos tazas que no estaban muy descascarilladas y las tiré sobre la bandeja del té. Me acerqué corriendo al hervidor, pero todavía no había hervido. ¿Por qué el agua tardaba tanto en calentarse? Mi imaginación se desató con toda la información que Awi podría estar revelándole a mi madre y que yo me estaba perdiendo. Irritada, decidí que el agua estaba casi a punto de hervir, tomé el hervidor y vertí el agua sobre las hojas de té de la tetera. Con eso bastaría. No teníamos ni leche ni limón, así que coloqué el bote del azúcar en la bandeja, dos cucharillas y listo. Agarré la bandeja por las asas y me dirigí lentamente hacia la sala del personal.

Entonces descubrí que mi madre había cerrado la puerta. ¡Por favor! Miré a mi alrededor, pero no había ningún sitio en el que dejar la bandeja para tener las manos libres. Desesperada, llamé con la punta de la bota.

—Pasa —respondió mi madre.

Apreté los dientes por el bochorno y respondí:

—No puedo, tengo las manos ocupadas.

Se oyó un murmullo de distintas voces y mamá apareció en la puerta.

—¡Cómo lo siento, cariño! —se disculpó—. Me había olvidado de que vendrías con el té. Pasa. Ponlo en la mesita que hay delante del señor Bubu.

Evitando los ojos de Awi deliberadamente, dejé la bandeja sobre la mesa y traté por todos los medios de no sentirme como una doncella. Aunque no me importaba si tenía que hacer de criada para poder quedarme y escuchar lo que dijeran. Levanté la tetera y me volví para preguntarle a Awi Bubu si quería azúcar, pero mi madre se colocó a mi lado.

—Yo me encargo, cariño. Tú ya me has ayudado bastante. Ya puedes irte a correr y jugar.

¡Jugar! ¿Cuándo me he dedicado yo a jugar? Se me acaloraron las mejillas del bochorno de que me trataran como una cría delante de Awi Bubu, pero agaché la cabeza para que mi madre no percibiera mi irritación y les dediqué una reverencia.

—De acuerdo.

Caminé lo más lentamente que pude por si empezaban a hablar antes de que saliera de la sala. No lo hicieron, excepto para discernir cómo le gustaba el té a Awi Bubu. Tuve que cerrar la puerta y sus voces se redujeron a murmullos ininteligibles. Tras comprobar rápidamente que no había nadie más en los pasillos, me colé en la habitación de al lado, me acerqué a la pared y puse la oreja con la esperanza de oír algo.

–Con cristal funciona mejor.

Me sobresalté al oír una voz a mis espaldas y, al darme la vuelta, descubrí que Henry estaba sentado en el sofá leyendo un libro. Lo cerró y se puso en pie.

–¿Quién es y por qué estás espiando?

–Es mamá, que está hablando con ese mago tan raro. Quiero saber qué dicen.

Henry asintió, se acercó al armario y sacó dos vasos. Después, se colocó a mi lado, me dio uno de los vasos y puso el borde del otro pegado a la pared. Se inclinó para posar la oreja sobre el culo del vaso.

–Venga –instó–. Pruébalo. Así es como sacamos información a los acosadores del colegio.

Maravillada ante las habilidades de Henry desconocidas hasta el momento, puse la oreja en el vaso de la pared y me alegré al oír claramente las voces de mamá y Awi.

–Funciona –le susurré a Henry.

–Te lo dije –replicó con una cara de suficiencia terrible.

Ignoré esa pedantería y me dediqué a escuchar.

–Dice que ha trabajado en el Servicio de Antigüedades, ¿verdad, señor Bubu?

–Así es, señora. Hice las prácticas con Auguste Mariette y luego tuve la oportunidad de trabajar como asistente de Gaston Maspero cuando heredó el cargo.

–¡Qué maravilla! –exclamó mamá–. Teníamos la esperanza de que tal vez usted pudiera... iluminarnos sobre cómo persuadir a Maspero de que nos otorgue alguna concesión en el Valle de los Reyes. Le ha dado permiso exclusivo para excavar a un solo compañero y nos ha cortado el grifo a los demás. Es una situación muy frustrante.

—¿Para qué quiere una congregación? —susurró Henry.

—Congregación no, concesión —respondí—. Es un permiso para excavar un sitio arqueológico. ¡Ahora, shh, que no me entero!

Awi Bubu murmuró un comentario dándole la razón, pero objetó:

—En fin, hace ya mucho tiempo de aquello.

—Ya, pero, como trabajó para él, supongo que podrá darnos algún consejo.

—Creo que la señora tendrá que darme más información sobre la labor que quiere desarrollar allí. Así podría esbozar una petición de peso para el señor Maspero.

—Por supuesto —hubo un silencio, roto por el leve tintineo al dejar la taza en la mesa—. De acuerdo. En 1898, cuando el señor Loretti estaba a cargo del Servicio de Antigüedades, obtuvimos permiso para excavar en el Valle. Mi marido y yo descubrimos la tumba de Tutmosis III. Por desgracia, como bien sabrá, Loretti se llevó el reconocimiento de muchas excavaciones en las que no había participado.

—Eso se dice por ahí, sí —coincidió Awi.

—Aun así, conseguimos aprender muchísimas cosas y sacamos diversos objetos. Gracias a ese conocimiento, el señor Throckmorton desarrolló varias teorías, que tuve la oportunidad de poner a prueba el año pasado cuando volví al Valle.

—Pero el señor Davis era el único que tenía permiso para entrar en el Valle el año pasado, ¿no?

—Vaya, sí que está al corriente de lo que sucede, ¿eh? Así es. Tras varias temporadas decepcionantes, empezó a sentir que ya no quedaba nada por descubrir, así que decidimos que yo podría seguir con la excavación que habíamos empezado años antes.

—¿Y tuvo suerte?

—Sí, más de la que podríamos haber imaginado —se produjo un silencio, como si mamá estuviera sopesando sus palabras—. Llegamos a encontrar el Corazón de Egipto.

Se oyó un golpe, como si alguien (¿Awi Bubu?) hubiera dejado caer la taza.

—¿El Corazón de Egipto, señora? Eso sí que es todo un descubrimiento. ¿Y Maspero le permitió sacarlo del país?

—Sí, aunque hizo falta que lo persuadiera un buen amigo mío de Alemania, Count von Braggenschnott. Se involucró en el asunto y usó sus extensas influencias para convencer a Maspero de que me dejara llevármelo.

—¿Podría ver ese Corazón de Egipto? —había un tono extraño en la voz de Awi Bubu; algo que no logré identificar, pero que me puso igualmente nerviosa.

—Me temo que no. Verá, nos lo robaron al poco de regresar.

Hubo un largo momento de silencio antes de que Awi Bubu respondiera.

—Es una verdadera tragedia, señora.

—Sí, bueno. En enero, hicimos un viaje rápido a Egipto cuando oímos que alguien estaba intentando hacerse con nuestra tumba. Sin embargo, no tuvimos tiempo de investigar el asunto, porque nuestro hijo se puso muy enfermo y tuvimos que regresar a casa de inmediato. No obstante, nuestra hija...

—¿La que acabo de ver?

—Sí, Theodosia. Estaba con nosotros... Es una larga historia. Pero digamos que estaba deseando ver dónde habíamos estado trabajando y se coló en el Valle. Sorprendentemente, durante sus exploraciones, descubrió un anexo secreto que habíamos pasado por alto.

–Veo que tiene madera para convertirse en una gran arqueóloga.

–Sí, ¿verdad? En fin, queremos volver y explorar ese anexo a fondo; sobre todo, ahora que tenemos la posibilidad de descifrar parte de los escritos de la tumba. Hemos desvelado datos de lo más... interesante y nos encantaría volver para seguir con la investigación. Sin embargo, David se niega a dejarnos volver ahora que hemos encontrado algo que sí que merece la pena. Creo que podríamos convencer a Maspero de que se involucre en el asunto y nos permita continuar con nuestra excavación, ya que fuimos nosotros los que descubrimos la tumba.

Hubo otro largo silencio.

–Es una situación... ¿Cómo se dice? ¿Peliaguda? Tendré que pensar en ello para determinar qué estrategia podría funcionarles mejor.

Mamá dio una palmada.

–¿Entonces, va a ayudarnos? Ay, qué bien; ya le dije a Alistair que podría hacerlo –dijo.

–Haré lo que esté en mi mano para ayudarlos, querida señora. Si no fuera por su amabilidad, la policía me habría detenido.

Sentí un pellizco en las costillas y aparté la mirada de la pared para descubrir a Henry sonriéndome.

–¡Así que a eso te dedicaste cuando viajaste de polizón!

–¡Shh! Y sí, tenía... tenía que ver en qué estaba trabajando mamá.

Esa era la mejor excusa que podía darle, aunque no se aproximara mucho a la verdad.

Volví a acercar la oreja al vaso en el momento en el que mi madre y Awi se estaban despidiendo. Ahora estaban en el pasillo y oí a Awi decir:

−Ya salgo por mi propio pie, señora.

−Gracias, señor Bubu. Estoy deseando decirle a mi marido que ha accedido a ayudarnos. Estará muy agradecido, al igual que yo.

Se oyeron los rápidos pasos de mi madre en tacones por el pasillo y, después, silencio.

¿Debía seguir al egipcio? Estaría genial saber por qué había centrado su atención en nuestro museo, pero no estaba segura de si quería inmiscuirme en ese asunto.

−Señorita.

La voz de Awi Bubu desde el umbral de la puerta me hizo alejarme de la pared de un salto.

−P... pensaba que saldría usted por su propio pie −tartamudeé.

−Lo haré en cuanto hable con usted.

Miré de reojo a Henry, que observaba al mago con la boca abierta de par en par.

−Creo que te gustaría ir a tomar un poco de aire fresco −le sugirió Awi Bubu amablemente a Henry.

Un gesto de sorpresa recorrió el rostro de mi hermano.

−Pues sí, la verdad.

Dejó el vaso en el suelo, agarró la chaqueta de detrás del sofá y desapareció por la puerta.

−¡Deje de hacer eso! −siseé con molestia.

Awi Bubu alzó las manos.

−¿Que deje de hacer qué, señorita?

Entrecerré los ojos.

−¿Es hipnotizador? ¿Así es como consigue que la gente haga lo que usted quiere que hagan?

—La señorita se está imaginando...

—La señorita no se está imaginando nada. No me tome por tonta. Sé cuándo está utilizando ese truco.

—No me diga. —Awi ladeó la cabeza como un pájaro curioso—. ¿Y cómo lo sabe?

¿Que cómo lo sabía? No estaba segura. Simplemente... lo sabía. Como cuando sabía que un objeto estaba maldito.

—L... lo percibo. No sé cómo.

Awi alzó las cejas.

—¿La señorita tiene el poder de detectar la hipnosis? Eso sí que es insólito. ¿Sus padres saben que tiene este talento? Por curiosidad.

¡Porras!

—No, no lo saben. Aunque tampoco les importaría —mentí—. Y deje de hablar sobre mí en vez de hablarme directamente.

Awi Bubu entrecruzó las manos e hizo una reverencia. A continuación, entró en la habitación, cerró la puerta y pasó la mano por encima del manillar con un gesto extraño.

—Hagamos un trato, señorita, usted y yo. Si me dice por qué se escapó para visitar la excavación de sus padres en el Valle de los Reyes y cómo descubrió el anexo del que ha hablado su madre, entonces no les diré que sufre de alucinaciones sobre mis poderes... y los suyos.

¡No podía decírselo! Le había jurado a Wigmere que lo mantendría en secreto, y por un buen motivo. Tenía que inventarme algo.

—S... solo quería ver dónde pasaba mi madre tanto tiempo. —En parte era verdad, así la mentira sería más creíble—. Qu... qué es lo que era tan endiabladamente interesante como para separarse de nosotros durante meses.

Awi Bubu consideró mis palabras con una expresión impenetrable.

—¿O tal vez sería porque la señorita estaba devolviendo el Corazón de Egipto?

Contuve un grito. No debería haberlo hecho, porque así solo le confirmaba que había acertado, pero no pude evitarlo.

—Cómo... ¡No! Solo estuve... ¿Qué le hace pensar que el Corazón de Egipto ha vuelto al Valle de los Reyes? Mamá solo le ha dicho que nos lo robaron.

Cuanto más tiempo pasaba con este mago egipcio, más confundida me dejaba. ¿Quién era? ¿Y cómo diantres sabía tantas cosas?

—Hasta los exiliados tienen sus formas de mantenerse al corriente de los sucesos de su país.

—Sí, pero tampoco es que se cuenten este tipo de cosas en el periódico, por el amor de Dios.

—Entonces, sí que devolvió el corazón a su tumba. Muy encomiable, señorita. Me pregunto cómo supo que debía hacerlo.

Este hombre era peligroso. Y no por sus trucos hipnotizantes, sino porque no dejaba de sorprenderme tanto que, sin querer, estaba revelando los secretos más esenciales.

—Tengo que irme. Debo ir a clase.

—Nadie presta atención a sus idas y venidas, señorita. Nadie está pendiente de si va o no a clase, si se lava la cara o si tiene la supervisión adecuada.

Me quedé mirándolo pasmada.

—Si no, no habría tenido permiso para ver mi actuación con sus amigos —dijo como respuesta a una pregunta que no había hecho.

Fruncí los labios y prometí no soltar ni una palabra más que confirmara o negara sus suposiciones tan enrevesadamente acertadas. Levanté el brazo y señalé la puerta para indicarle que se fuera. De inmediato.

—Ah, no, todavía no —espetó sacudiendo su enorme cabeza calva—. No hasta que tenga lo que he venido a buscar.

—¿Y de qué se trata? —pregunté. La curiosidad dejó mis intenciones en segundo plano.

Me miró fijamente con sus ojos negros como un pozo sin fondo.

—La Tablilla Esmeralda.

CAPÍTULO 12

AWI BUBU MUESTRA SUS CARTAS

–¿E... el qué? –repetí para ganar tiempo. ¿Cómo se había enterado?

–No se haga la tonta conmigo, señorita. Sé que en realidad es muy inteligente.

–¿Qué le hace pensar que está aquí? ¿La ha visto en una vitrina que yo haya pasado por alto?

Awi Bubu dio un paso al frente y, a pesar de ser bastante canijo, pareció muy amenazador.

–Esa tablilla no les pertenece. Pertenece a Egipto y debe ser devuelta.

–Entonces, ¿por qué no devolver todos los objetos a su país?

Awi se encogió de hombros.

–Porque hay cosas que estamos dispuestos a perder por culpa de la estupidez de nuestros gobernantes y hay otras que son demasiado valiosas y debemos recuperarlas cueste lo que cueste. –Sus ojos relucieron febriles–. Como el Corazón de Egipto.

¿Qué quería decir? ¿Estaría la tablilla maldita al igual que el corazón? ¡Pero si había pasado las dos primeras pruebas con sobresaliente!

—¿Y esa tablilla es muy valiosa?

—Sí, entre otras cosas. Ahora, démela, por favor.

Sentí que su voluntad presionaba mi piel instándome a hacer lo que me pedía. Afortunadamente, estaba demasiado enfadada para acatar órdenes.

—Lo siento, pero me parece que se ha equivocado. Está usted loco de remate si cree que le vamos a dar alguno de nuestros objetos, y mucho menos algo tan valioso como una tablilla esmeralda... si la tuviéramos. —Fruncí el ceño cuando algo me cruzó el pensamiento—. ¿Trabaja por casualidad para Trawley y la Orden Arcana del Sol Negro?

—¿Quién?

El egipcio pareció verdaderamente desconcertado al oír esos nombres.

—Pero, Theo, sí que tenemos la Tablilla Esmeralda —escuché decir a alguien.

Me di la vuelta y me di cuenta de que Henry había vuelto y estaba detrás de mí, con la mirada enturbiada fija en Awi Bubu.

—¡Calla! —ordené, y le puse la mano sobre la boca.

Awi Bubu soltó una risa suave.

—Mire usted por dónde...

Aparté la mano del rostro de Henry y lo miré fijamente.

—No digas ni una palabra más, ¿me has oído? Ni. Una. Palabra. —Me volví para encarar a Awi Bubu—. Y solo porque tengamos la tablilla no significa que se la vayamos a dar, así que ya se puede marchar. Muchas gracias.

Awi sacudió la cabeza con paciencia, como si estuviera tratando con una cría cabezota. Y así era, ahora que lo pienso.

—No descansaré hasta que la tenga en mis manos. Volveré dentro de dos días. Me entregará la tablilla o sufrirá las consecuencias.

Esa sentencia me oprimió como un perro insistente. Henry giró sobre sus talones, como si estuviera dispuesto a bajar a las catacumbas para recoger la tablilla y dársela. Pero lo agarré del brazo y lo sujeté con fuerza.

—Eso ya lo veremos —repliqué.

Cuando hablé, Awi Bubu pasó la mirada a la puerta que tenía detrás de mí y su expresión se tornó más respetuosa. Hizo una reverencia corta. Me volví, esperando ver a mi madre, pero en su lugar me encontré con Isis. Entonces, Awi Bubu dijo algo en egipcio o en árabe (no he oído nunca hablar en esos idiomas, así que no estaba segura). Isis escuchó con atención y retorció la cola. El mago anciano apartó la vista de mi gata al cabo de un rato y me miró a los ojos.

—La señorita tiene amigos muy poderosos. Aun así, volveré dentro de dos días.

Y, tras pronunciar esas palabras, se marchó. Si no lo hubiera tenido sujeto por el cuello de la camisa, Henry le habría seguido.

Llevé a mi hermano hasta la mesa y lo senté en una de las sillas. Mi mente iba a toda velocidad. ¿Cómo se habría enterado Awi Bubu de la existencia de la tablilla? ¿Lo descubrió la noche que se coló en el museo? Si fue ese día, ¿cómo ocurrió? ¿Y por qué no se la había llevado entonces?

—¡Me estás asfixiando! —chilló Henry.

Bajé la mirada hacia mi hermano. Sus ojos habían vuelto a la normalidad y ya no deseaba salir corriendo detrás de Awi Bubu, así que lo solté.

—¿A qué ha venido eso? —preguntó Henry frotándose el cuello.

—Estabas a punto de seguir a Awi Bubu y salir del museo.

—¿Por qué iba a hacer eso?

—Por el mismo motivo por el que le has dicho que tenemos la Tablilla Esmeralda.

—¡Yo no he dicho nada! —replicó acaloradamente.

—Lo cierto es que sí, Henry. Pero no es culpa tuya, creo que es una especie de hipnotizador. —Me senté e Isis vino a restregarse contra mi pierna, como si intentara impartir cierta sabiduría. Me agaché y la rasqué entre las orejas—. ¿Por qué creerá que eres una amiga tan poderosa? ¡Qué extraño!

Isis maulló enfadada y me dio un zarpazo en el tobillo.

—No —me apresuré a añadir—, no es que no seas una gata maravillosa y mi mejor amiga del mundo; pero me ha extrañado la reacción de Awi Bubu. Solo eso. La mayoría de los adultos no reconocen tu inteligencia.

Apaciguada, empezó a ronronear. Henry se revolvió en la silla, pero lo ignoré.

¿Por qué el egipcio quería la tablilla a toda costa? ¿Por qué no cualquier otro de los objetos de nuestro museo? Había muchos que tenían maldiciones activas; ¿por qué no le interesaban esos? Sobre todo, teniendo en cuenta que la tablilla parecía bastante mansa en comparación con el báculo de Osiris. ¿O era que creía que la fórmula que había en ella convertía de verdad el metal en oro? Siempre había pensado que la alquimia era un disparate, pero tal vez me estaba equivocando. Había mucha gente que pensaba que la magia egipcia era una tontería y mira lo equivocados que estaban.

Necesitaba urgentemente la opinión de Wigmere. Quizá él sabría si la fórmula era legítima. Si no, era posible que tuviera alguna idea de por qué esta tablilla era tan importante. No quería que usara a Will, pero me negaba a confiar en Fagenbush, así que mi única opción era hacerle una visita personalmente. Miré el reloj. Eran casi las cuatro, demasiado tarde para ir a Somerset House. Mañana me plantaría en su puerta a primera hora.

No obstante, tenía el tiempo justo para crear otra distracción y asegurarme de que Fagenbush no me seguía de camino a casa de Wigmere o se interponía de alguna otra forma. Me puse en pie deseando poner en marcha mi próxima trampa.

–¡Espera! –dijo Henry–. ¿No vas a explicarme lo que ha sucedido?

–Perdona. Awi Bubu es una especie de mago y ha usado sus trucos para convencerte de que le obedezcas.

–¡No es verdad!

–Sí que lo es –contesté con prudencia. Debía de ser inquietante darse cuenta de que alguien tenía el poder de obligarte a hacer algo.

Henry abrió la boca para seguir discutiendo.

–Voy a preparar otra distracción para Fagenbush. ¿Quieres ayudarme o no?

Henry cerró la boca; dudaba entre seguir discutiendo y participar en la investigación.

–Sí, pero ese viejo no me ha obligado a hacer nada...

Lo cierto era que, aunque había tratado por todos los medios de eliminar las maldiciones de los objetos, no había conseguido deshacerlas todas. Algunas eran demasiado malignas, como la urna ceremonial con una maldición que convocaba a las aguas del Nilo para ahogar a una persona. O el amuleto de pectoral que estaba sutilmente tallado con una maldición que invocaba a Anat para que atravesara el corazón del portador con su poderosa lanza. Por mucho que detestara al segundo ayudante del conservador, todavía no estaba dispuesta a hacerle ese tipo de daño físico. Solo buscaba una forma de distraerlo y desconcertarlo, no matarlo.

Repasé mentalmente el inventario de objetos malditos mientras me dirigía al estatuario. Allí no había nada que pudiera usar. En primer lugar, las estatuas eran demasiado grandes y... ¡un momento! Me detuve en un plinto encajado entre una estatua de Ramsés II y un obelisco del Imperio Nuevo. Desde el interior de una vitrina de cristal, me devolvía la mirada una máscara de chacal. De Anubis, para ser exactos. Estaba hecha de madera, pero la pintura de resina oscura se había erosionado con el paso de los años, por lo que la máscara presentaba una apariencia de lo más siniestra. En su día, la llevaban los sacerdotes durante los rituales de momificación, pero ahora era el hogar de una ingeniosa maldición: cualquiera que se la pusiera sin someterse antes a un ritual de purificación y hacerle una ofrenda a Anubis ladraría como un chacal.

Eso me venía de perlas.

Pero ¿cómo iba a generarle interés a Fagenbush para que se la pusiera?

–¿Por qué estás mirando esa máscara tan fea? –preguntó Henry.

Suspiré con tristeza. Los trucos de hipnotismo de Awi Bubu me habrían venido al pelo si con ello consiguiera que Henry estuviera callado cinco minutos.

–Estoy pensando en usarla para distraer a Fagenbush.

Aunque le había contado a Henry muchas de las cosas que habían sucedido en el museo, todo ello eran asuntos relacionados con humanos. Aún no le había confiado lo que sabía sobre maldiciones y magia negra. En primer lugar, porque no tenía claro que me fuera a creer; además, no estaba segura de si me fiaba de él lo suficiente como para que me lo echara en cara la próxima vez que discutiéramos.

–Henry. Esto es lo que tienes que hacer: baja al despacho de Fagenbush y escóndete junto a la puerta. Pero haz ruido para que te oiga.

–¿Por qué iba a querer que me oyera ese bruto?

¿Es que no era capaz de sumar dos más dos?

–Porque, Henry –respondí con calma–, queremos que te siga hasta aquí para que se piense que ha descubierto algo sobre esta máscara y la examine. Si tenemos suerte, mañana se pasará todo el día estudiándola y nos dejará tranquilos.

–Vale, ya lo pillo.

Me dedicó un saludo militar y salió corriendo por el pasillo, lo que me daba unos tres minutos para idear un plan. La primera parte era fácil. Lo único que tenía que hacer era colocar torcida la máscara que estaba en la vitrina. Eso haría pensar a Fagenbush que alguien (yo) había estado investigándola recientemente. ¿Pero cómo iba a conseguir que se la pusiera? Entonces se me ocurrió: no tenía que ponérsela en realidad. Solo tenía que mirarla de cerca, imitando la acción de ponérsela, y eso activaría la maldición.

Me palpé el bolsillo del mandil y di con un cabo de cera gastada. Metí la mano tras el cristal de la vitrina y pegué una bolita de cera en el rabillo de uno de los ojos de la máscara. Si Fagenbush era un conservador como Dios manda, examinaría la cera antes de quitarla para asegurarse de que no causaba ningún daño. Luego ladeé la máscara, como si alguien la hubiera descolocado sin querer. Lo único que quedaba por hacer era esperar a Henry.

En efecto, no tardé en oír el retumbar de sus pies por las escaleras.

–Ya viene –susurró cuando llegó al último escalón.

–¡Shh! Vamos.

Le agarré de la mano y salimos corriendo por el pasillo. Esta parte debía seguir los tiempos establecidos. Dejamos atrás la exhibición egipcia y llegamos a la puerta que daba al taller de papá. Me detuve allí, esperando a que Fagenbush apareciera en lo alto de las escaleras. Tenía que verme para que se preguntara qué andaba tramando. Entonces, si tenía suerte, usaría ese instinto tan molesto que tenía para fijarse en la máscara de Anubis.

¡Por fin! Su cuerpo alto y oscuro apareció en lo alto de la escalera.

–Rápido –le dije a Henry, y lo metí de un empujón en el taller, donde entré yo también cerrando la puerta de un portazo.

Mis padres alzaron la vista, sobresaltados, en cuanto nos colamos en la habitación.

–¿Qué hacéis aquí? –preguntó papá.

Henry pensaba huir, pero lo sujeté el tiempo suficiente para responder la pregunta de mi padre.

–Solo queríamos recordarle a mamá que nos prometió que íbamos a decorar huevos de Pascua esta semana.

–Pues, en vez de entrar como un ejército de mongoles invasores, ¿por qué no vienes a echarle un vistazo a esto y me dices qué te parece?

Aunque estaba acercándome disimuladamente a la puerta contraria, sus palabras me detuvieron.

–¿Quieres saber lo que pienso? –pregunté. No estaba segura de haberlo oído bien.

–Sí. –Papá volvió la vista a la mesa–. Tu madre y yo estamos tardando una cantidad de tiempo espantosa con estos jeroglíficos y parece que tú sabes leerlos como si no fueran más que una caligrafía ligeramente descuidada.

¡Se había dado cuenta! Me mareé un poco por la novedad.

–Habíamos pensado en pedírselo a Weems –añadió mamá, que me puso la mano en el hombro para guiarme hacia la mesa–. Pero, desde el incidente de las momias, no me fío de su criterio.

No podía culparla por ello.

–Estaré encantada de ayudar, mamá.

A mi espalda, Henry deambuló ligeramente hasta quedarse quieto junto a una enorme estantería que había contra la pared.

Mi curiosidad se disparó conforme me acercaba a la mesa para echar un vistazo. Era un calco de las paredes de la tumba de Tutmosis III, y el fino pergamino ocupaba toda la mesa.

–Espera, te voy a traer un taburete para que lo veas todo mejor.

Papá arrastró una caja hasta mí y me subí encima. Bien. Ahora sí que lo veía todo. Fruncí el ceño y empecé a traducir.

–«Viva Tutmosis, el comandante de todo Egipto. Viva Mantu, el dios de la guerra, que nos sonríe desde los cielos. Viva Apep, Serpiente del Caos, contra el que Mantu lucha para lograr la sumisión». Un momento... –dije. Noté que mi padre me observaba atentamente mientras releía la inscripción–. ¿Desde cuándo Mantu lucha contra la Serpiente del Caos? –pregunté.

–¡Exacto! Eso mismo nos estábamos preguntando tu madre y yo. Sigue leyendo.

–«Invocamos a Mantu, oh, portador del caos, para que nos ayude a derrotar a nuestros enemigos ante ti, para que desates tu caos y destrucción sobre ellos».

Sorprendida, me giré para mirar a mi padre.

–¿Está diciendo que luchan contra sus enemigos para apaciguar a Apep? ¿Un sacrificio masivo, por así decirlo?

–Eso es lo que nosotros hemos pensado, aunque creíamos que quizá lo habíamos traducido mal.

En ese instante, se oyó un trueno que nos hizo sobresaltarnos a todos. Preocupada por Henry, al que le daban miedo las tormentas, me giré para ver cómo estaba. Se había quedado paralizado con unas castañuelas de marfil en la mano. Se quedó mirándolas pasmado.

–¿Va a llover? –preguntó papá apresurándose hacia la ventana. Se asomó a la calle–. Qué raro, no hay ni una nube a la vista.

Ignoré la ventana y miré de reojo a Henry, que dejó las castañuelas de marfil en el estante. Se metió las manos en los bolsillos como si le quemaran y se dirigió a la puerta que había enfrente.

–Te espero aquí fuera, Theo.

–Muy bien, Henry, no tardaré mucho.

–¿Qué te parece? –preguntó papá volviendo de la ventana.

–Bueno, no es más que un calco en papel –señalé–, así que es más difícil de descifrar. Si tuviéramos delante la pared, supongo que los jeroglíficos estarían más claros...

Mis palabras se vieron interrumpidas por una rápida sucesión de ladridos que provenían del estatuario. Fagenbush había encontrado la máscara.

–¿Eso ha sido un perro?

Mi madre me atravesó con una mirada incriminatoria.

–No creo –respondí.

«¡Guau, guau, guau!». Ahora se oía más cerca, como si Fagenbush se estuviera encaminando al taller.

–Bueno –dije alegremente–; si eso es todo, será mejor que me vaya con Henry.

–Sí, sí, eso es todo por ahora. –Mi padre ya se había centrado en el pergamino y volvía a examinar de nuevo los glifos–. Henrietta, mira qué glifo más peculiar.

Me estaba muriendo por echarle un vistazo yo también, pero decidí que era más importante que me hubiera marchado para cuando llegara Fagenbush, así que me escabullí hasta la puerta que daba a las escaleras laterales. Me encontré a Henry esperándome sentado en el primer escalón.

–¿Ha funcionado? –preguntó.

–Eso parece.

CAPÍTULO 13

LADRIDO POR AQUÍ, LADRIDO POR ALLÁ

A la mañana siguiente, cuando llegamos al museo, encontramos una nota de Fagenbush en la que explicaba que se encontraba enfermo y no podía venir a trabajar. Weems estaba que trinaba y se marchó furioso murmurando algo acerca de una nefasta mentalidad laboral. ¡Perfecto! No solo había conseguido quitarme a Fagenbush de en medio, ¡encima lo había metido en un lío! Ahora solo tenía que evitar a Stilton y abandonar a Henry y estaría a solas. Recurrí a la única cosa que me garantizaba que Henry se fuera corriendo.

–¿Investigación? –se quejó–. ¿Por qué tienes que hacer más investigaciones? Pensaba que ya habrías acabado con eso.

–Para nada concreto, Henry. La investigación es un trabajo que nunca acaba. Y teniendo en cuenta que la tablilla es un objeto antiguo e importante, apenas he rascado la superficie.

Se metió las manos en los bolsillos y murmuró algo sobre tener que buscar sus canicas. Después se marchó corriendo por el pasillo. Antes de que nadie más pudiera abordarme, me puse el abrigo y me escabullí al exterior para pedir un taxi. Por suerte, Wigmere había convenido darme una ínfima paga para cubrir esos gastos. Así podía llegar hasta él con más facilidad.

Aunque ya había ido a Somerset House varias veces, siempre me impresionaba su grandiosidad. Cuando me bajé del taxi, cuadré los hombros, me alisé la falda y levanté la barbilla en un intento de parecer que encajaba en aquel lugar.

Le dediqué un asentimiento al portero, que me reconoció y me dejó pasar. Estaba a medio camino del primer tramo de escaleras cuando oí un golpeteo que venía en mi dirección. Unos segundos después, apareció Will Dedoslargos acercándose a mí a toda velocidad.

—¡Hola, señorita! —dijo sin reducir el paso lo más mínimo.

—¿Will?

—Ahora mismo no puedo hablar —respondió, y desapareció escaleras abajo.

Otro golpeteo, esta vez mucho más pesado, se me fue acercando. Alcé la vista y me encontré con Boythorpe, el irritante secretario de Wigmere, que iba corriendo detrás de Will con la cara enrojecida de rabia. Apenas me dedicó una mirada, pero me fijé en que tenía un círculo de color negro de lo que parecía betún para los zapatos alrededor de la oreja derecha. Will debía de haberle hecho alguna de sus bromas otra vez. Suspiré y, durante un instante, me planteé intervenir; pero entonces caí en la cuenta de que era la oportunidad perfecta de llegar a Wigmere sin tener que hablar con Boythorpe. Corrí escaleras arriba y por el pasillo hasta el despacho de Wigmere y llamé a la puerta.

—Adelante —pronunció su voz grave.

Abrí la puerta y entré en el despacho, donde me embargó una sensación de seriedad y quietud. Wigmere alzó la vista del enorme montón de papeles que había sobre su mesa y me miró con una expresión alarmada.

−¿Ha pasado algo malo?

−¡Ah, no, señor! No pretendía asustarlo. Es solo que, si no está muy ocupado, tengo un par de preguntas urgentes que hacerle.

Miró con cansancio su escritorio.

−Siempre estoy liado −replicó−. Pero, evidentemente, si te ha surgido algo urgente, tienes toda mi atención.

De repente, me sentí insegura. ¿Serían mis preguntas sobre la Tablilla Esmeralda lo bastante importantes como para interrumpirlo? No tenía forma de saberlo; solo Wigmere lo sabría.

«O quizá Fagenbush», me recordó una voz llena de culpa en mi cabeza.

Nerviosa, me senté en el borde de una de las sillas frente al escritorio.

−¿Qué es tan urgente que te ha traído hasta aquí, lejos de la seguridad del museo? −preguntó.

−Pues verá, señor, se trata de la Tablilla Esmeralda. −¿Era cosa mía o su mirada se había vuelto ligeramente fría?−. Pero también sobre un extraño hombre que solía trabajar para el Servicio de Antigüedades en Egipto −me apresuré a añadir.

Entonces, le conté todo lo que sabía sobre Awi Bubu, sus escalofriantes conocimientos sobre el Corazón de Egipto y que había afirmado que la tablilla le pertenecía y debía volver a su país de inmediato.

−¿Cree usted que contendrá realmente la fórmula para convertir el metal en oro? −pregunté cuando terminé.

Wigmere se masajeó el bigote y lo meditó.

−No, lo dudo. Pero lo que verdaderamente importa es que hay gente que cree que sí. Esa creencia es lo que hace que la tablilla sea tan importante para ellos.

–Las inscripciones están en cuneiforme caldeano, señor. ¿Conoce a alguien que sea capaz de descifrarlas?

–George Peebles podría si estuviera aquí; pero me temo que se encuentra en una misión, revisando un cargamento de objetos cuestionables del templo de Osiris en Abidos. Estará ocupado durante un tiempo.

–Ah. –Mi gozo en un pozo–. ¿Qué quiere que haga con ella mientras tanto? Está atrayendo demasiado interés.

Desdeñó el asunto con la mano.

–Tengo cosas más importantes de las que preocuparme que charlatanes y ocultistas trastornados. ¿Tus padres tienen alguna caja fuerte? ¿Podrías guardarla allí hasta que Peebles vaya a echarle un vistazo?

–Sí, pero ¿no le extraña que el mago sepa tanto sobre lo que ha pasado?

–Es extraño, no te miento.

Me incliné todavía más desde el borde de la silla, alentada por el comentario.

–¿Cree que eso implica que hay filtraciones de algún tipo?

–No, no lo creo. ¿No has dicho que había otras dos personas además de ti que conocían la existencia de la tablilla? Tu hermano y Limburguer, ¿no?

–Se llama Stilton, señor.

–Eso, Stilton. Es mucho más probable que uno de ellos le contara todo sobre la Tablilla Esmeralda.

–Pero eso no explica cómo sabía Awi Bubu que el Corazón de Egipto ha regresado al Valle de los Reyes. Eso solo lo sabíamos la Venerable Hermandad de los Guardianes y yo.

–Y las Serpientes del Caos –me recordó.

—Ah —solté, reclinándome en la silla—. ¿Cree que Awi Bubu forma parte de la organización del Caos?

—No, no lo creo. No suelen mostrar sus cartas de esa forma. En mi opinión, no es más que un charlatán oportunista que se ha visto atraído por las reliquias que manifiestan magia, como Trawley y la Orden del Sol Negro.

—Señor —empecé lentamente—; hablando del Caos, hay algo que debo pedirle.

Wigmere alzó una de sus pobladas cejas negras.

—¿Sí?

—Se trata del almirante Sopcoate. Quisiera pedirle permiso para contarle a mi abuela que estuvo involucrado en actividades de traición...

—¡No!

Me incliné hacia delante.

—¡Pero es que está a punto de cometer un terrible error! Está convenciendo al almirantazgo de que se lleve a cabo una misa fúnebre en honor de Sopcoate. Se quedaría horrorizada si supiera que está homenajeando a alguien que cometió traición contra su país.

Wigmere sacudió la cabeza con empatía.

—Si el almirantazgo le ha concedido el permiso, es porque creen que es una tapadera que merece la pena. Me temo que debes honrar la promesa que me hiciste y no contarle ni una palabra a nadie. Ni siquiera a tu abuela.

Mis hombros cayeron al sentir la derrota. Si ella descubría que le había ocultado información...

—Y ahora, dime —dijo Wigmere bruscamente—, ¿has encontrado alguno de los otros objetos que Munk pudiera haber adquirido cuando compró el báculo?

–No, señor, no los he encontrado. Me he entretenido con el descubrimiento de la Tablilla Esmeralda.

Wigmere frunció el ceño.

–Creo que el alijo de Munk es una prioridad mucho más importante que un objeto de veneración ocultista. La tablilla es un espejismo alquimista, algo que demasiados hombres se han pasado siglos buscando. Es una misión para charlatanes y estúpidos.

–Pero Stilton parecía pensar que...

Wigmere desdeñó mi comentario con su mano nudosa.

–La mayoría de los académicos no creen que existiera algo así; o, al menos, piensan que no fue cosa de Thoth. Las esmeraldas ni siquiera se minaban en Egipto hasta el periodo alejandrino, mucho después de que viviera el mismísimo Thoth, si es que vivió en realidad. Y las pocas que se han encontrado en Egipto eran trozos pequeños. No hay indicios de que hubiera suficiente esmeralda en esa zona como para tallar una tablilla. Preferiría que dedicaras tus energías a buscar el resto de los objetos de Munk. No quiero arriesgarme a que otro elemento de gran poder se nos escape de las manos sin darnos cuenta.

–Esa es la cuestión, señor. El sótano es un batiburrillo de cosas. Y no es precisamente que los objetos tengan etiquetas que indiquen de qué lote provienen. El báculo no estaba maldito, solo era un objeto que obtenía poder al activarse. Pero se encontraba desactivado, ya fuera para facilitar el almacenamiento o para esconderlo. No me queda más que suponer que cualquier otro artefacto de su misma naturaleza se encuentra latente o desactivado.

–Lo cual los hace endemoniadamente difíciles de reconocer.

–¡Exacto!

—Me pregunto si no habrá algún hilo conductor o elemento común que se pueda usar para identificar los objetos de Munk. Por ejemplo, la artesanía o la época. Si los egipcios creían que pertenecían a los dioses, es probable que todos provengan del Imperio Antiguo. Cualquier cosa que se hiciera en el Imperio Medio o Nuevo no sería lo suficientemente antiguo como para haber pertenecido a un dios que hubiera caminado por la tierra.

—Excelente argumento, señor —uno que yo ya había sopesado—. Sin embargo, no todos los objetos son de un único periodo. Sí, es evidente que cuentan con una artesanía y unas representaciones pictóricas concretas; pero, dado que la gran mayoría de los detalles se ha desgastado o desvanecido, no nos sirve de mucha ayuda.

—Mmm. Me pregunto si no tendremos a alguien por aquí... con más experiencia.

No me gustó cómo había sonado eso. No me gustó ni una pizca.

—No estoy segura de que eso sea buena idea, señor. ¿Cómo le explicaríamos la aparición de esa nueva persona a mis padres?

—Estaba pensando en Fagenbush.

Pegué un respingo y necesité de toda mi determinación para no gritar «¡No!».

—Ya está trabajando *in situ* —continuó Wigmere—, así que parece lógico que le asignemos el estudio de esos objetos.

—¿Lógico para quién, señor? Para mi padre, yo he terminado de catalogar. Weems, el primer ayudante del conservador, está muy ocupado dirigiendo las responsabilidades de Fagenbush con la nueva exposición y estaría muy molesto si lo cambiaran de puesto. Sinceramente, no creo que funcione.

Wigmere me atravesó con sus ojos azules.

—¿Y esto no tiene nada que ver con el resentimiento que has demostrado tener hacia él? ¿Incluso después de que te salvara la vida?

Resistí la imperiosidad de removerme en la silla.

—No, señor. Si bien es cierto que no somos buenos amigos, eso no tiene nada que ver con por qué pienso que no funcionaría.

No mucho, al menos.

—Theodosia. Has asumido demasiada responsabilidad tú sola, a pesar de que no eres más que una niña. Yo he contribuido a ello al extenderte mi confianza y permitir que nos ayudaras cuando ha surgido la necesidad.

Qué raro. Pensaba que yo le había permitido a él ayudarme a mí.

—Una de las cosas que espero que entiendas es que uno debe aprender a jugar en equipo. Es cierto que, al ser una niña que no tiene contacto con otras muchachas de la misma edad o con el deporte, no sabes muy bien lo que es un equipo. Pero es una herramienta esencial. Uno de los signos de madurez y responsabilidad es ser capaz de trabajar adecuadamente con los demás. Incluso con aquellos que no nos caen bien.

Me recorrió una oleada cálida de humillación.

—No es que no me caiga bien, señor; es que no me fío —espeté.

Wigmere parecía decepcionado conmigo.

—Ya te lo he dicho, Theodosia. Lo hemos investigado a fondo. No tengo ninguna duda respecto a su lealtad; puede que seas demasiado joven para entenderlo.

Se produjo un silencio pesado mientras yo trataba de dar con la forma de defenderme. Sentí alivio cuando la puerta se abrió de golpe, agradecida de tener cualquier interrupción. Excepto esta.

Clive Fagenbush estaba plantado en el umbral de la puerta y parecía enfadado. Wigmere estaba indignado.

—¡Fagenbush! ¿Qué significa todo esto?

Fagenbush cerró la puerta a su paso y caminó hacia mí a zancadas. Se detuvo al llegar a mi silla y se cernió sobre mí. Levantó un dedo y me señaló tan de cerca que estuvo a punto de metérmelo en la nariz.

—Esta... guau, guau... niña me ha echado una maldición. Dos.

Me puse en pie y giré la cabeza para evitar chocarme con su dedo.

—¡No es verdad!

Fagenbush abrió la boca para discutírmelo, pero, en lugar de eso, le salió un largo y agudo ladrido. Era increíble lo mucho que se asemejaba al aullido de un chacal.

—¿Qué está pasando aquí? —preguntó Wigmere, que se quedó mirando atónito a Fagenbush.

El segundo ayudante del conservador tomó una larga bocanada de aire y volvió a intentarlo.

—Este miembro... guau, guau... tan joven de la Hermandad... ¡barf!... ha decidido echarme... guau, guau... una maldición.

Me giré hacia Wigmere.

—¡No es verdad! No tengo ni la menor idea de cómo maldecir a una persona. Mis investigaciones se centran en levantar maldiciones. Además, no es culpa mía que el museo esté lleno de objetos malditos.

—Tiene razón, Clive. ¿Por qué crees que está involucrada?

Esperé. ¿Admitiría que me había estado siguiendo, usándome para decidir qué objetos tenía que examinar en vez de hacer sus propias investigaciones?

–Porque la encontré merodeando junto a los objetos en cuestión, señor.

–Tal vez simplemente los identifiqué antes que usted. Y quizá fui capaz de examinarlos sin recibir la maldición. No es culpa mía que sea un incompetente a la hora de detectar maldiciones. Todo esto demuestra que no debería tener que informar a través de usted.

–¡Basta! –explotó Wigmere–. No permitiré que mis agentes, ni siquiera los más jóvenes, se peleen como niños.

–Es que ella es una niña, señor –señaló Fagenbush.

Debo decir que admiré su coraje; yo no me habría arriesgado a provocar el mal genio de Wigmere.

–Pero tú no. Espero que ambos trabajéis juntos por el bien de la organización. Si no sois capaces de hacerlo, tendré que asignarle a otra persona el Museo de Leyendas y Antigüedades.

Estuve a punto de replicarle que, dado que mis padres trabajaban allí, no se me podía enviar a ningún otro sitio, pero me contuve.

–Ahora, trabajad juntos o buscaré a otros que lo hagan. Podéis marcharos.

Como primer paso para que Fagenbush y yo trabajáramos en conjunto, Wigmere insistió en que compartiéramos el carruaje de vuelta al museo. Fue un viaje largo e incómodo, sinceramente. Fagenbush miraba por su ventana y yo por la mía. Ninguno de los dos rompió el silencio, espeso y tenso, a excepción de los gruñidos y ladridos contenidos que emergían ocasionalmente de la boca de Fagenbush. No obstante, al ser algo involuntario, no se los tuve en cuenta. Tras una perorata muy larga de ladridos agudos, Fagenbush parecía tan agobiado que me dio pena.

—Solo durará un par de días más. No es algo permanente.

Apartó la mirada de la ventanilla y me observó. Me encogí en mi asiento.

—A mí también me pasó una vez —expliqué—. Entonces era mucho más pequeña, solo tenía ocho años, y mis padres se pensaron que todo era un juego. Es mucho más fácil pasar por alto los ladridos cuando una es una cría, eso te lo aseguro.

Sin embargo, mi afirmación no redujo ni un ápice el odio de los ojos de Fagenbush.

—¿Por qué me odia? —espeté, lo cual nos sorprendió a los dos. No tenía la más mínima intención de preguntar algo así.

—Porque... guau, guau... tus intromisiones e interferencias han pausado mi carrera durante diez años. Por eso.

Dejó de hablar unos instantes, sobrecogido por otra ronda de ladridos.

—¿Cómo?

—¿Cómo que cómo? Cada vez que localizaba un objeto maldito, descubría que tú ya lo habías tratado, o bien le habías quitado la maldición o la habías invalidado o eliminado. No puedo demostrar mi valía si no me dejas hacer nada.

Parecía levemente sorprendido de haber hablado tanto sin sufrir ninguna interrupción. Tal vez la maldición estaba empezando a perder efecto.

—¿Y cómo iba a saberlo? —pregunté—. Pensaba que era la única capaz de ver las maldiciones y ese tipo de cosas. Solo intento ayudar.

Su boca se retorció en un nudo mezquino.

–Y eres la única que las ve –su voz estaba cargada de amargura–. Los demás tenemos que llevar a cabo una serie de pruebas lentas y mundanas.

Y entonces fue cuando me di cuenta. ¡Tenía envidia de mis habilidades! Quería ser capaz de detectar las maldiciones de la misma forma que yo y ahorrarse así un montón de trabajo. Y fanfarronear de ello con sus colegas, sin duda.

–Ser capaz de percibir la magia negra no es coser y cantar –señalé.

–Incluso ahora, que ya sabes que trabajo para Wigmere, sigues negándote a colaborar conmigo y me engañas para que caiga en estas bromas tan maliciosas.

Me retorcí ligeramente en mi asiento del carruaje.

–No era una broma –insistí.

Y no lo era. Había sido una táctica de distracción para que me dejase investigar sin que merodeara a mi alrededor.

Se inclinó hacia delante; le temblaba la fina y larga nariz.

–No permitiré que me deje en ridículo una cría que está jugando a cosas que no comprende. No me impedirás cumplir con mis obligaciones ni interferirás en las tareas tan importantes que se me han asignado.

–Bueno, dejaré que sea usted el que le explique todo eso a Wigmere –dije, reculando a una de las esquinas. ¡Por favor! Wigmere no tenía ni idea de lo que me estaba pidiendo.

CAPÍTULO 14

ALOYSIUS TRAWLEY SALE A JUGAR

Mamá y papá decidieron quedarse esa noche en el museo, lo que me dio la oportunidad de hacer una prueba a la luz de la luna. A pesar de lo que me había dicho Wigmere, quería llevar a cabo una última prueba a la tablilla antes de esconderla para siempre.

Mis padres se habían pasado todo el día reinterpretando los calcos que habían tomado del anexo de la tumba de Tutmosis III siguiendo la nueva traducción. No querían dejarlo a medias, ya que temían que se les acabara la buena racha si lo dejaban. Por fortuna, se acordaron de mandarnos a Henry y a mí a buscar la cena esa tarde, seguramente porque Henry se ponía muy pesado cuando le entraba hambre.

Henry me acompañó a la pastelería de la señora Pilkington, que afirmó estar encantada de conocerlo y nos dio un panecillo de Pascua de los que estaba haciendo para el día siguiente, Viernes Santo. Estaban calientes, recién sacados del horno, por lo que el bollito ligeramente dulce se me deshizo en la boca.

Henry se zampó el suyo, lo que me dio bastante vergüenza. Yo saboreé el mío mientras la señora Pilkington envolvía nuestros pasteles de carne.

–Felices Pascuas –nos dijo cuando me entregó el paquete.

–Gracias, señora Pilkington. Igualmente.

Salimos al frío de la tarde, pues había arreciado el viento; nos arrebujamos en nuestros abrigos y empezamos la larga caminata hasta el museo. A dos manzanas de la tienda de la señora Pilkington, me di cuenta de que nos seguía una sombra alta y oscura. Se me encogió el estómago.

¡Los Escorpiones no! No mientras estuviera con Henry.

Miré por el rabillo del ojo a mi hermano y me pregunté si se habría dado cuenta, pero estaba ocupado saltando las grietas de la acera.

Media manzana después, salió otra sombra de un callejón que acabábamos de dejar atrás y empezó a pisarnos los talones. Henry dejó de jugar y se pegó a mí.

–¿Nos está siguiendo ese hombre? –susurró.

–¿Qué hombre? –pregunté con la mente dándome vueltas.

Hasta el momento, la implicación de Henry en todo este asunto se había limitado a un juego, una aventura con la que pasar el rato en el aburrido museo. Pero, ahora, mientras miraba esos ojos azules y preocupados, no estaba segura de si querría saber toda la verdad.

–¿Es que estás ciega? ¿Cómo no te vas a dar cuenta de ese tipo tan sospechoso que tenemos detrás?

El desprecio en su tono me dio ganas de señalar que, en realidad, eran dos hombres. ¿No se había dado cuenta? Pero no se lo dije. Después de todo, tenía más experiencia que él en estas situaciones.

Fingí que miraba por encima del hombro, como si quisiera ver al hombre del que me estaba hablando.

—No estoy segura, Henry. Aunque recuerdo que mamá y papá estuvieron hablando de una intensa competición con el Museo Británico. Puede que trabajen para ellos.

—¿Y entonces por qué nos siguen a nosotros?

Porras. Había visto el fallo en la teoría.

—En fin, es solo una suposición. También podrías estar imaginándotelo.

Un atisbo de movimiento al otro lado de la calle llamó mi atención. Un hombre bastante corpulento caminaba al mismo ritmo que nosotros. Llevaba el sombrero bien calado en la frente y el abrigo apretado alrededor del cuerpo con los cuellos hacia arriba. Me resultó vagamente familiar.

Estaba casi segura de que no era uno de los miembros del Sol Negro. Cualquier duda que me quedara desapareció al ver que uno de los Escorpiones que nos seguía cruzó la calle para ir a por el tercer hombre.

En cuanto el tipo descomunal lo vio, giró sobre sus talones y echó a andar por donde había venido. El otro Escorpión se unió al primero y, cuando se acercaron más de la cuenta, echó a correr y los tres desaparecieron calle abajo. Suspiré de alivio y me volví hacia Henry.

—¿Ves? No tenían nada que ver con nosotros.

Cuando terminamos de cenar, nuestros padres volvieron al taller y Henry y yo nos acomodamos para jugar al tres en raya. Henry perdió dos partidas seguidas, así que se enfadó y fue a buscar la tartaleta de crema que había reservado para el postre.

–¡Eh! ¿Qué has hecho con mi tartaleta? –preguntó al volver.

–Nada, Henry. Tal vez la dejaste con tus canicas.

–Ja, ja. Qué graciosa. Dámela ya.

–Es que no la tengo. En serio. Además, a mí ni siquiera me gustan las tartaletas de crema. Prefiero las de limón.

Henry se quedó con las manos en las caderas frunciendo el ceño.

–No te creo.

–Allá tú, pero piénsalo. He estado a tu lado todo este tiempo. Adelante –despegué los brazos de los costados–, registra mis bolsillos si quieres.

–El que me des permiso significa que no servirá de nada buscar en ellos.

Estaba claro que no podía ganar.

–Como quieras –resolví–. Me voy a seguir investigando.

No tenía tiempo de lidiar con esos enfurruñamientos; había cosas más importantes que hacer.

Todavía ofuscado por sus pérdidas, mi hermano me dedicó un gruñido y eligió un libro para leer.

Afortunadamente, la luna estaba casi llena, así que había luz de sobra colándose en el museo. Lo más complicado era exponer la tablilla a la luz de la luna sin que me viera nadie.

Contemplando con nerviosismo las sombras del techo, me puse alrededor del cuello dos amuletos protectores y, con cautela, me dirigí a mi alcoba. Una vez allí, agarré la lámpara de aceite y me quité los zapatos. Una nunca sabía lo que se avecinaba y era mejor no llamar la atención en la medida de lo posible.

Muchas de las maldiciones de los objetos estaban relacionadas con muertos peligrosos y espíritus contrariados, el *akhu* y el *mut*. Si un artefacto estaba maldito, o bien convocaba el poder del *akhu* o del *mut*, o estaban atrapados en el interior del propio objeto. Cuando el poder del Sol (Ra para los antiguos egipcios) abandonaba los cielos, esos espíritus contrariados salían a jugar. Y créeme, sus juegos y los míos distaban enormemente.

Según iba andando por el pasillo, oí un susurro siniestro junto al techo, donde solía aguardar el *mut*. Al acercarme, se separó del techo una sombra de gran tamaño y empezó a fluir hacia mí. Tenía ya la suficiente experiencia como para no quedarme mirando y arriesgar mi *ka*, o energía vital, con ella; sería como un imán.

Desvié la mirada y salí pitando. También he aprendido que, si corro de puntillas, hago muy poco ruido, aunque no pueda recorrer mucha distancia.

Irrumpí en el vestíbulo, donde la luz de la luna entraba a raudales por los ventanales de la fachada. Comprobé si la sombra me había seguido. Algunas evitaban la luz de la luna, mientras que a otras las atraía como polillas al fuego. Todo dependía de si era la manifestación de una maldición o un verdadero *mut* merodeando suelto por el museo, eso sin tener en cuenta a qué dios había invocado el mago cuando creó la maldición.

Esta pareció quedarse atrás, decantándose por la negrura absoluta del pasillo en vez de la luz plateada del vestíbulo. Excelente. Un obstáculo menos. Solo me quedaban una docena más.

Siguiente parada: las catacumbas. Odiaba el museo por la noche, pero las catacumbas eran aún peor.

Abrí la puerta, deseando haber pensado en ir antes a por Isis, encendí las luces de gas y empecé a bajar las escaleras. Crujían y gruñían, como si les molestara mi peso. Cuando llegué al último escalón, me sacudí al sentir como si mil bichos correteran por mi columna vertebral. No era una buena señal: eso significaba que la luna casi llena había despertado algo. Mis ojos se desviaron hasta la estatua de Anubis, que descansaba sobre su caja; la luz tenue se reflejaba en su superficie negra y brillante. Al menos, esa seguía durmiente.

Pero ¡cómo no había caído...! ¡La caja contenía el orbe de Ra! Me otorgaría una protección extra en estas actividades nocturnas.

Corrí hasta la caja canópica, rasqué entre las orejas a la estatua de Anubis (por si acaso) y me agaché para abrir la puerta y sacar el orbe de su escondite.

–No voy a llevármelo a ningún sitio, te lo prometo –le expliqué a la estatua–. Te lo devuelvo enseguida.

Sintiéndome mucho más segura con el poder de Ra aferrado firmemente en mi mano izquierda, me acerqué a la armadura de madera que ocultaba la Tablilla Esmeralda. El aire se agitó y arremolinó a mi alrededor, y supuse que tanto el *akhu* como el *mut* se sintieron decepcionados al tener que apartarse ante el orbe.

Tuve que dejar los amuletos que llevaba al cuello para poder agarrar la tablilla. Me reafirmé que, teniendo el orbe de Ra en una mano, estaría totalmente segura. Cogí la tablilla y esperé. Nada. Bien. Me apresuré a volver a la caja, donde había mejor luz. Después de mi conversación con Wigmere, me di cuenta de que si, efectivamente, estaba en estado latente, al igual que el báculo de Osiris, debía de haber alguna forma de activarla.

Guardé el orbe en el bolsillo del mandil y usé las dos manos para examinar la tablilla. Le di la vuelta, busqué manivelas o cerraduras o alguna parte que fuese móvil. No encontré nada. Era un trozo sólido de piedra verde.

Eso parecía confirmar la teoría de Wigmere de que no era tan poderosa o tan importante, excepto para un puñado de ocultistas furibundos. Lo único que me quedaba por hacer era la prueba a la luz de la luna, y así ya podría dejar de preocuparme por la tablilla y dedicarme al resto de mis obligaciones.

Corrí hacia las escaleras, aunque me detuve antes de subir para susurrar por encima del hombro:

—Vuelvo ahora mismo, de verdad —le aseguré a Anubis.

Y salí pitando hacia el vestíbulo, deteniéndome lo justo para comprobar que mis padres no habían bajado a buscarme y que Flimp no estaba haciendo una de sus rondas. La costa estaba despejada.

Me acerqué a un charco de luz de luna especialmente brillante y ladeé la tablilla para que la iluminara por completo. El verde mate resplandeció de una forma tan extraordinaria que me hizo parpadear. ¡Parecía un foco reflector! Un momento. Entrecerré los ojos para adaptarme al brillo y me incliné para verla de cerca. ¡Ajá! Entre los surcos de la piedra se movía algo, como piscardos atrapados bajo el hielo. Eran algún tipo de símbolos, pero no los jeroglíficos egipcios que yo habría reconocido. Y no paraban de moverse, aunque no parecía que estuviesen buscando una forma de salir, como solían hacer las maldiciones. Ni me estaba causando una sensación de escozor o cosquilleo, como cuando trataban de lanzarme a mí la maldición de un objeto. ¡Qué cosa más extraña! Me puse en cuclillas y dejé la tablilla en el suelo. Acto seguido, rebusqué en el bolsillo de mi mandil y encontré un trozo de papel y un lápiz. Quería copiar algunos de los símbolos para poder analizarlos más tarde. Me dediqué a ello en silencio durante unos minutos, hasta que logré dibujar una docena de esos extraños glifos. Justo cuando estaba metiendo el papel y el lápiz en el bolsillo, sentí que algo se frotaba contra mí. Cogí la tablilla y me puse en pie, reprimiendo el grito que estuvo a punto de salir de mi garganta.

Isis.

El alivio me recorrió todo el cuerpo y el corazón desbocado empezó a calmarse. Me agaché y la acaricié.

–¡Aquí estás! Aunque estoy muy contenta de verte, no vuelvas a asustarme la próxima vez.

Como respuesta, me acarició la pierna con la cabeza y se me quedó mirando. Me quedé petrificada. La última vez que había hecho eso fue cuando un intruso se coló en el museo. ¿Venía alguien? Me quedé quieta y me esforcé por escuchar. El leve sonido de unos susurros alcanzó mis oídos. Bajé la mirada a la tablilla resplandeciente que tenía entre las manos. ¿Dónde podía esconderla?

Histérica, recorrí el vestíbulo con la mirada. Con todas las cajas y arcones que había desperdigados por el suelo, había un montón de escondites posibles, pero no podía arriesgarme a que alguien moviera la tablilla de sitio antes de que lograra recuperarla. Mis ojos recayeron entonces en el enorme cesto plano lleno de piedrecitas negras con forma de grano. Habían pasado más de tres días, el mejunje ya debería haber levantado la maldición.

Usando la palma de la mano, desplacé todas las piedrecitas a un lado del cesto. No quedaba ni rastro de la mezcla de pan y miel. Dejé la Tablilla Esmeralda en el fondo y recoloqué todo el grano para que no dejaran entrever ni un destello verde. Lo mejor era que el cesto formaba parte de la propia exposición, por lo que nadie lo tiraría a la basura.

Escondida ya la tablilla en un lugar seguro, me detuve a escuchar con atención. Empecé a moverme, pegada a la pared, para ser lo más invisible posible. Isis se enredó entre mis tobillos y esperó.

Lentamente, asomé la cabeza por la puerta del vestíbulo para ver lo que había al doblar la esquina. Casi pegué un grito cuando vi que una cabeza blanca sin cuerpo, con unos ojos pequeños y brillantes, parecía flotar en mi dirección. Tras la sorpresa inicial, la exasperación más absoluta me hizo salir de mi escondite.

–¡Usted! –exclamé.

CAPÍTULO 15

EL ENCANTADOR DE ESCORPIONES

Aloysius Trawley frenó bruscamente. Se oyó un «umpf» cuando un montón de cuerpos que le seguían se chocaron con él. Recobró la compostura y me miró con desdén.

–¡Theodosia! ¡Qué alegría vernos aquí en nuestra visita de medianoche!

Me pareció una mala señal que ya no me llamara «Oh, portadora de la luz».

–¿Qué está haciendo aquí? –pregunté en voz baja para que ni mis padres ni Henry se enteraran–. ¡En plena madrugada!

–¿Siempre afirma lo que es evidente? –preguntó uno de los hombres de la retaguardia.

–N... no, señor. N... normalmente no.

–¿Stilton?

El tercer ayudante del conservador asomó la cabeza por detrás de Trawley, parpadeó dos veces y sufrió un tic en el hombro izquierdo. Traté de ocultar mi profundo sentimiento de traición al dejar entrar a su gran maestro en el museo en mitad de la noche.

–Ya ves lo que sucede cuando tratas de engañarnos, Theodosia. Has hecho que tengamos que venir a ver con nuestros propios ojos lo que nos estás ocultando.

–¿Engañando? ¿Con qué les estoy engañando?

–No compartes tu poder con nosotros, como prometiste.

–¡Yo no prometí nada de eso!

Trawley dio un paso hacia mí.

–También nos hiciste creer que ese poder era tuyo. Empiezo a sospechar que simplemente tuviste acceso a objetos poderosos y ellos eran la fuente de esa fuerza, no tú.

Miré por el rabillo del ojo a Stilton, que ahora tenía un tic en la mejilla derecha.

–Ah, no, no me lo ha dicho Stilton, y por ello ha sido duramente castigado. Ha tenido que elegir a quién sirve, si a ti o a mí, y me temo que me ha elegido a mí. La última vez que nos visitaste me di cuenta de que tergiversabas la información y que no tenías intención alguna de confiar en nosotros. Así que hice lo que hacen todos los hombres que buscan poder y verdades arcanas cuando se encuentran con un obstáculo de este calibre: me hice cargo del asunto y vine a verlo por mí mismo.

–¿Quiere decir que ya ha estado aquí antes?

–Sí, me colé hace dos noches y eché un vistazo; sobre todo, a los objetos egipcios.

Stilton volvió a asomar la cabeza por detrás de su maestro.

–E... estaba buscando el báculo.

–¡Silencio! –siseó Trawley–. Busco todos los objetos poderosos. Sin embargo, aunque no encontrara nada aquella noche, no pensaba rendirme. Cuando estaba a punto de marcharme, percibí un resplandor verde sobrenatural que salía de debajo de una puerta: una luz antinatural que emitía un gran poder. Antes de que pudiera descubrir el origen de ese poder, me paró los pies vuestro portero egipcio. Pero esta vez no ocurrirá lo mismo, he traído mis propios refuerzos.

—¿Qué portero egipcio? —pregunté confundida.

Trawley se quedó mirando a algo que había a mis espaldas; un aire de irritación profunda le nubló el rostro.

—Ese —dijo señalando por encima de mi hombro derecho.

Me di la vuelta como un látigo y encontré a Awi Bubu en mitad del vestíbulo. ¡Por favor! Lo mismo valdría si pusiéramos un cartel que dijera «ABIERTO» con el tráfico que estábamos teniendo.

—Buenas noches, señorita —el mago egipcio me hizo una reverencia, pero no apartó la mirada de Trawley—. Creo que ya conoce a mi ayudante.

El cuerpo oculto de Kimosiri se apartó de la oscuridad y di un respingo al reconocerlo. Él era el tercer hombre que me había estado siguiendo esa tarde por la calle, el que había alejado a los Escorpiones.

—Ponte delante de la señorita, Kimosiri, y no te apartes hasta que yo te lo ordene.

El hombretón asintió, se acercó y plantó sus enormes hechuras delante de mí. Eché un vistazo desde el costado de su descomunal cuerpo. Trawley se rio, un sonido de lo más perturbador.

—Sois dos y nosotros somos ocho. ¿De verdad crees que podrás detenernos?

Awi Bubu ladeó la cabeza.

—¿Y los ocho plantarán cara? Yo que tú no estaría tan seguro.

Acto seguido, empezó a cantar, en voz baja al principio y luego más fuerte. Tardé un momento en reconocer las palabras: eran las mismas que había usado en la actuación como encantador de escorpiones en el teatro Alcázar.

—No sé qué crees que estás haciendo... —comenzó Trawley, pero tuvo que interrumpirse al ver que los Escorpiones que tenía al lado levantaban los brazos como si fueran marionetas en el aire. Con un nuevo tirón, se separaron de su maestro—. ¡Menefet! Vuelve aquí. ¡Tefen!

Stilton tenía los ojos abiertos como platos y el rostro compungido de pánico. En lugar de obedecer las órdenes de Trawley, giró sobre sí mismo y empezó a alejarse con movimientos rígidos y vacilantes.

Uno a uno, el resto de Escorpiones empezaron a hacer lo mismo. Hasta Basil Whiting, que parecía ser el seguidor más leal de Trawley, se alejó en contra de su voluntad.

Trawley avanzó tres pasos y le dedicó una mirada nerviosa a Kimosiri, que cambió de postura y gruñó como advertencia.

—¿Qué les has hecho?

Trawley parecía estar a punto de estrangular al viejo mago. Awi Bubu no pronunció ninguna palabra hasta que el último de los Escorpiones desapareció.

—Con eso bastará por ahora —dijo, más que nada a sí mismo. Luego centró su atención en Trawley—. Tus hombres son Escorpiones, ¿no es así? Yo soy encantador de escorpiones, lo que me otorga poder sobre ellos. No les queda más remedio que obedecer mis deseos cuando invoco a Selket, la diosa de los escorpiones.

—¡Pero son mis hombres!

—Pero los has llamado Escorpiones y eso los deja bajo las órdenes de la diosa Selket y, por tanto, deben obedecer a los encantadores de escorpiones de todo el mundo, aunque ya no quedamos muchos.

El rostro de Trawley enrojeció de la rabia. Cuando habló, la saliva salió disparada de sus labios.

—Esto no es un punto final, te lo aseguro. En breve tendrás noticias de mí.

Me fulminó con la mirada y siguió a sus Escorpiones, que salían del museo. Awi Bubu le dedicó un asentimiento a Kimosiri.

—Asegúrate de que la puerta queda cerrada con llave cuando se hayan marchado. ¡Y no dejes que el portero te vea! No necesitamos otro encontronazo con la policía.

Sin pronunciar palabra, el hombretón siguió a Trawley por el pasillo. Este aceleró el paso hasta acabar prácticamente pegando saltos hacia la puerta.

Nos quedamos los dos solos. Awi ladeó la cabeza, como si fuera un pájaro muy curioso y muy anciano.

—¿Por qué no ha usado el orbe de Ra con ellos? —preguntó.

Mi mano corrió a palpar el pesado bulto que tenía en el bolsillo del mandil.

—¿Cómo lo ha sabido? —pregunté, y fruncí el ceño—. ¿Y a qué se refiere con usarlo?

—Percibo un objeto de gran poder cerca de usted y he sabido determinar cuál era por el tamaño, la forma y la potencia que emite.

«Eso sí que son unas habilidades envidiables», me dije. Ahora que lo pensaba, tampoco se diferenciaba mucho de mi capacidad para percibir maldiciones; solo era más refinado.

—¿Cómo se usa el orbe sin el báculo? —pregunté.

—Vaya, hay cosas que la señorita no conoce todavía. Me temo que tendremos que dejarlo para otro momento. Ahora, ya que le he hecho un gran favor al salvarla del hombre cabeza huevo, tal vez tenga a bien devolvérmelo y traerme la Tablilla Esmeralda.

Al sentirme algo más envalentonada ahora que Trawley y los Escorpiones se habían marchado, sin mencionar la ausencia del silencioso y enorme Kimosiri, respondí:

–¿Qué Tablilla Esmeralda?

Awi chasqueó la lengua.

–La señorita me decepciona. Los amigos deben ser sinceros el uno con el otro.

–¿Somos amigos? –pregunté con amabilidad y verdadera sinceridad.

–Eso me gustaría pensar. O, al menos, aliados. ¿Por qué, si no, he aparecido en este momento para ayudarla?

–Eh... ¿porque quería la tablilla y tenía miedo de que Trawley y su Orden Arcana del Sol Negro se la llevaran antes?

–El cinismo en una jovencita es de lo más impropio.

¡Por favor! Sonaba igual que mi abuela.

Awi Bubu empezó a pasearse entre los objetos de la exposición a medio montar.

–¿Alguna vez le he dado una razón para que desconfíe de mí? ¿He desvelado alguno de sus secretos? ¿Les he contado sus idas y venidas a sus padres? No. No he hecho ninguna de esas cosas y, aun así, sigue sin considerarme un amigo. –Se detuvo delante de un busto de Tutmosis III y giró la cabeza hacia mí–. Me pregunto si considera amigo a Stilton.

–No veo que eso sea de su incumbencia –respondí.

Me había molestado que hubiera captado mis inseguridades respecto al tercer ayudante del conservador. Habría asegurado que era una persona de fiar, pero había traído a Trawley hasta aquí.

–Ah. Al menos la señorita está aprendiendo –dijo Awi Bubu como si hubiera dicho lo que estaba pensando en voz alta.

–Deje de hacer eso –siseé.

–Está en su mano detenerme, señorita. Solo tiene que entregarme la tablilla y me iré por donde he venido.

Había algo en su voz que me hizo analizarlo con más detenimiento. Denostaba un deje de exultación, como si el hecho de que yo le diera la tablilla le reportara una alegría sin igual.

–Me temo que no puedo hacer eso. Forma parte del museo de mis padres y se enfadarían mucho conmigo si entregara algo de tanto valor.

Awi Bubu estalló en carcajadas.

–Sus padres... –prácticamente escupió esas palabras–. Sus padres son personas encantadoras y muy competentes en su trabajo, pero no tienen ni idea de quién o qué es usted ni a qué se dedica. No me insulte afirmando lo contrario.

¿Quién o qué era yo? De repente, sentí ansias por saber quién (y qué) pensaba él que era. Porque, sinceramente, yo estaba perdida.

Awi Bubu dejó escapar un sonoro suspiro lleno de arrepentimiento.

–Habría preferido que fuera usted la que me entregara la tablilla, pero, si no quiere hacerlo, no tendré escrúpulos a la hora de tomarla yo mismo. Tengo un derecho mayor, y más antiguo, que el de todos ustedes.

Sin vacilar lo más mínimo, miró hacia la cesta de grano. ¿Cómo había sabido dónde la había dejado? No se entreveía ni el más leve verde. Y lo más importante, ¿cómo podía detenerlo? Era evidente que su terca determinación por poseer la tablilla demostraba que era un objeto de valor, aunque yo hubiera sido incapaz de detectarlo.

Como no era mucho más grande que yo, me planteé seriamente hacerle un placaje, o lo habría hecho si no hubiese sabido que Kimosiri iba a volver en cualquier momento.

–Sabe que no puede convertir el metal en oro, ¿verdad?

Tal como esperaba, mis palabras lo hicieron frenarse.

–Por supuesto –replicó Awi–. Pero no es valiosa por eso.

–¿No?

–No, las primeras traducciones se hicieron erróneas aposta.

Cuando Awi llegó a la vitrina en la que estaba expuesta la cesta, una sombra sibilante y furiosa surgió de entre la oscuridad y pegó un salto directa a su cara. Awi Bubu retrocedió y empezó a mover las manos de forma extraña, hasta que se dio cuenta de que era mi gata.

–¡Isis! –exclamé.

–Isis –repitió Awi Bubu alejándose de ella.

La gata se colocó delante de la tablilla con el lomo arqueado y el pelo como escarpias, lo que le hacía parecer grande y terrorífica. El mago egipcio la estudió unos instantes y pronunció unas palabras en una lengua extraña. ¿Árabe? ¿Egipcio antiguo? No tenía ni idea.

Isis se calmó un poco, pero permaneció plantada en el mismo lugar, entre Awi Bubu y la tablilla. Para mi sorpresa, el mago me dedicó una leve reverencia.

–Muy bien. No quiero enfadar a su amiga para poseer lo que es mío; pero se lo advierto, señorita, nos volveremos a ver y conseguiré la tablilla.

Y con esas palabras abandonó el vestíbulo y corrió por el mismo pasillo por el que Kimosiri había desaparecido poco antes.

Lentamente, casi sin pensarlo, me hundí en el suelo; las piernas ya no eran capaces de sostenerme. Cuando estuvo segura de que se había ido, Isis se separó de donde estaba escondida la tablilla y se acercó a mí. Frotó el morro contra mi mano y empezó a ronronear.

–Un trabajo excelente –la felicité.

Quise acariciarla, pero dejé la mano quieta sobre su cabeza. ¿Por qué a Awi Bubu le había dado miedo enfadarla? ¿Por qué Isis había protegido la tablilla? Esas preguntas me hicieron dudar; al cabo de un rato, la gata se impacientó y me dio con la patita.

Independientemente de lo que fuera, Isis era mi mejor amiga y me acababa de salvar el pellejo. La sujeté con las dos manos y la acuné en el pecho, enterrando la nariz en su suave pelaje. Cuando me sentí con fuerzas para volver a ponerme en pie, la sostuve en mis brazos y la llevé de vuelta a mi alcoba, donde se pasó toda la noche a mi lado dentro del sarcófago.

CAPÍTULO 16

A HENRY SE LE VA LA BOLA

Me desperté a la mañana siguiente cuando se abrió de golpe la puerta de mi alcoba y rebotó contra la pared. Isis soltó un aullido y yo me incorporé con el corazón bombeando dolorosamente contra las costillas. Cuando Isis salió del sarcófago y corrió hacia la puerta, solté:

–¿Henry?

–¿Por qué? ¿Por qué lo has hecho, Theo?

Me froté los ojos y me pregunté si estaba sufriendo una pesadilla.

–¿Qué? ¿Por qué he hecho el qué?

–Esto –respondió, y me tiró algo que me aterrizó en el pecho.

–¡Ay! ¡Henry, no era necesario!

Mi hermano entró en la habitación con los puños cerrados.

–¿Qué esperabas cuando vas por ahí rompiendo las cosas de los demás?

–¿De qué estás hablando? –Miré al proyectil que descansaba sobre mi regazo. Era el libro que había estado leyendo la noche anterior. Lo levanté y lo abrí. Solté un grito: las páginas estaban hechas trizas–. Henry, no he sido yo, ¡lo juro!

–¿Y quién va a ser si no? No empieces con la cantinela del Caos y los tipos malos y todo ese rollo.

Dos manchas de color rosado le colorearon las mejillas.

–De acuerdo –contesté lentamente mientras pensaba–. Pero no he sido yo. Yo nunca destrozaría un libro, Henry. Nunca.

–No te creo. Me parece que estás jugando conmigo para mantener esa aura de misterio que te traes entre manos.

Salí a trompicones del sarcófago.

–¡Henry, eso no es cierto!

–Ya veremos qué opinan mamá y papá.

Me quedé de piedra. Se pondrían furiosos, y con razón. El único problema era ¡que yo no era culpable!

–Henry, tienes que creerme. No he sido yo, pero encontraremos a quien lo haya hecho.

Henry se quedó mirándome unos instantes.

–Muy bien. Si puedes demostrar que ha sido otra persona antes de la cena, no me chivaré.

Y, tras pronunciar esas palabras, se marchó hecho un basilisco.

Me senté en el borde del sarcófago y hojeé las páginas del libro destrozado. ¿Quién haría algo así? ¿Y por qué? Parecía como si alguien hubiera intentado rasgar las páginas con un cuchillo. O con garras. Me quedé atónita. No habría sido Isis, ¿verdad? No. Había pasado toda la noche conmigo. Pero, entonces, ¿quién?

¿Anubis? Di un respingo y me di cuenta de que todavía tenía el orbe de Ra en el bolsillo. ¿Habría salido anoche de las catacumbas para buscarlo? Le había prometido que lo devolvería pronto, pero ¿qué consideraba un chacal como «pronto»? Parecía una teoría un poco endeble, ya que no tenía sentido que atacara al libro de Henry si estaba enfadado conmigo; pero tenía que empezar la investigación por algún sitio.

Me incorporé, me lavé la cara en la jofaina y me quité el vestido con el que había dormido para ponerme otro. Volví a atarme el mandil y salí corriendo para enfrentarme a lo que se estaba perfilando como un día atareado.

Mi primera parada fueron las catacumbas para resolver lo del libro de Henry. Me aferré a mis amuletos y bajé corriendo las escaleras.

Anubis parecía no haber movido ni un bigote desde la última vez que lo vi. Me acerqué para examinar los dientes y las garras y busqué restos de tiras de papel o cualquier otro signo que indicara que había atacado el libro de Henry. Busqué por el suelo, pero tampoco había ni rastro de jirones de papel. ¡Un momento! Por el rabillo del ojo vi un resplandor metálico.

Me quedé pasmada cuando me acerqué y descubrí que era un amuleto. En concreto, el amuleto que le había dado a Henry la primera vez que bajó conmigo al sótano.

Eso significaba que el muy bruto se lo había sacado del bolsillo cuando yo no miraba y lo había escondido detrás de la caja.

Conforme fui asimilando este hecho, caí en la cuenta de todo lo demás: las canicas, la tarta, el libro. Al estar desprotegido, Henry estaba siendo perseguido por algo; algo que, sin duda, había salido de las catacumbas. Alcé la vista hacia la pared de las momias y no me sorprendió encontrar un cúmulo de cosas a los pies de Tetley.

Eran las canicas de Henry, su trozo de tarta desmigado y unos cuantos trozos arrancados de su libro. Miré a Tetley y até cabos. ¡Su *mut* estaba persiguiendo a Henry! Los egipcios siempre creyeron que los niños pequeños eran mucho más vulnerables que los adultos a las presencias y las persecuciones de los espíritus del otro mundo. Y, por si fuera poco, Henry había hecho sonar las castañuelas de marfil que había en el taller. Normalmente, había que agitarlas tres veces para alejar a un espíritu maligno: la primera vez llamaba la atención del espíritu; la segunda ejercía influencia sobre el espíritu para que obedeciera, y la tercera lo alejaba.

No había reparado en ello antes porque había dado por sentado que Henry llevaba el amuleto que le había dado. Pero ahí estaba, en el suelo. Lo recogí y me lo colgué al cuello.

El *ba* de Tetley, inquieto y descontento, se había convertido en un *mut* que deambulaba por la tierra, deprimido y abatido. Sin lugar a dudas, estaba molesto por no haber sido enterrado como era debido y se había dedicado a coleccionar aquello que iba a necesitar en la otra vida. No es que fueran pastelitos de miel ni *shabtis*, pero eran objetos que le servían para mantenerse y entretenerse.

¡Pobre Tetley! Aunque al menos ya tenía una respuesta para Henry. Lo difícil iba a ser convencerlo de que me creyese o, al menos, crear un ápice de duda para que no se lo contara a nuestros padres.

Decidida a hacerle entender, empecé a subir los peldaños de la escalera, pero me detuve cuando sentí que un objeto pesado descansaba contra mi pierna. Me di la vuelta hasta la caja canópica y dejé el orbe de Ra a salvo en su interior.

—Lo siento —le dije a la estatua. Entonces, me apresuré a seguir con mi mañana.

Afortunadamente, los conservadores todavía no habían llegado. Cuando crucé el vestíbulo, estaba tan enfrascada en la explicación que iba a darle a Henry que el leve golpeteo en la ventana casi me hace desmayarme. ¡Will! Me había olvidado de que habíamos quedado. Salí para encontrarme con él, que se había escondido detrás de un abedul.

—Buenos días, señorita.

—Buenos días. La verdad es que no recordaba que venías hoy.

Will resopló.

—Ya se lo he dicho. ¡No voy a dejar que un par de pretenciosos me aparten del trabajo más interesante que he tenido en la vida!

—De acuerdo. En ese caso, no creo que a Wigmere le importe demasiado. ¡Han pasado muchísimas cosas! Estoy segura de que querrá saber todo lo antes posible.

Procedí a contarle los detalles de la intrusión de los miembros del Sol Negro y de la intervención de Awi Bubu. Cuando terminé, Will silbó sorprendido.

—Estoy deseando oír qué dice el viejo Wiggy sobre todo esto.

—Estoy segura de que coincidirá conmigo en que estamos tratando un tema de la mayor importancia. Además —me enderecé—, puedes decirle que Fagenbush no ha llegado aún, así que no puedo recurrir a él. ¿Te acuerdas de todo? ¿Quieres repetírmelo?

—No, yo me encargo —se despidió con un toque en la gorra—. Volveré enseguida con instrucciones.

Cuando desvié la mirada de Will, descubrí una figura solitaria que se apresuraba a entrar en el museo. Stilton había llegado. En cuanto lo vi, sentí que volvía la rabia por la traición de la noche anterior. Teníamos que hablar.

Decidí esperar a Stilton en su despacho para tenderle una emboscada, por así decirlo. Es lo mínimo que se merecía por venderme (¡a mí y a todo el museo!) a Trawley y provocar que ese desgraciado se colara para robar.

No tuve que esperar mucho. Stilton llegó a su despacho demacrado y pálido. Era evidente que estaba distraído y no se dio cuenta de mi presencia hasta que me aclaré la garganta. Se revolvió con tanta presteza que soltó la cajita blanca que llevaba en las manos; cayó al suelo con un leve «plaf».

–¡Señorita Theodosia! –exclamó–. Me ha asustado.

–Vaya, lo siento mucho. Tenemos que hablar.

Con una rapidez que delataba que se sentía culpable, apartó sus ojos de los míos y se agachó para recoger su paquete. Cuando se incorporó, acudió a mí un olor cálido y delicioso. Me rugió el estómago. Muriéndome de la vergüenza, me eché la mano a la barriga y recé para que no me hubiera oído.

Con cierta indecisión, me ofreció la caja.

–P... pensé que tendría hambre, después de haberse quedado aquí toda la noche y demás.

Parecía tan triste y esperanzado al mismo tiempo que una pequeña parte de mi ira desapareció.

–Gracias –repliqué, y acepté la caja.

Por supuesto, no hacía ningún daño que me hubiera traído comida como ofrenda de paz. Cuando la abrí, vislumbré unos panecillos de Pascua.

–¡Anda, gracias! –volví a decir, esta vez con mucha más intención.

Saqué uno de la caja y saboreé la calidez entre mis dedos.

Mientras Stilton colgaba el sombrero y el abrigo, me senté al borde de una silla y devoré el panecillo.

—Cómase otro —me apremió mientras se acomodaba en su escritorio.

—¿Usted no quiere? —pregunté echando mano a otro panecillo.

Stilton negó con la cabeza.

—No tengo hambre. Los he traído para usted. Y para su hermano, si también le apetecen.

Tomé un tercer panecillo y cerré la caja al darme cuenta de que debía reservar alguno para Henry. Además, sería una buena ofrenda de paz por el incidente del libro.

Stilton tenía muy mala cara. Lucía unas sombras oscuras bajo los ojos y todo su comportamiento evidenciaba abatimiento y cansancio.

—Bueno —empecé—, sobre lo de anoche...

Stilton apartó la mirada y empezó a revisar documentos.

—Lo siento muchísimo, señorita Theo.

Esperé a que desarrollara esa disculpa, pero se dedicó a mover los papeles y a intentar colocarlos en orden.

—Stilton —dije al cabo de un rato con exasperación—, ¿qué demonios le llevó a permitir que Trawley y los demás vinieran al museo a esas horas?

Dejó caer los hombros y soltó el fajo de papeles en el escritorio.

—Lo cierto es que no tuve elección.

—¿A qué se refiere con que «no tuve elección»?

Los adultos siempre tenían elección; normalmente éramos los niños los que estábamos más limitados.

—Me habría echado de la Orden.

Parecía consternado ante esa posibilidad.

—¿Y tan malo habría sido? —pregunté con suavidad.

La mirada alicaída de Stilton se posó en la mía.

–¡Pues claro! ¡Habría sido una desgracia! S... son mi familia.

–No son una familia muy decente –señalé.

Stilton apartó la mirada y empezó a juguetear con la pluma que tenía en el secante del escritorio.

–Son todo lo que tengo, señorita.

–¿Y qué me dice de su verdadera familia? ¿No tiene hermanos o hermanas?

Parecía grosero preguntar algo tan personal, pero pensé que era importante conocer mejor a Stilton. Sobre todo si quería volver a confiar en él.

–Cuatro hermanos y dos hermanas, señorita. Todos son mayores que yo. –Alzó la vista y parpadeó rápidamente–. Se podía decir que yo soy el pequeño de la camada. De hecho, mi padre solía decirlo –añadió en un valiente intento por ser gracioso. Se puso en pie y se acercó a la estantería como si estuviera buscando algo–. Verá, todos mis hermanos eran grandes y fornidos, pero yo no. Yo era un crío enfermizo.

No me quise imaginar el horror de ser un niño débil con cuatro hermanos mayores sanos y robustos que se metían con él.

–¿Y en el colegio? Seguro que allí había otros como usted.

–Allí tampoco tuve mucha suerte, por desgracia. –Siguió contemplando la estantería como si fuese lo más interesante del mundo–. No se me daban bien los deportes. Y, aunque usted no lo note, también tartamudeaba un poco.

No hizo falta que me explicara qué implicaba eso. De repente, visualicé a Stilton a los diez años, escuálido y tartamudo, y a todos los brutos que le aguardaban en el colegio. ¡Qué amargamente solo debía de haberse sentido!

–La Orden Arcana del Sol Negro es el primer sitio en el que he conseguido encajar. No les importa lo alto o lo fuerte que sea. Tenemos un interés común que hace que todo lo demás sea irrelevante. –Se apartó de la estantería y recompuso un poco la postura–. Supongo que podría decirse que lo que me atrae es la camaradería, la unión con unos compañeros y un p... propósito común.

Un silencio incómodo se instaló entre nosotros.

–Pero, Stilton, ¿cuál es el propósito? ¿Lo conoce? ¿Por qué se coló Trawley aquí anoche?

Stilton se pasó una mano por el pelo y me di cuenta de que estaba temblando. Mucho.

–Para buscar el báculo del que le habló Whiting. Pero también para poner a prueba mi lealtad. E... era el castigo por no haber sido capaz de manejarla mejor.

¿Manejarme?

–La prueba de lealtad solo se usa cuando alguien pasa a ser un iniciado completo de nivel séptimo; pero la noche anterior Trawley la llevó a cabo conmigo.

Casi me daba miedo preguntar. Casi.

–¿Y qué es la prueba de lealtad?

–La prueba de Neftis –pronunciaba con rapidez las palabras entrecortadas, como si le doliera decirlas.

Neftis era la diosa de la oscuridad y la decadencia, la homóloga femenina de Seth, y también su consorte. Además, se pensaba que era la madre de Anubis, el dios de la momificación con cabeza de chacal. Cualquier ritual o prueba que estuviera relacionado con ella no podía ser agradable.

–También me obligaron a pronunciar una confesión negativa.

–¿Como la que se usa en la ceremonia del Pesaje del Corazón?

Eso me sorprendió. Tenía a Trawley por una especie de charlatán; no había considerado que pudiera tener conocimientos avanzados sobre los rituales egipcios.

Stilton asintió.

–«No he traicionado a mis hermanos –repitió–. No he servido a otro maestro. No he pronunciado ninguna mentira. No he engañado a nadie». Luego me metieron en una caja de tamaño humano y sellaron la tapa. –Fingió sonreír de nuevo–. No sabía que era un poquito claustrofóbico.

–Lo siento mucho –dije, ya que sentía que era culpa mía.

Stilton levantó la cabeza y sus ojos atormentados se despejaron levemente.

–No es culpa suya, Theo. Nunca había visto esa cara del maestro supremo. Algo ha cambiado en su interior. –Los ojos de Stilton se vidriaron unos instantes, pero luego recobró la compostura–. Además, no ha provocado ningún daño permanente.

Eso me hizo preguntarme por los daños temporales, pero decidí morderme la lengua antes de preguntar. Era evidente que había sufrido mucho y los pormenores no eran asunto mío. Por otro lado, siempre podía buscar los detalles sobre la prueba de Neftis y leerlos más tarde.

Como no quería molestar más a Stilton, le agradecí los panecillos, me metí la caja bajo el brazo y me levanté para marcharme. Cuando llegué a la puerta, me detuvo.

–Señorita Theo, si alguna vez tengo forma de compensárselo, hágamelo saber.

Tenía una cara tan triste que no pude evitar dedicarle una sonrisa para darle ánimos.

–Seguro que se me ocurre algo.

Entonces fui en busca de Henry.

Lo encontré jugando con sus soldados de hojalata delante de la chimenea del salón familiar. Apenas había soltado la caja y le había dicho «Sé lo que le sucedió a tu libro, Henry» cuando oí desde el vestíbulo la voz de la abuela.

–¡Theodosia! ¡Madame Wilkie y yo hemos venido para que te pruebes tu vestido!

Cerré los ojos y traté de no gritar de la frustración. En cuanto conseguí mantener a raya mi temperamento, volví a abrir los ojos.

–Hay una explicación –le dije a Henry–. Y no fui yo. No le digas nada a mamá y a papá hasta que hayamos podido hablar.

Dejé que arramplara con los panecillos de Pascua y fui a buscar a la abuela.

CAPÍTULO 17

UN DUELO COMPLICADO

Sinceramente, era el vestido más feo que había visto en mi vida.

Madame Wilkie lo sostuvo en alto para que lo viera y lo único que pude hacer fue evitar gruñir por el disgusto.

Era simple y austero. La tela era tan negra que parecía absorber toda la luz de la habitación.

–Bueno –dijo la abuela con un golpe del bastón–, pruébatelo. No tenemos todo el día.

Madame Wilkie posó la monstruosidad en el canapé y me ayudó a quitarme el vestido que llevaba: los cuadros grises y negros parecían increíblemente alegres en comparación.

Me eché a temblar cuando se acercó con el vestido fúnebre.

–No tengo claro si el reverendo que oficia la ceremonia debería leer del Libro de Job o del Libro de la Oración Común. ¿Tú qué crees?

–El de Job es el libro con todas las pruebas que se le imponen a ese pobre hombre, ¿no?

Si lo recordaba correctamente, contenía más maldiciones y plagas que las escrituras de Amenemhab, el ministro de guerra de Tutmosis III.

–Sí, es bastante dramático y estimulante.

–Pero ¿el propósito de los funerales no es permitir que la gente haga las paces con la persona que acaba de fallecer?

A la abuela se le descompuso un poco la cara.

–Es cierto.

–¿Lista, señorita?

Cuando asentí, madame Wilkie me pasó la atrocidad por la cabeza y me colocó el vestido en su sitio. La abuela me dedicó una sola mirada y se animó bastante.

–Perfecto. Pareces una chica sumisa y respetuosa.

Lo que parecía era un espanto. La tela no solo era la más fea que había visto, sino que, además, picaba. Moví la mano para ajustarme discretamente la manga y, de paso, aproveché la oportunidad para rascarme la muñeca.

–No te retuerzas –me ordenó la abuela.

–Si la señorita se queda quieta un momentito –intervino madame Wilkie–, pondré los alfileres en el dobladillo y habremos acabado.

–He mandado grabar una inscripción en bronce para el ataúd de Sopcoate –siguió la abuela–. Reza: «Aquí yace el almirante Sopcoate, un héroe olvidado».

Antes de que pudiera asimilar el terrible error que estaba cometiendo mi abuela, una idea se abrió paso dando vueltas por mi cabeza como uno de los carruseles de Henry.

Como no había cuerpo, el ataúd de Sopcoate estaría vacío. ¿Sería muy complicado meter el cuerpo de Tetley sin que nadie se diera cuenta y así otorgarle al pobre hombre un entierro digno? La emoción burbujeó por mis venas al pensar que así conseguiría que descansara. Además, el *mut* de Tetley dejaría de molestar al pobre Henry.

Estaba tan emocionada que era incapaz de estarme quieta. De hecho, estaba tan absorta en calcular los detalles de mi nuevo plan que ni siquiera noté que madame Wilkie me estaba clavando esos malditos alfileres en el tobillo, ni tampoco escuché a la abuela cuando me echó la bronca por soñar despierta.

En cuanto se fueron, me fui a la sala de lectura y me centré en buscar todo lo relacionado con rituales y ceremonias fúnebres en Egipto. Me pasé toda la tarde ensimismada con *Magia funeraria, momias y maldiciones* de Erasmus Bramwell y *Un viaje siniestro por el inframundo egipcio* de Mordecai Black. Por supuesto, también tuve que consultar *Los ritos de los muertos* de sir Roger Mortis.

Estaba tan absorta en mi investigación que tardé unos minutos en darme cuenta de que Fagenbush estaba en el marco de la puerta.

–¿Cuánto tiempo lleva ahí? –pregunté.

–El suficiente –contestó–. Tengo un mensaje para ti.

Intenté apartar de mi mente la ceremonia de Apertura de la Boca para centrarme en él, pero me costaba.

–De parte de Wigmere.

Eso sí que captó mi atención.

–Quiere que te diga que Will ha sido despedido y que, si continúas negándote a comunicarte a través de mí, tú también lo serás.

Me puse en pie.

–¿Qué ha dicho?

Fagenbush se regodeó enormemente al repetirme las noticias.

—Will está despedido. Y tú también lo serás si no empiezas a cumplir las órdenes.

Me quedé mirando a Fagenbush y lo detesté con toda mi alma.

—Ha convencido a Wigmere para que lo haga. No soporta que confíe en Will más de lo que confío en usted.

Dio un paso en mi dirección.

—Will era carterista. Un golfillo de poca monta que carece del sentido del honor o la lealtad. Llevo ocho años trabajando para la Hermandad y he perdido a un ser querido en una de sus misiones, así que no cabe duda de que estoy más capacitado para trabajar con Wigmere. Sobre todo, porque cualquier organización es tan fuerte como su eslabón más débil. En nuestro caso, resulta que ese eslabón es una consentida de once años que no tiene ni idea de en qué se está metiendo. Eres una cría. Aquí no hay cabida para los niños.

Estaba tan enfadada que me eché a temblar.

—Puede que yo sea una cría, pero ¿quién corre a chivarse a Wigmere cuando no se sale con la suya? Está claro que eso es más infantil que nada de lo que yo haga.

Salí de la sala hecha una furia. Con la mente funcionando a toda velocidad, caminé a zancadas por el pasillo sin saber adónde me dirigía. No me podía creer que Wigmere hubiera despedido a Will. Tenía un nudo en el estómago. ¿Cómo se iba a ganar la vida? ¿Volvería a ser carterista? Sinceramente, esperaba que no.

Eso sin mencionar que confiaba en que Wigmere aportara algo de luz en el significado de los sucesos de la noche anterior. Ahora ni siquiera sabía si había recibido mi informe antes de despedir a Will.

Y, encima, estaba sola. Tenía que averiguar por qué Awi Bubu consideraba que la tablilla era un objeto de tal importancia y si eso implicaba que era también especial para nosotros. Todo sin la ayuda de Wigmere.

Muy bien. Ya había consumido todos los materiales de nuestra sala de lectura. No quedaba nada en nuestras estanterías que hablara de la Tablilla Esmeralda. Y los amplios conocimientos de Wigmere ya no estaban disponibles, al menos por el momento. ¿Ahora qué?

En realidad, solo había un sitio en el que podía encontrar más información. Un lugar tan vedado y prohibido que habría hecho que mis padres rechinaran los dientes si lo supieran: el Museo Británico. Su sala de lectura, para ser más exactos. Había muchas probabilidades de que tuvieran algo de la que la nuestra carecía.

CAPÍTULO 18

CUANTO MENOS HABLABA, MÁS ESCUCHABA

Había varias manzanas de distancia hasta el Museo Británico, pero, como estaba hecha una furia, llegué a la calle Great Russell en un periquete. Una vez allí, me detuve en los escalones que llevan a la entrada. Ya tuve suerte una vez de no llamar la atención; no estaba segura de volver a ser tan afortunada.

Mientras esperaba a que me llegara la inspiración, contemplé los grupos de personas que había en los primeros escalones. Acababa de llegar una clase de niñas, guiadas por una mujer alta y delgada que parecía tan sobria y estricta como una vara de medir. La mayoría de ellas se arriesgaron a mirarme con curiosidad; era evidente que se preguntaban por qué no iba al colegio. Una de las más jóvenes me sacó la lengua.

Comenzaron a subir las escaleras y yo las seguí a poca distancia, como si fuera la rezagada del grupo. Funcionó a las mil maravillas y conseguí colarme en las narices del portero sin que me dedicara un «¿Qué hace aquí, señorita?».

Una vez dentro, me quedé en el descomunal vestíbulo mientras la clase escolar subía otro tramo de escaleras. Me sentí un poco culpable, pero lo cierto es que me quedé impresionada por lo majestuoso que era el museo.

Había un montón de pasillos y escaleras que nacían del vestíbulo principal. Me tomé un momento para leer todos los cartelitos que indicaban hacia dónde iban esos pasillos: «Colección de anfibios», «Galería de peces fósiles», «Sala de lectura».

Enfilé el largo pasillo. Mis pasos resonaban contra las paredes de piedra y los suelos de mármol. Conforme me iba acercando a la enorme puerta doble que había al final del pasillo, empecé a encontrarme cada vez a más caballeros y empleados. La mayoría me observaron con extrañeza o directamente me dedicaron una mirada de perplejidad. Estaba claro que no venían por aquí a muchas alumnas. Una pena.

Abrí una de las pesadas puertas, entré en la sala de lectura y casi suelto un grito de la sorpresa. Libros y documentos se alzaban desde el suelo hasta las ventanas, que estaban a más de tres metros y medio de altura y coronaban toda la circunferencia de la sala. ¡Debía de haber al menos un millón de libros!

En el centro había una mesa grande y redonda y, de ella, nacían hileras de pupitres de lectura y escritorios, como los radios de una rueda de carruaje. Sin duda era el paraíso de un investigador. De hecho, la mayoría de los escritorios estaban ocupados por académicos. Con cierta sensación de derrota, tuve que admitir que era mucho más impresionante que la sala de lectura del Museo de Leyendas y Antigüedades.

Me acerqué al círculo central, donde parecía que había dependientes que ayudaban a los visitantes. Un empleado joven me pilló merodeando por allí. Abrió los ojos como platos y entrecerró la boca mientras se apresuraba a hablar conmigo.

—¿Qué está haciendo aquí, jovencita? –preguntó en un susurro propio de biblioteca.

—Estoy buscando materiales de investigación.

Retrocedió un paso, como si hubiera esperado que le preguntara cómo ir al baño.

—Me temo que nuestra sala de lectura solo se usa para asuntos académicos serios.

—¿Qué le hace pensar que no soy una académica seria? Tengo que escribir un informe muy importante para mi... profesora.

El hombre se inclinó hacia delante con el rostro cada vez más enrojecido.

—Esto no es una biblioteca cualquiera, ¿entiende? Es el archivo de investigación del museo más grande del mundo. ¿Tiene una entrada de lector?

—Eh... no. —Me pregunté qué haría la abuela Throckmorton en esta situación. Me incliné hacia delante yo también–. ¿Entonces estas publicaciones no pueden ser vistas y leídas por ciudadanos británicos?

El hombre se quedó callado un instante, pensando en cómo responder a esa pregunta.

—Sí, pero solo ciudadanos británicos serios que se dedican a la investigación, no cualquier chusma.

¡Chusma!

—Si quiere echar un vistazo a nuestros documentos, debe solicitar permiso y obtener una entrada de lector.

Parecía que seguía ese protocolo a pies juntillas, seguramente porque mantenía a la chusma como yo a raya.

—Bien –continuó–. Si no se marcha inmediatamente, tendré que avisar a seguridad para que la acompañen a la salida. No querrá montar una escena, ¿verdad?

–Por supuesto que no; pero, por favor, déjeme buscar algo un momentito.

Se cruzó de brazos sobre el pecho y negó con la cabeza. Suspiré derrotada.

–De acuerdo.

Volví sobre mis pasos hasta la entrada, asegurándome de parecer lo más abatida posible, lo cual tampoco era difícil, sinceramente.

Pero no pensaba rendirme de verdad. Me había fijado que, justo al salir por la entrada principal de la sala de lectura, había un montón de puertas más. Los empleados salían y entraban sin parar con los brazos cargados de libros y documentos. Supuse que los accesos llevaban a otros archivos. Con una mano en la puerta, miré por encima del hombro al odioso empleado, que no me quitaba ojo. Le dediqué un saludo, abrí y salí al pasillo. Allí tomé la puerta que tenía a mano izquierda.

La habitación era un auténtico laberinto de estanterías que crujían y diminutos cubículos y despachos que se asemejaban mucho a la madriguera de un conejo. Intenté darle sentido a la distribución, pero la única identificación visible eran los números de las estanterías.

No sé qué había esperado. Algo que me fuera de más utilidad, supongo. Como carteles que dijeran: «Libros sobre la Tablilla Esmeralda, ¡por aquí!».

La mayoría de los pequeños despachos estaban ocupados, aunque había algunos libres. Mientras avanzaba a escondidas, tratando de pasar desapercibida en la medida de lo posible, una de las placas identificativas llamó mi atención: «Thelonius Munk».

Munk. ¿Tendría algo que ver con Augustus Munk, el fundador del Museo de Leyendas y Antigüedades? ¿El mismo señor que había llenado un almacén abandonado de objetos la mar de intrigantes que habían acabado en el sótano de nuestro museo? Era una coincidencia demasiado grande como para no investigarlo con más ahínco.

Me asomé al despacho, pero me sentí decepcionada al ver que estaba vacío. Preguntándome qué debía hacer a continuación, volví al pasillo y casi me choco con un anciano que caminaba hacia mí tambaleándose bajo una montaña de pergaminos y libros.

—Ay, lo siento mucho —expresé con incomodidad mientras le ayudaba a no caer al suelo.

Estaba encogido por la edad y su piel era del color del pergamino antiguo. La levita que llevaba había pasado de moda hace al menos cincuenta años y le asomaban varios mechones de pelo por las orejas.

Parpadeó un par de veces.

—¿Te has caído por la madriguera de un conejo? ¿O has atravesado un espejo?

Le dediqué una sonrisa.

—Ninguna de las dos cosas. ¿Llega tarde a una cita muy importante?

El anciano soltó una risa fina como el papel.

—Para nada. Creo que aquí abajo todo el mundo se ha olvidado de que existo. Excepto tú, así que ¿por qué no te quitas de mi puerta para que pueda entrar y dejar estos libros sobre la mesa?

Incapaz de rechazar la oportunidad que me había surgido, seguí a Thelonius Munk al interior de su diminuto despacho abarrotado. Estaba lleno de papeles, libros y polvo. Un montón de polvo, a decir verdad. Estornudé.

–Salud –me dijo el anciano, que se abrió paso hasta el escritorio y se dejó caer en la silla–. ¿Le has dicho a madre que llegaré tarde para tomar el té?

–¿Cómo dice?

Parpadeó de nuevo.

–Perdona. –Se quitó las gafas y las limpió en un jirón de su chaleco. Luego volvió a ponérselas en la punta de la nariz–. ¿Qué puedo hacer por ti, Alice?

–¡No, no! –Estuve a punto de echarme a reír, hasta que me di cuenta de que hablaba en serio–. Soy Theodosia...

Iba a acompañarlo con Throckmorton, pero pensé que era mejor mantener mi apellido al margen.

–¿Quieres información sobre el emperador Theodosius? –Se enderezó, como si eso le agradara enormemente.

–No, no. Digo que me llamo Theodosia.

Alzó una mano para pedir silencio, abrió el cajón del escritorio y rebuscó en su interior. Cuando sacó la mano, sostenía una enorme trompeta retorcida de color bronce. Colocó uno de los extremos en la oreja y apuntó la parte ancha hacia mí.

–Habla ahora.

–Digo. Que. Me. Llamo. Theodosia.

–Ah. –Pareció entristecerse–. ¿Entonces no quieres información sobre el emperador Theodosius?

–Me temo que no.

Parecía la mar de decepcionado.

–Nadie le presta suficiente atención. Pero fue un personaje histórico importante, ¿sabes?

–Estoy segura de que sí –repliqué. No quería herir sus sentimientos–. Lo que vengo buscando en realidad son textos antiguos que relacionen la Tablilla Esmeralda con el dios egipcio Thoth.

Me miró con sus ojos vidriosos.

—Es por un... trabajo para el colegio.

Asintió para dar su aprobación.

—Bien. Nunca he entendido que no se eduque a las niñas igual que a los niños. —Frunció los labios y se quedó mirando a la nada unos instantes. No supe si estaba repasando mentalmente la colección para ver si tenían lo que necesitaba o si se estaba echando una siestecita. Justo cuando estaba convencida de que se había olvidado de mí, habló—: ¿Necesitas algo más, aprovechando que voy para allá?

Tragué saliva. De perdidos al río.

—Bueno, lo cierto es que sí. También estoy buscando datos sobre algo que encontré escrito a mano en los márgenes de un libro de investigación. Me gustaría saber si hay alguna fuente de información oficial al respecto.

—¿Y de qué se trata, Alice? —preguntó algo irritado—. No puedo buscarlo si no me lo dices.

—Wedjadeen.

Cuando lo dije en voz alta, el aire de la sala pareció ondear ligeramente, como si la propia palabra hubiera alterado algo. Mal asunto. Confié con toda mi alma que la hubiera escuchado y no me hiciera repetirla.

Los ojos se le vidriaron al quedarse mirando a la pared otro buen rato. Se rascó la barbilla huesuda.

—Wedja, wedja... —Aguanté la respiración, aterrada de que fuera a repetirla. En su lugar, soltó—: Los Ojos de Horus. Pues sí que me suena.

—¿Eso es lo que significa? —pregunté—. ¿Muchos ojos de wedjat?

—No —respondió—, no exactamente. El uso del sufijo *-een* indica 'un grupo de hombres'. Y lo he oído antes, ¿pero dónde? —Se puso en pie con un crujido y salió de detrás de su escritorio–. Vuelvo en un momentito.

No quise ni imaginar cuánto iba a durar ese momentito, ya que tardó dos minutos en ir desde su escritorio hasta la puerta del despacho. De todas formas, creía que podía encontrar información que me fuera útil, así que me senté y prometí esperar con paciencia, independientemente de lo que tardara.

Creo que acabé quedándome dormida durante un rato, ya que me sobresalté cuando escuché:

–Aquí tienes, Alice.

Iba a corregirle, pero me lo pensé mejor. Sería más conveniente mantener el anonimato todo lo posible.

Traía un pergamino en una mano y un libro forrado de cuero en la otra. Fue lo único que pude ver mientras se arrastraba de vuelta a su escritorio.

Dejó el libro sobre la mesa y empezó a desenrollar el pergamino con unas manos engarrotadas y llenas de manchas que temblaban ligeramente.

Me incliné desde mi asiento.

El hombre repasó el pergamino con la mirada hasta que dijo:

–¡Ajá!

–¿Lo ha encontrado? –pregunté incapaz de permanecer callada más tiempo.

Plantó un dedo en el pergamino con tanta fuerza que temí que fuera a abrir un agujero. A continuación, empezó a leer:

–La Tablilla Esmeralda, diseñada por Thoth, al que los griegos llamaban Hermes Trismegistus...

Siguió leyendo el pergamino, pero no aportó nada nuevo a lo que había descubierto en mi propia investigación. Hundí los hombros por la decepción. Cuando terminó de leer, me miró con expectación.

–Gracias –le dije con ánimo, ya que no quería herir sus sentimientos.

Sin albergar esperanzas, observé cómo forcejeaba para desatar las correas del libro.

–Bien, esto es un diario escrito por uno de los hombres de Napoleón durante la ocupación de Egipto –explicó Thelonius. Empezó a pasar las páginas con tal lentitud que me entraron ganas de llorar–. ¡Aquí! –soltó una carcajada–. Sabía que lo encontraría. Este hombre encontró a uno de los soldados de su país, que se había perdido durante quince días. Estaba deambulando solo por el desierto, medio muerto por el calor y balbuciendo algo sobre los wedjadeen.

La luz parpadeó. Estaba claro que la palabra tenía poder y que no debía usarse a la ligera.

–Leí sobre el tema en otro sitio –añadió Thelonius–, pero el documento no está en la estantería en la que debería estar. Supongo que se ha traspapelado. Te lo busco si quieres.

–Gracias, me ha ayudado mucho.

Una vez estuve de vuelta en nuestro museo, me dirigí directamente al salón familiar. No había comido nada desde por la mañana y me moría de hambre. Con suerte, quedaría algún trozo de pan seco y un poco de mermelada, algo que me mantuviera hasta la cena.

Entré en tropel en el salón y asusté a Henry, que dejó caer la cuchara que tenía en la mano. Estaba encorvado sobre la mesa, con el tarro de mermelada delante y del que se había zampado hasta la última gota.

El corazón se me hundió hasta el fondo del estómago vacío.

–¡Henry! –me temo que la decepción consiguió que sonara con dureza.

Él recogió la cuchara y me miró.

–¿Qué?

–Es una asquerosidad comerse la mermelada directamente del tarro.

Eso sin mencionar que yo habría hecho exactamente lo mismo de lo hambrienta que estaba. Henry se encogió de hombros.

–No había nada más que comer y me estaba muriendo de hambre.

Volvió su atención al tarro casi vacío de mermelada y siguió rebañando lo poco que quedaba en el fondo. Estaba encorvado mientras lo hacía, como si fuese la tarea más importante del mundo, y sus movimientos eran un poco furtivos.

Justo cuando estaba preparándome para explicarle lo del libro, noté que una especie de sombra se cernía sobre su hombro. Mi hermano terminó de lamer la mermelada y se separó de la mesa. Al ponerse en pie y llevar el tarro vacío a la basura, la sombra desvaída de oscuridad que llevaba al hombro lo siguió. Me quedé helada.

–Henry, ¿tienes una mancha de tierra en el hombro?

Henry se echó un vistazo al hombro y se pasó la mano.

–No, no veo nada.

Ahí donde había pasado la mano, el punto de oscuridad se había mantenido. Y eso significaba que no era una sombra de verdad. Lo que a su vez significaba que el *mut* de Tetley había alcanzado a mi hermano antes de que solucionara el problema.

Tenía que conseguir que ese pobre hombre momificado descansara lo más pronto posible. No había tiempo que perder para poner en marcha mis planes del entierro de Tetley. Olvidado el hambre que sentía, fui a hacer las preparaciones necesarias. La primera parada: el despacho de Stilton.

Lo encontré recogiendo sus cosas para dar por finalizado el día. Llamé con suavidad a la puerta abierta. Stilton alzó la vista un instante y volvió a su tarea de amontonar los papeles que le quedaban por guardar.

—Hola, señorita Theo.

¿Estaba evitando mirarme a los ojos? ¿O simplemente se sentía algo incómodo, al igual que yo, después de la última conversación que habíamos tenido?

—Hola, Stilton, ¿tiene un momento?

Dejó lo que estaba haciendo y centró toda su atención en mí.

—¿Va todo bien, señorita Theo?

—Sí, pero tengo que pedirle un favor.

—Siéntese —me dijo señalándome una de las sillas.

—Gracias. —Me senté y me tomé un momento para alisarme la falda y decidir cómo quería solicitar el favor—. Tengo un problemilla para el que necesito ayuda.

—Por supuesto, señorita Theo. Le dije que haría lo que fuera para compensarla.

Juntó las cejas con gesto serio.

—Cierto. Esto va a sonarle extraño, pero necesito que secuestre un ataúd.

Stilton dejó caer la mandíbula y una de sus cejas empezó a temblar con tanta fiereza que pensé que iba a salir disparada de su cara.

—Pero solo durante un ratito —me apresuré a añadir—. Podrá llevarlo de vuelta en cuestión de horas.

—¿Puedo saber para qué necesita ese ataúd, señorita?

—Cuanto menos sepa, mejor. ¿No cree?

—Supongo que depende. ¿Cuándo necesita que... eh... le procure ese ataúd? ¿Y tiene en mente alguno en concreto o le vale cualquiera?

—Ah, no. Es un ataúd en concreto. Y lo necesito para mañana por la noche. Lo podrá encontrar...

Y procedí a explicarle el plan.

Gracias a mi investigación, tenía una breve lista de objetos que iba a necesitar para la ceremonia. Afortunadamente, la mayoría de ellos se encontraban en el museo, aunque una parte de mí sabía que debía dejar de tratar la exposición egipcia como si fuera una tienda y yo estuviera de compras. Pero a la otra parte de mí le daba igual. Alguien tenía que remedar toda esa magia oscura que rondaba por ahí.

Como el museo estaba cerrado para poder preparar la próxima exposición y todo el mundo estaba ocupado en el vestíbulo, tenía la sala egipcia para mí sola. Conseguí cuatro incensarios pequeños de bronce y localicé dos de las cuatro vasijas para la ceremonia de purificación. Encontré las otras dos en las catacumbas. También iba a necesitar una bolsa de piedrecitas; de cornalina roja, para ser más exactos. Mmm. Eso iba a ser complicado, porque había gastado todas mis piedras rojas unas semanas antes al hacer amuletos de sangre de Isis para todas las momias del museo durante la crisis del báculo de Osiris.

El único lugar en el que podría encontrar trozos de cornalina era en la mesa de reparaciones de la zona de carga. Solíamos tener una gran cantidad de piedras semipreciosas y otros abalorios para que los conservadores pudieran restaurar los objetos que llegaban rotos o dañados.

Me detuve en la entrada de la zona de carga al recordar el encontronazo que había tenido con el *mut* que acechaba estos lares. Podía ser el mismo que ahora perseguía a Henry o tratarse de otro totalmente distinto. Lo mejor era andarse con pies de plomo.

Entré en la habitación y mis ojos repasaron todos los rincones del techo. Allí no había nada, así que lo más seguro era que la sombra estuviera en el piso de arriba, pegada a Henry como una lapa.

Corrí a la mesa de trabajo y di con una docena de trocitos de cornalina. Con esto tendría que bastar. Me los metí en el bolsillo y me fui a la sala de lectura.

Necesitaba otros dos ingredientes esenciales para la ceremonia. También me faltaban siete aceites sagrados, que tendría que saquearlos de nuestra despensa de casa. Además, iba a necesitar el *Libro egipcio de los muertos*, que describía hechizos y encantamientos que guiaban a las almas egipcias para superar las pruebas y tribulaciones del más allá. Sin ellos, el *ba* podía desviarse o acabar derrotado por el camino y no alcanzar nunca la otra vida egipcia, llamada Duat.

Quería enterrar a Tetley, pero mi conciencia no me permitía enterrar con él la única copia que había en el museo del *Libro de los muertos*, así que tendría que escribir algunos de los hechizos más importantes en un papel. Seguramente, esa tarea me iba a llevar una gran parte de la noche y eso significaba que debía llevarme el papiro a casa.

Porras. Odiaba los deberes.

CAPÍTULO 19
LA CESTA DE LA RECONCILIACIÓN

Tenía tanto que hacer el sábado que, por primera vez en mi vida, deseé que mamá se olvidara de su promesa de ayudarnos a Henry y a mí a pintar huevos de Pascua. Una semana antes me había parecido lo más divertido del mundo, pero ahora, con la Tablilla Esmeralda y las persecuciones del *mut*, estaba demasiado ocupada para hacer algo tan frívolo como pintar huevos de Pascua.

Eso sin mencionar que me había pasado la mitad de la noche escribiendo hechizos del *Libro egipcio de los muertos*.

Henry seguía raro cuando bajó a desayunar. Tenía las mejillas sonrosadas y los ojos anormalmente vidriosos al pasar la vista por el aparador. Se sirvió un cuenco de gachas, un plato de huevos revueltos, un segundo plato colmado de beicon y arenques y una docena de tostadas bañadas en mantequilla y mermelada.

Se mantuvo impasible todo el rato, sin pronunciar saludo alguno ni murmurar una palabra. Mis padres y yo terminamos nuestros desayunos, exiguos en comparación, y nos limitamos a observar. Cuando finalizó y se lamió hasta la última gota de mermelada de los dedos, mi padre miró a mi madre con una leve sensación de alarma.

—¿Estará enfermo o creciendo?

—Creciendo —afirmó mi madre; aunque, por la mirada que le dedicó a Henry, no lo tenía del todo claro y, al levantarse de la mesa, le palpó la frente como quien no quiere la cosa.

Cuando papá se marchó al museo, mamá prometió que no tardaría en ir. Luego echó a la cocinera de la cocina, se puso un delantal y se remangó.

—¿Os parece si empezamos? Voy a poner a hervir el agua. Theo, saca todo el material para teñir, si no te importa. Henry, ve a la despensa y trae la cesta de huevos duros que nos ha dejado la cocinera.

Mamá puso cuatro ollas con agua en el hornillo mientras hurgaba entre los pigmentos. Cuando lo tuvimos todo preparado, me acerqué a la mesa de la cocina... donde Henry se estaba zampando los huevos duros.

—¡Henry!

Mi hermano se asustó y dejó caer el huevo que estaba abriendo.

—¿Qué?

—¡No hay que comérselos! Los vamos a decorar.

Mamá se alejó del hornillo para mirar a Henry con preocupación.

—¿No has comido bastante en el desayuno, cariño?

Henry se encogió de hombros.

—No lo sé.

¡Por favor! Era como una ardilla acumulando nueces para el invierno.

O el más allá.

De repente, se separó de la mesa, se puso en pie y se desabrochó el primer botón de los pantalones.

−No me encuentro bien −explicó con un gruñido. Y, con andares de pato, salió de la habitación.

En cuanto Henry se fue, mamá y yo nos dispusimos a pintar los huevos con la máxima eficacia. Al fin y al cabo, las dos teníamos cosas más importantes que hacer. Cuando todos los huevos estuvieron a remojo en las ollas, mamá me encargó vigilarlos mientras ella se preparaba para ir a trabajar.

Esa es la parte más difícil de teñir huevos: esperar a que absorban el color. Si los sacas antes de tiempo, se quedan muy pálidos. Afortunadamente, tenía mucho que pensar y planificar mientras observaba cómo burbujeaban en agua teñida como si fueran pequeñas boyas.

Tenía que hablar con Will. La tarde anterior no se había pasado por el museo y estaba deseando oír su versión del despido.

Eso implicaba que tendría que hacerle una visita. En el pasado había tenido suerte, ya que siempre había resultado estar cerca de donde yo pensaba que estaría y él me había encontrado. Quizá seguía teniendo suerte. Si no, bueno, Rata había anunciado su dirección a todo el teatro Alcázar.

Además, teníamos más huevos de los que nos íbamos a comer. A menos que Henry se los comiera todos y acabara verdaderamente enfermo. Seguro que Will los consideraba una ofrenda de paz maravillosa.

Una hora después, cuando mamá se fue al museo y Henry se retiró a su habitación con una taza de té de menta, me colé en la despensa y me avituallé para mi visita.

Bajé de un gancho una de las viejas cestas de la compra de la cocinera y la llené con una docena de los huevos de colores que acabábamos de teñir. Aunque daba una impresión bastante alegre, parecía un poco vacía.

Volví a la despensa y me subí a un taburete para llegar al estante de arriba, donde Henry me había enseñado que la cocinera y mamá escondían los dulces. Encontré una bolsa de caramelos de limón, unos palitos de menta y algunas gominolas que quedaban de Navidad. También había otro lote de huevos de colores, pero esos pesaban mucho más que los que habíamos hecho mamá y yo. Seguramente fueran los que la cocinera había rellenado de chocolate. Pasé la mano por el cuenco. Eran los dulces de Pascua que más nos gustaban a Henry y a mí y solo había una docena. Sin embargo, estaba claro que Henry era capaz de comerse a sí mismo por los pies y yo... En fin, tendría más huevos el año que viene. Con un leve suspiro de arrepentimiento, escogí siete huevos rellenos de chocolate y los puse en la cesta.

Ahora ya parecía una cesta rebosante de entusiasmo de Pascua. Me puse el abrigo y salí por la puerta de atrás. Iba a ser una larga caminata, pero me pareció una penitencia adecuada, ya que había sido yo la que había metido a Will en líos.

Ni el magnífico tiempo ni la penitencia cambiaron el barrio de Will. En cuanto entré en Seven Dials, me sentí la mar de intranquila. Las calles y los callejones eran estrechos y estaban sucios y, aunque había gente, no hacían cosas propias de las personas normales, como ir de compras o de visita. Se limitaban a vaguear en los soportales envueltos en abrigos finos, o sin abrigo alguno, y contemplaban el mundo con unos ojos lúgubres y carentes de esperanza. Hasta el aire parecía aquí más espeso, más contaminado. La mayoría de los rostros enjutos y alargados se quedaron mirando con ansia la cesta que llevaba. Agarré el asa con fuerza, mantuve la vista al frente y aligeré el paso.

Nunca había ido a la casa de Will, pero recordaba que Rata había gritado a los siete vientos su dirección durante la actuación de magia de Awi Bubu. Sabía que el territorio de Will cuando era carterista se encontraba cerca, así que supuse que viviría por los alrededores. Mientras me adentraba más y más en esa zona de la ciudad, me di cuenta de que mi suposición podría estar del todo equivocada.

Me acerqué a Nottingham Court y frené mis pasos cuando vi los edificios (más bien, cuchitriles). Estaban todos apiñados y no tenían número. ¿Cómo demonios iba a encontrar a Will? Se me encogió el corazón por la decepción, pero, entonces, alguien me agarró por el codo. Solté un chillido y agarré la cesta de Pascua con las dos manos. Me di la vuelta rápidamente para ver quién trataba de robármela.

Me encaré con un enorme bombín encajado sobre un par de enormes orejas rosadas.

—¡Mocoso!

—Hola, señorita. ¿Qué está haciendo aquí?

Al hablar, su mirada se posó sobre el contenido colorido de la cesta y no consiguió apartar los ojos.

—He venido a visitar a tu familia y os he traído un regalo de Pascua. ¿Está Will en casa?

Al oír ese anuncio tan dichoso, Mocoso se mostró especialmente entusiasmado.

—Por supuesto, señorita. Venga.

Me agarró por el codo para que no me perdiera (ni yo ni la cesta) y me guio hacia uno de los edificios más grandes. Con una eficiencia que solo da la práctica, pasó entre grupos de gente que holgazaneaba junto a la puerta principal. Sus miradas penetrantes se centraron en nosotros de una forma que me hizo sentir muy incómoda. Me apresuré a seguir a Mocoso al interior del edificio.

Era un lugar frío y húmedo, que olía a moho y a otras cosas mucho menos agradables. Había gente acampada en los pasillos.

—Por aquí —Mocoso me indicó que me diera prisa y yo obedecí a lo largo de dos tramos de escaleras. Me guio por un entramado de puertas torcidas hasta que llegamos a la última, donde gritó—: ¡Tenemos visita!

Abrió la puerta y entró. Yo me quedé en el umbral, vacilante. Oí la voz de Will.

—¿Quién ha venido, Mocoso?

—La señorita. Ya sabes, con la que trabajabas.

Will dejó de hacer lo que fuera que estuviera haciendo y corrió a la puerta, totalmente desconcertado al verme.

—¿Señorita?

Algo (¿vergüenza?) iluminó sus ojos. Suave pero firme, me empujó al pasillo y cerró la puerta tras nosotros. Se cruzó de brazos y me fulminó con la mirada. Dos manchas de color rosa pálido aparecieron en sus mejillas.

—¿Qué está haciendo aquí?

Me aclaré la garganta.

—¿Es cierto que te han despedido?

–Sí –se relajó un poco–. Por culpa de ese tal Fagenbush.

–L... lo siento. Creí que, cuando Wigmere escuchara lo que teníamos que decirle, lo entendería.

–No fue culpa suya, señorita. No tuve la oportunidad de decir ni una palabra. El narizotas de Boythorpe me acompañó por el pasillo y, cuando llegué al despacho de Wiggy, ese tal Fagenbush ya estaba allí. Wiggy me preguntó si tenía un mensaje de su parte. Le dije que sí y que era importante. Y el grasiento ese dijo: «¿Ve a qué me refiero, señor?». Me volví hacia él y le dije: «Theodosia no ha podido entregarle a usted el mensaje porque usted está aquí en vez de en el museo, que es donde debería estar». Entonces, Wiggy dijo: «Basta». Y me despidió. Le pregunté si no quería oír primero la información importante, pero me dijo que no, que esperaría a que usted le informara por los canales apropiados.

Sentí que Fagenbush nos había tendido una trampa y habíamos caído en ella.

–Ay, Dios. Lo siento mucho. Toma –dije, y le entregué la cesta de disculpa.

Will la miró con suspicacia.

–No necesitamos caridad, señorita.

–No es caridad, tonto. Es un regalo de disculpa. Es algo muy común.

Y si no lo era, debería.

–Bueno, en ese caso, por el bien de su conciencia...

–Por supuesto. Y estoy segura de que a tus hermanos les va a encantar.

–Seguro.

Aceptó la cesta y sus ojos se abrieron de par en par cuando vio los manjares que había dentro. En ese momento deseé haber traído comida de verdad en vez de dulces de Pascua. Un pollo asado, patatas, una barra de pan y algo de mantequilla y mermelada. Lo que necesitaban sus hermanos y él era comida de verdad.

—Enmendaré las cosas, Will, te lo prometo. Iré a ver a Wigmere en cuanto pueda y le explicaré lo sucedido. Cuando entienda la seriedad del asunto, no tendrá más remedio que perdonarnos a los dos.

—Eso espero, porque mi antigua banda me está acosando como las ratas a la basura para que vuelva al negocio.

Se refería a su banda de carteristas, claro.

—No te preocupes. En breve estarás trabajando de nuevo para Wigmere —aseguré deseando que fuera verdad.

—Por supuesto. Seguro que se le ocurre algo.

Me emocionó la fe que depositaba en mí. Había pocas personas que demostraran esa misma lealtad.

—Gracias por creer en mí —contesté.

Will compuso un gesto asustado, como si temiera que fuera a echarme a llorar o algo.

—De nada, señorita. Además, trabajar con usted es mucho más emocionante que ser carterista.

Al menos, esa parte era cierta.

—De hecho, he pensado una cosa. —Miró en derredor del pasillo para asegurarse de que nadie nos escuchaba y se acercó un poco más—. He decidido que quiero unirme a la Venerable Hermandad de los Guardias.

—Guardianes —le corregí.

Se echó hacia atrás, como si se hubiera ofendido.

—Eso es lo que he dicho. En fin, le pregunté sobre el tema a Stokes un día que estaba esperando para ver a Wig. Ganan mucho más dinero que los deshollinadores, los botones e incluso que los carteristas. Supuse que, si conseguía unirme, mi madre no tendría que estar fregando hasta el día que caiga muerta. ¿Y mis hermanos? Tal vez alguno de ellos podría ir al colegio.

—¿No deberían ir al colegio igualmente?

Will resopló.

—Nadie está pendiente de eso. Necesitamos lo que puedan aportar para mantener el techo sobre nuestras cabezas y llenar el estómago. Pero Stokes dijo que la mayoría de los Guardias habían ido al colegio durante un montón de tiempo. En plan universidades importantes y tal.

—Ay, Will, ¿cómo vas a poder ir a la universidad?

Se me partió el corazón. Era algo imposible para alguien como él. Will permaneció sorprendentemente impertérrito.

—No puedo, señorita, pero no importa.

—Entonces, ¿cómo vas a unirte a la Hermandad?

—Tengo algo mejor que la universidad. —Se balanceó de puntillas y me sonrió de oreja a oreja—. La tengo a usted.

—¿A mí?

—¡Sí! Creo que usted sabe más que nadie sobre las cosas egipcias y podría ayudarme.

Me quedé mirándolo estupefacta. Debió de tomarse eso como una negativa, porque me agarró de la manga.

—¡Tiene que ayudarme, señorita! Si puede enseñarme lo que sabe de los egipcios, podré demostrarle al viejo Wiggy que soy algo más que el chico de los recados.

Observé sus enormes ojos azules, tan ansiosos y esperanzadores, y prometí que, si quería una oportunidad de demostrar su valía a Wigmere, haría lo que estuviera en mi mano para ayudarlo.

—De acuerdo —accedí—. Seré tu tutora.

–¿De verdad? –chilló.

–Por supuesto. De hecho, si quieres, podemos empezar esta noche.

Se le iluminó la cara de tal forma que parecía a punto de estallar.

–¿Por qué? ¿Qué está ideando en esa cabeza que tiene, señorita?

–B... bueno, es un poco peligroso, y quizá te dé demasiado miedo.

Will resopló.

–¡Anda ya! A mí nada me da miedo. No después de ver esas momias suyas caminando por la calle.

Se estremeció ligeramente. Fingí que no me había dado cuenta. Sabía mejor que nadie que estar asustado no te impedía hacer lo que debías.

–Me alegro de que digas eso –continué–, porque esto es lo que tenemos que hacer. ¿Te acuerdas del señor Tetley?

–¿El tipo malo que acabó momificado como castigo?

–Ese mismo. Pues su espíritu, o *mut*, como lo llamaban los egipcios, ha encantado al museo. Más bien, a Henry.

Will silbó.

–¿Por qué cree que ha ido a por él?

Le dediqué a Will una mirada seria.

–Porque se negó a llevar el amuleto protector que le di, como el que te di a ti.

Will tragó saliva.

–Me encanta mi amuleto, señorita. No me lo quitaría ni en sueños.

Rebuscó bajo el cuello sucio de su camisa y lo sacó.

–¡Estupendo! –exclamé sorprendida pero contenta.

Will se acercó a mí.

—Rata y Mocoso también siguen llevando el suyo. Les advertí que no se los quitaran. No con toda la magia que anda por ahí últimamente.

¡Por fin alguien se tomaba en serio esta situación!

—¿Ves? Ya estás demostrando lo bien que se te da todo esto. En fin, la única forma de que descanse el espíritu de Tetley es darle un funeral digno.

—Ah, ¿eso es lo que va a hacer, señorita?

—Sí, hemos tenido suerte. Mi abuela está organizando una ceremonia fúnebre para el almirante Sopcoate.

Will retrocedió un paso.

—¿Para ese traidor?

—Ella no sabe que es un traidor —me apresuré a explicar—. Casi nadie lo sabe. Pero ha encargado un ataúd para él, aunque no haya cuerpo.

A Will se le iluminó la cara.

—Y no podemos desaprovechar un ataúd vacío, ¿verdad?

—Exacto.

—Entonces, lo único que debemos hacer es meter a ese tal Tetley en el ataúd vacío antes de la ceremonia.

—Bueno, no es lo único. Verás, hay una complicación.

—¿Qué clase de complicación, señorita?

—Es difícil de explicar, porque es algo que ni yo misma entiendo del todo. No creo que Tetley necesite un entierro cristiano para obtener el descanso. Como ha sido momificado al estilo de los antiguos egipcios, va a necesitar que se celebre un rito funerario del antiguo Egipto. Tendrá una misa cristiana en la ceremonia, las bendiciones y todo eso, pero me temo que vamos a tener que hacer nosotros mismos el ritual egipcio para los muertos.

–¿Nosotros? –pronunció con voz aguda.

–Sí, nosotros. Y vamos a necesitar a alguien más. ¿Dices que Mocoso y Rata siguen llevando sus protectores?

–Sí, señorita.

–¿Crees que podrías convencerlos para que nos echasen una mano? No correrán ningún riesgo.

Will resopló.

–¡Riesgos! ¿Cree que vivir aquí está libre de riesgos?

«Tiene razón», pensé.

–Además, una de las partes esenciales de todo ritual funerario egipcio es el banquete de despedida para el fallecido.

–¿Banquete?

–Sí, haremos una fiesta con un montón de comida.

A Will se le iluminaron los ojos al escuchar eso.

–Seguro que querrán ayudar.

–Excelente. Pues bien, esto es lo que hay que hacer...

CAPÍTULO 20

A HURTADILLAS

E sa noche, mis padres nos mandaron a la cama a las ocho y media y salieron a un compromiso social. Les di quince minutos para asegurarme de que no se habían olvidado nada, como los guantes de papá o el bolsito empedrado de mamá. Cuando estuve segura de que no iban a volver, salí de la cama y me dirigí al cántaro y a la jofaina de mi vestidor. Antes de hacer ninguna magia o ritual de tal importancia, había que purificarse porque... No sé, la verdad es que no tengo clara la razón. Pero todos los sacerdotes del antiguo Egipto lo hacían, así que supongo que es un paso esencial. No tenía ni la más mínima intención de hacer los ritos sin purificar para ver qué sucedía. No merecía la pena ahorrar tiempo con la magia egipcia.

Me lavé la cara, el cuello y por detrás de las orejas y, por último, me froté dos veces las manos. A continuación, me puse unas braguitas recién lavadas, una combinación limpia y un pesado vestido de algodón. No podía dejar que tocara mi piel algo hecho de lana, cuero o con la piel de algún animal. Me enjuagué la boca con sal (no tenía natrón a mano) y, por fin, estuve lista. Mi primera parada fue el tocador de mi madre.

Me colé de puntillas en su habitación y contemplé la colección de botellas, jarras y cepillos que tenía en el tocador. Cuando era más pequeña, me dejaba jugar a vestirme como ella, a peinarme y a acicalarme las mejillas con colorete. Me recorrió tal oleada de nostalgia por esos días más sencillos que estuve a punto de quedarme sin respiración. Echaba de menos esa inocencia, esos momentos especiales a solas con mi madre. No como ahora, que le robaba perfume para evitar que el fantasma más que real de una momia falsa persiguiera a mi hermano pequeño. Tras soltar un suspiro de frustración, tomé la botellita de cristal de aceite de geranio rosa del tocador y me la metí en el bolsillo.

Después fui al vestidor de mi padre, donde birlé el aceite de Macasar que solía usar en el pelo. Ya tenía dos; aún me quedaban cinco.

Me dirigí al piso de abajo, a la despensa, donde sabía que la cocinera y la señora Murdley, la ama de llaves, guardaban los aceites domésticos. Esperaba encontrar allí lo que necesitaba.

Tuve suerte. Betsy, la criada, era propensa a la tos y a las afecciones en el pecho, así que teníamos un buen surtido de aceite de alcanfor y de eucalipto. También había una botella verde de espeso aceite de cedro y otra de aceite de lavanda. Me seguía faltando uno. Entonces, me acordé: ¡el aceite de hígado de bacalao! El año anterior, a la cocinera se le metió en la cabeza que Henry y yo necesitábamos una dosis diaria de esa cosa tan asquerosa. Nos hartamos a los tres días. En uno de nuestros momentos de perfecta sincronía, escondimos la odiosa botella marrón.

Busqué rápidamente la vieja caja de galletas de Huntley y

Palmers donde la guardamos. ¡Allí seguía ! Con todo el polvo del mundo, pero con un tercio del líquido. Excelente.

Dejé con cuidado los recipientes en una cesta grande de fondo liso, la cubrí con un paño y la coloqué junto a la puerta trasera. Volví a la despensa y busqué un cesto aún más grande para reunir todo lo que necesitaba para el banquete del funeral de Tetley. Estuve a punto de arramblar con el jamón de Pascua, pero estaba segura de que la cocinera se daría cuenta. En su lugar, tomé las sobras de un pastel de carne, un pollo frío, una caja de galletas y un trozo de tarta de limón que habíamos tomado con el té. Si alguien se daba cuenta de que faltaban, podría echarle las culpas al desmesurado apetito que le había entrado a Henry.

Eso me llevaba a mi último problema: mi hermano. O más concretamente, cómo conseguir que viniera con nosotros al museo. Estaba convencida de que no querría y, al mismo tiempo, de que él, o lo que es más importante, el *mut* que se había anclado a su persona, tenía que estar allí para que la ceremonia funcionara.

Reflexioné sobre el tema mientras dejaba la segunda y pesada cesta junto a la puerta. El suelo a mis espaldas emitió un crujido y me quedé petrificada.

–¿Theo? ¿Eres tú?

Solté la cesta con un *pum*, aliviada de que no fuera la que tenía todos los aceites dentro. Entonces me di la vuelta.

–¿Henry? ¿Qué haces despierto?

–Escuché un ruido y bajé a ver qué pasaba. –Miró de reojo la cesta que acababa de dejar y la otra que estaba junto a la puerta y se alertó–. ¿Te vas a escapar?

–No –dije con calma.

Esta parte era la más complicada. Si le pedía a Henry abiertamente que viniera conmigo, me diría que no. Ya me había dejado bastante claro lo que pensaba de mis tejemanejes. Tenía que encontrar la forma de convencerlo para que quisiera venir sin que supiera que eso es lo que yo había querido desde el principio.

Henry atravesó la cocina y se agachó para mirar lo que había en las cestas.

—Si no te vas a escapar, ¿qué estás haciendo?

Estiró la mano para agarrar una tarta de limón, pero la aparté de un manotazo. Se frotó la mano y me miró con los ojos entrecerrados.

—Ya estás con tus jueguecitos misteriosos, ¿verdad?

—Algo así —admití—. Pero sé que a ti no te gustan esas cosas, por eso no te he invitado.

Sus ojos recayeron de nuevo en la cesta.

—¿Y para qué necesitas toda esa comida?

—Es para una fiesta. Después del juego.

—¿Dónde la vas a hacer?

—En el museo.

—¿Y te vas a comer todo eso?

—No. Van a venir unos amigos.

En ese momento, como si lo hubiéramos ensayado, se oyó un ligero arañazo en la puerta trasera. Henry dio un respingo.

—¿Qué ha sido eso? —siseó.

—Mis amigos —respondí, y abrí la puerta. Will, Rata, Chispas y Mocoso estaban plantados en el umbral, prácticamente saltando de la emoción.

—Tenemos que irnos, señorita. Me pone nervioso estar en un mismo sitio tanto tiempo.

–Hola –saludó Henry.

–¡Hola, amigo! –dijo Chispas–. Will no me dijo que ibas a acompañarnos tú también.

–Él no quiere venir –intervine yo.

Henry me apartó de un codazo.

–Yo no he dicho eso. Deja que coja el abrigo.

Salió corriendo y agarró una chaqueta vieja de un gancho que había junto a la despensa. Mientras se la ponía, resistí la tentación de echarme a reír. ¡Había funcionado! Iba a venir con nosotros. Y no habíamos tenido que tirarle de los pelos ni arrastrarlo todo el camino.

Hacía niebla y se había extendido como una cortina densa y escalofriante por todo el barrio. Las farolas de la calle emitían un resplandor fantasmagórico a través de unos hilillos ondulados y suaves. Henry se pegó a Chispas.

–¡Eh! ¡Cuidado, amigo! ¡Me estás pisando!

–Ay, perdona –dijo Henry, y se puso a mi lado.

Will y sus hermanos parecían bastante cómodos paseando por las calles oscuras de Londres, como si lo hicieran a menudo. Yo, sin embargo, sentí un gran alivio cuando vi los altos chapiteles del museo. Will empezó a frenar el paso.

–Parece algo distinto por la noche, ¿verdad?

–Sí, es cierto.

Ya de entrada, era un edificio bastante inusual, muy gótico, con altas torres y chapiteles extraños por aquí y por allá que parecían de lo más siniestros cuando los contemplabas en una noche de niebla sin ningún adulto alrededor.

–¿Cómo vamos a evitar al vigilante, señorita?

¡Flimp! Me había olvidado de él.

–Supongo que entraremos por atrás. Es una zona de almacenaje y descarga, así que seguramente no la compruebe muy a menudo. Además, está bastante lejos de su casetilla.

Will asintió e indicó a sus hermanos que lo siguieran. Nos dimos prisa en cruzar la plaza desierta y bordear el edificio en busca de la zona de carga.

Cuando llegamos a la puerta trasera, Will y sus hermanos abrieron un pasillo para dejar que yo la abriera. Miré a Will.

–Eh... no tengo llave. Esperaba que tú pudieras, ya sabes...

Hice un además con la mano.

–¿Quiere que la fuerce, señorita?

–Si no te importa...

–Pero ¿sabes hacer eso? –Henry dio un paso al frente–. ¿Puedo mirar?

–Claro, amigo.

Will dejó la cesta en el suelo y sacó algo pequeñito y fino del bolsillo. Lo insertó con cuidado en la cerradura y lo hizo girar. Henry se inclinó para verlo mejor, con la nariz prácticamente pegada al pomo de la puerta. Todos esperamos conteniendo la respiración hasta que oímos un leve chasquido.

–Listo –anunció Will.

Entonces, abrió la puerta y entramos en el museo.

CAPÍTULO 21

UN SACRIFICIO INESPERADO

¿Por qué las cosas tienen un aspecto tan distinto en la oscuridad? A pesar de que la zona de descarga era una estancia enorme, por la noche parecía un tanto cavernosa. Me abrí paso a trompicones hasta el interruptor para encender las luces. Los chicos, a mis espaldas, profirieron un grito ahogado. Irritada, me volví para chistarles y, entonces, me di cuenta de que se habían quedado mirando con los ojos como platos el ataúd que descansaba entre dos bancos. Bien. Eso significaba que Stilton había cumplido su palabra. Rápidamente, comprobé que tuviera la inscripción de bronce que había encargado la abuela para asegurarme de que se trataba del ataúd de Sopcoate. Así era.

Henry rompió el silencio. Se puso a mi lado y acarició el ataúd.

–No es más que un ataúd vacío. No hay por qué preocuparse.

–No nos dan miedo los ataúdes –dijo Chispas hinchando el pecho ligeramente.

Mocoso y Rata le dieron la razón.

—Callaos, charlatanes –les espetó Will, que se giró hacia mí–. ¿Ahora qué, señorita?

—En primer lugar, debemos purificar este sitio –expliqué.

Henry puso los ojos en blanco, pero lo ignoré. A veces, ser la hermana mayor y responsable era toda una carga.

—Toma –dije, confiándole uno de los tarros llenos de aceite a Henry–. Sé útil y vierte esto por esa pared.

Después, le entregué un cáliz con forma de loto a Mocoso y le di instrucciones similares. Rata y Will tomaron el resto de aceites y se fueron a otras zonas de la sala. Como no quería parecer una idiota integral, murmuré una plegaria de purificación. Cuando terminé, repartí los cuatro incensarios pequeños.

—Ponedlos en cada esquina de la habitación –les ordené.

Will aceptó el recipiente.

—¿Para qué son?

—El incienso purifica el ambiente.

—¿Como en las iglesias?

—Eh... No exactamente. El incienso es muy difícil de encontrar, así que he pensado que mejor prenderemos unas cerillas de fósforo y dejaremos que el olor purifique el ambiente.

—¿Cerillas, señorita? –Chispas se alertó–. ¿Puedo hacer los honores?

—Sí, si me prometes que no vas a quemar nada más.

—Se lo prometo.

Le di las cerillas y se puso manos a la obra. He de admitir que las prendió todas en el primer intento, algo que yo casi nunca conseguía.

Llegó el momento de ir a por la momia. No tenía ni idea de cuánto iba a pesar, así que les pedí a Will, Rata y Chispas que vinieran conmigo. Henry y Mocoso se quedaron para vigilar la zona de descarga.

Mientras los chicos me seguían por el pasillo de camino al sótano, Will no dejaba de mirar a su alrededor con nerviosismo.

–Este lugar parece totalmente distinto por la noche, se lo aseguro.

–Seguro que hay ratas enormes por aquí, señorita –añadió Rata.

¡Dios no lo quiera! Ya tenía bastante con lidiar con las maldiciones egipcias, los *mut* incansables y una tropa de golfillos como para tener que soportar que hubiera ratas.

Cuando estuvimos frente a la puerta de las catacumbas, la abrí lo más despacio posible para evitar que produjera el más mínimo crujido. Encendí las luces y guie a mis enanitos escaleras abajo. Aunque agradecía tener una compañía tan incondicional, también me preocupaba un poco el efecto que tendría tanto *ka* en los objetos.

Sobre todo, en la estatua del chacal.

Llegamos al final de las escaleras, y Will y Chispas parecieron retraerse al ver la hilera de momias. Debido a su profesión, Rata debía de estar mucho más acostumbrado a los espacios oscuros y lúgubres, ya que se limitó a silbar sorprendido. Luego señaló la estatua de Anubis, que descansaba sobre la caja canópica.

–¡Eh, yo he visto a ese perro antes!

Como no quería hablar de ese truco en concreto, desvié la atención de los tres.

–¿Tenéis encima las protecciones?

–Aquí mismo, señorita.

Will agarró su amuleto y lo sacó para que lo viera. Rata y Chispas hicieron lo mismo.

–Excelente –afirmé. Era un placer que estos chicos me prestaran atención, al contrario que Henry, que me discutía cada paso que daba–. Vosotros agarrad a la momia por los pies –les indiqué a Rata y a Chispas–. Will y yo la llevaremos por los hombros.

–Qué pena que ya no tenga el báculo ese, ¿verdad? Si lo tuviera, no tendría más que menearlo y la momia iría solita.

–Cierto –murmuré. Pero generalmente la magia egipcia no solía jugar a mi favor.

–A la de tres –dijo Will–. Una, dos y tres.

Tras una epifanía de gruñidos, alzamos a la momia, que pesaba mucho menos de lo que cabría pensar. Mejor no preguntarse por qué.

Empezamos el precario camino escaleras arriba, que requirió de muchos malabares e instrucciones. Nerviosa, miré de reojo a Anubis y traté de calcular cómo le iba a afectar toda esa fuerza vital. Era difícil estar cien por cien segura bajo la tenue luz, pero parecía que no había sufrido cambio alguno. Durante un instante, me planteé qué pensaría de nuestro ritual; al fin y al cabo, se trataba del dios de la momificación y demás. Pero aparté ese pensamiento cuando Chispas se clavó el codo contra la barandilla y casi se nos cae la momia.

Cuando llegamos a lo alto de las escaleras, les pedí que se detuvieran para asegurarme de que Flimp no había elegido ese preciso instante para hacer la ronda.

–No tarde mucho, señorita –susurró Will–. Esta cosa es difícil de sujetar.

Una vez que estuve segura de que no había moros en la costa, reemprendimos nuestro lento y tambaleante camino por el pasillo hasta la zona de descarga. Cuando llegamos, Henry se puso en pie.

–¿Por qué habéis tardado tanto? Lleváis por ahí una eternidad.

–Solo han pasado cinco minutos, Henry. Además, pensaba que no te daba miedo el museo.

–No me da miedo –replicó–. Solo estaba preocupado por si Flimp os había pillado.

–Pues no ha sido así. Dejadla caer con cuidado –les ordené cuando llegamos al ataúd.

Cuando tuvimos a Tetley a salvo en el féretro, di un paso atrás y analicé la momia. Menudo lío espiritual. Un hombre cristiano al que han momificado siguiendo la tradición del antiguo Egipto, ¿requería un enterramiento cristiano o un rito fúnebre egipcio? Si el *mut* de Tetley no hubiera estado pegado a Henry como un mantón macabro, nunca habría intentado lo que estaba a punto de hacer. Sin embargo, si enterrábamos a Tetley sin su *ba*, podría quedarse anclado permanentemente a Henry. No podía arriesgarme a eso. Mi única esperanza era que, al tomar todas las precauciones posibles, Tetley encontraría por fin la paz.

–Muy bien –dije en una voz que se tornó solemne de repente, como si todo el peso de lo que estábamos a punto de hacer se hubiera asentado sobre mis hombros–. Esto es un asunto serio. La pobre alma de Tetley podría estar en peligro –además de la de Henry–, así que escuchad con atención y haced exactamente lo que yo os diga. En primer lugar, la unción con los aceites sagrados.

Me giré hacia la bandeja donde había dejado todos los frascos que había traído de casa. En las ceremonias de la antigüedad los sacerdotes usaban los dedos, mientras que en otros periodos históricos se utilizaba una pieza de madera tallada como si fuera un dedo. No tenía nada parecido y me negaba rotundamente a usar mi propio dedo, así que, en su lugar, usé el pincel de cocina. Los chicos se dispusieron en semicírculo a mi alrededor con la seriedad que requería la situación y empecé.

—Yo te unto, Osiris...

—Creía que se llamaba Tetley —intervino Henry.

—Sí —siseé—. Pero los antiguos egipcios siempre identificaban a los fallecidos con Osiris para invocar su poder. Ahora, silencio —me aclaré la garganta—. Yo te unto, Osiris, con estos aceites sagrados que Ra nos ha concedido para que alcances el juicio del alma purificado y con buen olor.

Tras pronunciar esas palabras, embadurné la frente de Tetley con aceite de lavanda. A continuación, mojé el pincel en el aceite de cedro y lo posé sobre el corazón.

—Que tu corazón sea puro y fuerte.

Unté los codos y las manos con aceite de geranio rosa.

—Que tus extremidades consigan batir a las hordas de demonios que se interpongan en tu camino al más allá.

Humedecí las orejas con aceite de Macasar.

—Que tus oídos se abran al sonido.

Continué poniendo aceite de hígado de bacalao en los pies (¡lo más alejado posible de la nariz!) para que le ayudara a sobrellevar todo el camino. Y, por último, volví a humedecer la frente de Tetley, esta vez con aceite de eucalipto.

—¡Eh! —exclamó Mocoso sorbiendo con fuerza—. ¡Puedo respirar!

Will le dio un empujón.

—Shh.

—Osiris ha recibido los aceites sagrados, que bendecirán su cuerpo y lo compondrán como uno nuevo para emprender su viaje hasta Ra.

Dejé el pincel sobre la mesa y respiré profundamente.

–¿Y ahora qué? –preguntó Rata.

–En realidad –susurré–, ahora le seguiría el sacrificio de algún animal, pero he decidido saltarme esa parte.

–Mejor –dijo Henry.

En ese preciso instante, oí un golpecito a mi derecha. Todos nos sobresaltamos y buscamos el sonido con la mirada. Allí estaba mi gata, Isis, con un ratón muerto en la boca. Bajo nuestra mirada, se acercó con todo el pasmo del mundo y depositó al pobre roedor en la cabecera del ataúd.

Me quedé patidifusa mirándola.

–¿Cómo la ha entrenado para que haga eso, señorita? –la voz de Will estaba empañada de sorpresa.

–¡No lo he hecho!

–¿Ya es la hora del banquete? –preguntó Mocoso en tono esperanzador.

–Casi –respondí.

Pero, antes de que pudiera continuar, oímos un tintineo, como si... como si unas garras caminaran sobre un suelo de mármol. Alcé la vista hacia la puerta en el momento en el que el chacal entraba a zancadas en la sala. Pasó de largo de nuestro círculo y los chicos soltaron a la vez un «¡ooooh!».

El pánico me atravesó de lleno; miré hacia donde estaba Isis, preguntándome qué le haría el chacal cuando la viera. Pero, por extraño que pudiera parecer, ni siquiera le dedicó una mirada. Se dirigió con el soniquete de sus garras hasta la cabecera del ataúd de Tetley, se sentó sobre las patas traseras y me miró como si dijera: «Ya puedes continuar».

Al fin y al cabo, era el dios de la momificación y una deidad fúnebre importante.

Tras dedicarle una última mirada cargada de nerviosismo, seguí con la ceremonia. Cogí una azuela pequeña de hierro y la posé suavemente sobre los ojos y la boca de Tetley cuatro veces.

–Osiris, te devuelvo la vista y el habla para que puedas derrotar a los demonios del más allá de camino a Ra.

A continuación, tomé la bolsita de trozos de cornalina y repetí los ademanes y el conjuro. No estaba totalmente segura de qué era lo que hacía la cornalina, pero, como la había visto incluida en la mayoría de las ceremonias, pensé que debía de ser importante.

–Que el poder de Ra te ilumine; que los poderes curativos de Osiris estén en la punta de tus dedos y aceleren tu viaje. Que tu *ka* y tu *ba* se reúnan de nuevo.

Cuando pronuncié esas últimas palabras, dejé la bolsa de cornalina sobre el pecho de Tetley, justo encima de su corazón. El aire se estremeció y sentí un hormigueo en la espalda.

–¿Qué ha sido eso? –preguntó Will.

–¿Tú también lo has sentido?

Asintió mirando ansioso a su alrededor.

En ese instante, oímos un leve suspiro de Tetley. Me tragué el grito que había subido por mi garganta y retrocedí un paso. La momia tenía la boca abierta y se le estaba hinchando el pecho, como si estuviera respirando hondo. Unos tenues tentáculos de algo (¿niebla?, ¿fuerza vital?, *¿mut?*) empezaron a surgir de mi pobre hermano, como el vapor de una tetera hirviendo. Henry chilló y se quedó petrificado, con los brazos a los costados y los ojos abiertos de par en par.

–¿Es esto lo que debería pasar? –preguntó Rata.

–No estoy segura –confesé. El corazón me latía tan salvajemente que apenas conseguí pronunciar las palabras.

La niebla que había salido de Henry se dirigía ahora en dirección a Tetley. Lentamente, el espíritu empezó a entrar en el féretro. Justo cuando comencé a soltar un suspiro de alivio, se detuvo y planeó en el aire durante un largo momento, como si estuviera reconsiderándolo. Entonces, empezó a moverse en dirección contraria, de vuelta a Henry.

¿Había cambiado de idea? ¿Ya no quería irse a la otra vida?

Mientras mi pobre cerebro se estrujaba en busca de una solución a este problema, el chacal intervino. Emitió un gruñido grave, dejó a la vista sus dientes afilados y se le erizó el pelaje del lomo. Todos dimos un paso atrás.

Conforme el chacal avanzaba, la niebla del *mut* serpenteó hasta quedarse por detrás de mi hermano, ¡como si lo usara de escudo! El chacal ignoró ese movimiento y saltó a la derecha de Henry para ladrar a la niebla que tenía a la espalda. La niebla salió disparada y, rápidamente, reemprendió el camino hasta el ataúd mientras el chacal ladraba y gruñía. Durante un instante, la niebla se arremolinó como una nube encima de Tetley; luego, se adentró en el cuerpo momificado hasta que desapareció la última voluta.

Tetley profirió un último suspiro y se quedó quieto.

El chacal se aproximó al féretro y lo olisqueó. Pareció quedarse satisfecho, ya que, tras soltar un ladrido agudo y menear la cola, se volvió por donde había venido.

Tratando de ocultar mi perturbación, miré a los demás. Todos estaban pálidos y tenían los ojos abiertos de par en par.

—¡Ostras, amigo! Fijaos en eso.

Chispas señaló a Henry. Mi hermano se había quedado lívido de la impresión y el pelo se le había aclarado. No del todo, pero el remolino lo tenía blanco. ¡Ostras de verdad!

–Henry –pronuncié con algo de dureza. Estaba totalmente desesperada por el miedo. Giró la cabeza con brusquedad para mirarme–. ¿Te encuentras bien? –le pregunté, esta vez con más tacto.

–C... creo que sí –respondió, aunque su voz sonaba algo hueca y lejana.

–¿Podemos comer ya? –preguntó Mocoso.

–Eh... no. Falta una cosa. Que la comida que estamos a punto de comer bendiga tu cuerpo y te dé fuerzas para la otra vida. Amén.

–¿Ya? –insistió Mocoso.

–Ya –confirmé.

Mientras Will y sus hermanos se abalanzaban sobre la cesta de pícnic, corrí al lado de Henry. Le palpé la frente, que parecía estar a una temperatura aceptable. Mi hermano me apartó la mano de un bofetón, lo cual era una buena señal. Pero su mirada distante no me tranquilizaba del todo. Me acerqué un poco más y susurré:

–Henry, ¿seguro que te encuentras bien?

Volvió la cabeza hacia la dirección de mi voz y asintió.

–¿Quieres venir a comer algo? –pregunté.

Negó con la cabeza, y yo aproveché su estado catatónico para echarle una buena reprimenda.

–Ya te avisé de que había que tener cuidado con la magia de este lugar. En realidad, confiaba en que nunca tuvieras que creerme, que siempre te mantuvieras ignorante y al margen. Siento que te haya sucedido esto.

–Está bien –replicó, y frunció el ceño–. ¿Qué ha ocurrido exactamente?

Lo miré a los ojos y vi en su interior el miedo y el desasosiego.

—No mucho. El olor de los aceites te ha mareado un poco, nada más.

Se quedó mirándome unos instantes y, finalmente, asintió y fue a sentarse con el resto de chicos.

Me sentí mal por ello, incluso peor de lo que me había sentido cuando Isis recibió una maldición. Solo deseé que no tuviera efectos secundarios.

Cuando estábamos recogiendo los restos del banquete funerario, Stilton vino a buscarme.

—¿Señorita Theo? —preguntó sorprendido de ver a tantos niños.

—Ah, hola, Stilton —saludé—. Muchas gracias por su ayuda. Hemos acabado. Ya puede llevarse de vuelta el... ataúd.

Entonces vio a la momia conocida como Tetley allí dentro. Se acercó a ella lentamente con una mirada extraña en los ojos. Pasó la vista de Tetley a mí y luego de vuelta a Tetley.

—Se asegurará de que recibe un entierro cristiano, ¿verdad, señorita?

—Sí, Stilton. Es lo mínimo que podemos hacer por él.

Una mirada resolutiva apareció en el rostro de Stilton, que cerró el féretro sin hacer ruido.

—Es usted una persona honrada, señorita. Me lo llevaré de vuelta.

A la mañana siguiente, antes de que me atreviera a bajar a desayunar, oí a mi madre gritar.

—¡Henry, tu pelo!

Me puse el vestido y corrí al comedor de la planta de abajo. Henry estaba plantado detrás de su silla y mi madre lo miraba con preocupación. Papá estaba hablando, pero no parecía demasiado entusiasmado.

—¿Qué demonios has hecho, jovencito?

Cuando nos llamaban así, no auguraba nada bueno.

—Y... yo... —tartamudeó Henry, que me miró de soslayo. Eso era una buena señal, al menos; significaba que no iba a delatarme.

—Le ha caído zumo de limón —intervine mientras entraba en el comedor—. Cuando te fuiste de la cocina ayer, mamá, empezamos a jugar a los... alquimistas. Y, como alquimistas, fingimos que creábamos una fórmula que convertiría el plomo en oro.

—¿Y qué llevaba esa fórmula que ideasteis? —preguntó mi padre.

—Zumo de limón. Y vinagre. Y un montón de cosas que no recuerdo —repliqué—. Puede que aceites. Creo que usamos algunos de los aceites que encontramos en la despensa.

Me pareció inteligente añadir esa última coletilla, solo por si alguien se daba cuenta de que todos los aceites de la casa habían cambiado de sitio. Lo cierto era que cuando volvimos la noche anterior era tan tarde y estaba tan cansada que no conseguí acordarme de dónde estaban colocados los frascos.

El bigote de mi padre tembló y no tuve claro si sentía frustración o diversión.

—Supongo que deberíamos estar agradecidos de que no haya sido tu pelo el que se haya vuelto blanco. O que se te haya caído. —Miró a Henry con seriedad—. Espero que hayas aprendido la lección de no entrometerte en experimentos científicos sin supervisar.

Henry dejó caer la cabeza.

—Sí, papá.

—Muy bien. Ahora disfrutemos de este maravilloso desayuno de Pascua que nos ha preparado la cocinera.

A excepción de ese incidente, el domingo fue maravilloso. Nos vestimos con nuestras mejores galas, mamá y yo nos pusimos nuestros tocados de Pascua y fuimos a misa. Estar dentro de una iglesia se parece mucho a estar dentro de un museo: el ambiente es pesado y, por algún motivo, parece más solemne, como si el peso de esa adoración espiritual se convirtiera en algo físico. Henry se revolvió un poco en su asiento, hasta que le di un trozo de cera que encontré en uno de los bolsillos de mi vestido. Jugueteó con él hasta que terminó la misa.

Después de la iglesia, tuvimos un almuerzo especial. Mamá incluso invitó al tío Andrew, un magnífico contrapunto a la visita de la abuela Throckmorton, que apareció con sus ropas de luto: un cuervo de ojos pequeños en comparación con nosotros, que éramos más bien unas alegres golondrinas en primavera. Hice todo lo posible por ignorarla y me recordé que no tenía ni idea de que el hombre al que lloraba no estaba muerto ni era ningún héroe.

Cuando comimos, buscamos las cestas que habíamos decorado y los huevos que mamá había escondido. Habría sido un día perfecto de no ser por el nudo de terror y nervios que se me acumulaba en el estómago. Estaba contenta de que Henry hubiera vuelto a la normalidad (aunque estuviera algo pachucho y sumiso), pero me aterrorizaba pensar que todo se fuera al traste en el funeral si alguien descubría nuestra treta. La alta sociedad se escandalizó sobremanera cuando descubrieron que había una momia falsa en uno de sus banquetes; no quería imaginar cómo podrían reaccionar si se encontraban con una en una ocasión tan solemne como un funeral.

CAPÍTULO 22

EL FUNERAL DE SOPCOATE

Aunque no fuera la abadía de Westminster, la iglesia que había encontrado la abuela era bastante grandiosa. Tenía unos techos increíblemente altos y unos ventanales con vidrieras que proyectaban círculos de luz verde, roja y dorada sobre todos los invitados. Los pasillos estaban enmarcados con hileras de columnas y la música del órgano llegaba hasta las zonas vacías del piso de arriba.

Para mi inmenso alivio, el féretro ya estaba colocado junto al altar. Henry y yo intercambiamos una mirada. Su mechón de pelo blanco era un recordatorio reconfortante de que había hecho lo que debía.

Por la salud de la abuela, me alegré de ver que la iglesia estaba abarrotada. Había muchos hombres con uniformes de la Marina, incluidos unos marineros de aspecto recio que se habían colocado en la parte trasera. La multitud se quedó en silencio cuando sonó una nota larga y triste desde el órgano. Entonces, empezó la misa.

El reverendo habló de cenizas a las cenizas, polvo al polvo (que no tiene mucho sentido cuando se habla de alguien que se ha perdido en el mar). La tela de mi vestido de luto me picaba de mala manera. Los guantes negros que me había dado el monaguillo me quedaban enormes y hacían que mis manos parecieran grandes y deformes. Intenté ajustarlos mejor. A mi lado, Henry se revolvió, pero no dije nada, ya que estaba bastante convencida de que ajustarse los guantes y las mangas era lo mismo que revolverse. Entonces, vi que mi padre me estaba mirando por el rabillo del ojo y traté por todos los medios de quedarme quieta.

Cuando el reverendo llegó a la parte en la que hablaba de dejar atrás nuestros deseos mundanos, tuve la certera sensación de que me estaban observando. Lentamente, para no atraer la atención de mi padre, me giré. El mar de rostros miraba fijamente al reverendo.

–Deja de moverte –me amonestó mi padre.

Aparté la vista de la parte trasera de la iglesia y miré obedientemente hacia delante, rezando para que al menos pareciera que estaba prestando atención, no por respeto a Sopcoate, sino a la abuela. Me entretuve en idear un plan por si alguien abría el ataúd o se daba cuenta de lo pesado que era.

Justo cuando decidí que un hechizo de desvanecimiento era la única forma de impedir el desastre, los vellos de la nuca se me volvieron a erizar. Me los rasqué con la mano con la esperanza de que se debiera a la maldita tela rígida del cuello. Pero no era eso. La sensación fue aumentando hasta que me empezaron a picar los hombros. Estaba claro que alguien me estaba observando. Podía sentir su *ka* y no me gustaba ni un pelo.

Sin embargo, no me atrevía a volver a mirar hacia atrás. En primer lugar, llamaría la atención y habría alertado a esa persona de que lo había pillado. Y, en segundo lugar, mi padre me estaba vigilando.

Cuando la misa estaba a punto de terminar, la abuela se puso en pie y extendió la mano hacia mi padre. Él la agarró del brazo y la acompañó hasta el ataúd. La abuela se detuvo con la mano sobre el féretro y a mí se me subió el corazón a la garganta. ¿Lo iba a abrir?

Sus dedos recorrieron el féretro y, entonces, depositó un ramillete de lirios sobre la cubierta. Inclinó la cabeza y escuchó como el reverendo oraba por última vez.

Se me aflojaron las rodillas. ¡Lo habíamos conseguido! El funeral había acabado y nadie habría descubierto nuestro secreto. Cerré los ojos, pronuncié una última y rápida plegaria en honor del alma de Tetley y le deseé que descansara en paz. Cuando volví a abrir los ojos, vi que Henry estaba sonriéndome. Le devolví el gesto y estuve a punto de echarme a reír del alivio.

La congregación se puso en pie y empezó a abrirse paso hacia la salida. Mientras avanzaba por el pasillo de la catedral hasta las puertas abiertas, me fijé en la multitud, intentando identificar quién me había estado mirando con tanta intensidad.

Una vez fuera, la gente se congregó en los escalones, charlando los unos con los otros y murmurando frases de admiración por el almirante Sopcoate, que no se merecía ninguna de ellas. Mientras fraternizaban, seguí buscando entre los rostros de la forma más sutil que pude.

Mis padres estaban enfrascados en una conversación con la abuela y alguien del almirantazgo. Henry se había quedado en los últimos escalones de la iglesia, se había sacado un soldado de hojalata del bolsillo y jugaba en silencio. Seguía algo pálido, en mi opinión, como si se estuviera recuperando de una larga enfermedad.

No tuve suerte y no conseguí identificar a la persona que me había estado mirando. Estaba planteándome unirme a Henry en los escalones de la catedral cuando pillé un movimiento furtivo por el rabillo del ojo.

Un viejo marinero de cabellos y barba blancos apartó la mirada rápidamente, como si no quisiera que supiera que me había estado observando. ¿Por qué lo había hecho?

Miró en mi dirección de nuevo y nuestras miradas se encontraron un instante. Tenía un parche en uno de los ojos y algo que me resultaba familiar. Aunque, a decir verdad, era muy difícil diferenciar a los marineros. Con esos uniformes más limpios que una patena, todos eran prácticamente iguales, a menos que los conocieras. ¿Sería posible que hubiera servido en el Dreadnought? ¿Lo habría conocido allí?

Se volvió y se alejó cojeando, como si tuviera que ir a algún sitio importante.

Decidí seguirlo hasta la esquina para asegurarme de que no tramaba nada malo.

No había dado ni dos pasos cuando sentí que algo me recorría todo el cuerpo, como si cien escarabajos subieran por mi espalda. La sensación fue tan fuerte que, si hubiera estado en el museo, habría hecho una prueba de segundo nivel sin pensarlo dos veces. ¿Tendría el marinero un objeto maldito encima?

Repasé con la mirada a toda esa gente desprotegida que se encontraba junto a la iglesia y, rápidamente, corrí a la esquina de la calle. Me asomé al paseo colindante, pero no vi a nadie. Ningún marinero, ningún objeto maldito. Entonces, cuando estaba a punto de irme, una mole salió de un recoveco en la pared.

–¡Te tengo!

Di un respingo e, inmediatamente, me quedé mirando atónita al viejo marinero, que estaba metiendo un amuleto en una caja. En cuanto cerró la tapa, desapareció el hormigueo de la espalda. Me sonrió tras la barba canosa.

–Sabía que eso llamaría tu atención.

Ante mi mirada impasible, añadió:

–Ya sabes, la curiosidad mató al gato.

¿Puedo decir que no es buena señal que alguien empiece así una conversación?

–¿Qué pasa? ¿Es que no me reconoces, Theo?

¿Cómo sabía mi nombre? La voz me resultaba familiar, pero no lograba ubicarla. Negué con la cabeza.

–No, me temo que no. ¿Nos conocemos...? ¡Ah!

El marinero se levantó el parche del ojo y me encontré cara a cara con el almirante Sopcoate.

–¡Usted! –exclamé sorprendida hasta la médula.

–Así es, Theo, en carne y hueso. Qué amable tu abuela al organizarme una misa tan elegante. Ni yo habría planeado algo mejor. Me lo estoy pasando pipa escuchando lo que la gente dice sobre mí.

Pensé en todos esos marineros a la vuelta de la esquina que no habían levantado ni una ceja ante la reaparición del almirante. No daba crédito al atrevimiento de este hombre.

–¿Por eso ha venido? ¿Por curiosidad?

–No, por curiosidad no. Eso ha sido un beneficio añadido. Me temo que he venido para hacerte una visitilla.

¡Vaya por Dios! Nunca era una buena noticia que una Serpiente del Caos quisiera hacerte una visita. Fue entonces cuando se me ocurrió que podía haber venido con más compañeros.

Miré a mis espaldas.

–He venido solo –dijo el almirante–. Bueno, con el señor Webley.

Se dio un toquecito en el bolsillo.

–¿Quién?

No había conocido a ninguna Serpiente del Caos llamada Webley.

–Webley –repitió, y sacó del bolsillo una pistola. La alzó lentamente hasta que se quedó apuntándome al pecho.

Me estremecí como un flan poco hecho.

–¿Qué es lo que quiere? –pregunté intentando parecer que no me importaba gran cosa estar a punta de pistola.

–¿Además de vengarme?

Traté de tragar saliva, pero tenía la boca demasiado seca.

–Por suerte para ti, hay algo que quiero más que la venganza, Theo. Algo que queremos a toda costa. Algo que puedes darnos para asegurarte de que llegas a los doce años.

–¿A qué se refiere? –grazné.

Se inclinó hacia delante.

–La Tablilla Esmeralda.

Parpadeé pasmada. ¡Por favor! ¿Es que alguien había puesto un anuncio en el *Times*? ¿Cómo sabía todo el mundo que teníamos esa maldita cosa? Abrí la boca para argumentar que no la tenía, pero desdeñó el intento con la pistola.

–Estoy convencido de que alguna de tus queridas institutrices te ha advertido que no se debe mentir.

Se rio; era una carcajada horrible. ¿Cómo pude pensar en su día que era alegre?

–¿P... para qué la quiere? Solo habla de alquimia. Estoy segura de que las Serpientes del Caos no creen que puede convertir el plomo en oro –solté en tono jocoso.

–O puede que no seas tan lista como piensas. Puede que tenga poderes y propiedades que la gran y entrometida Theodosia desconoce.

–¿Qué hace entonces?

–Ah, me temo que no es de tu incumbencia, querida. Y, sinceramente, no tienes por qué saberlo. –Se acercó un paso más–. Lo único que necesitas saber es que haremos lo que sea, lo que sea, por echarle el guante. ¿Lo entiendes?

Asentí.

–Muy bien. Lleva la tablilla a la Aguja de Cleopatra el viernes por la tarde. Pongamos a las cinco en punto, ¿te parece? Durante la inauguración de la exposición de tus padres. Creo que eso será suficiente distracción para que puedas escaparte sin que nadie se dé cuenta, ¿no? –Subió un poco más la pistola, hasta dejarla apuntándome a la cara–. No faltes. Si no nos la entregas, querida, no solo estará en peligro tu vida, sino también la de tu abuela. ¿Cómo crees que le sentará que haya invitado a medio almirantazgo al funeral de un traidor?

Volvió a carcajearse y se me heló la sangre.

–¿Theo? Theo, ¿dónde te has metido?

La voz de mi madre provenía del otro lado de la esquina. Debía de estar buscándome. Y por mucho que deseara que me encontrara, no quería que viera la pistola del almirante Sopcoate.

Sopcoate se retiró y apuntó la pistola en dirección a mi madre.

–Ni una palabra a nadie. No faltes, o tu abuela y tú seréis comida para los peces del fondo del río Támesis.

Y, tras pronunciar esas palabras, se dio la vuelta y corrió calle abajo. Reprimí echarme a llorar del alivio y corrí hacia mi madre.

–Aquí estás, cariño. Ven. Ahora tenemos que ir al tentempié fúnebre en casa de tu abuela. ¿Te encuentras bien? Estás muy pálida.

Me puse la mano en la frente para tomarme la temperatura e intuí que estaría pegajosa y húmeda del miedo que había pasado. Aproveché la coyuntura para apoyarme contra ella, absorber parte de su fuerza y apartar ese miedo atroz que me había sobrecogido.

–Creo que no me gustan los funerales –dije mientras la advertencia de Sopcoate seguía repitiéndose en mis oídos.

CAPÍTULO 23

LOS WEDJADEEN

La única buena noticia tras mi encontronazo con Sopcoate fue que mis padres decidieron que no me encontraba bien. Con ello tuvimos la excusa perfecta para evitar ir al almuerzo en la casa de la abuela. Defendí la moción a ultranza, apoyando la cabeza en la almohadilla del taxi y poniendo la cara de pena más triste del mundo.

No fue complicado. Todavía tenía los nervios a flor de piel. Cuando me miré las manos, me di cuenta de que estaban temblando levemente. Las junté y crucé los brazos sobre mi regazo.

–¿Seguro que no tienes fiebre? –preguntó mamá, que me volvió a poner la mano en la frente–. Sigues estando algo acalorada.

–Creo que me ha sobrecogido el funeral. Eso es todo.

Henry no dejaba de mirarme con unos ojos preocupados abiertos de par en par. Intenté infundirle confianza con una sonrisa, pero me temo que titubeé un poco. Cerré los ojos y traté de calmar los nervios.

−Que una niña que pasa tanto tiempo como tú en un museo lleno de cosas muertas se altere en un funeral es uno de los misterios de la vida que jamás comprenderé −anotó mi padre, que se asomó al techo del carruaje para indicarle al conductor que emprendiera la marcha.

Abrí un ojo y lo miré.

−Aunque te estoy agradecido.

Me guiñó un ojo. Cerré el mío rápidamente. ¿Significaba eso que pensaba que estaba fingiendo? Era el colmo. Para una vez que no estaba fingiendo en absoluto, mi padre pensaba que sí. A veces me preocupaba que mi padre fuera más consciente de lo que pasaba de lo que admitía. Era una idea perturbadora.

−Por mi parte, me alegro de volver al museo −confesó papá.

Era evidente que no le gustaban los funerales mucho más que a mí. Aunque probablemente por razones diferentes.

−Supongo que podríamos llevar a Theo a casa −dijo mi madre de mala gana.

Me giré para mirarla.

−Me encuentro algo mejor ahora que nos hemos alejado de la iglesia y de todo el incienso. Me conformo con echarme un ratito en el salón si papá y tú queréis volver al trabajo.

Mi madre me dedicó una sonrisa radiante.

−Qué comprensiva eres, cariño. Gracias.

Henry dejó caer la cabeza contra el asiento con resignación. Una vez resuelto, papá le indicó la nueva dirección al conductor y nos dirigimos al museo.

Cuando llegamos, los conservadores parecían algo sorprendidos de vernos allí tan pronto. Stilton se sobresaltó tanto que se chocó contra una hilera de *shabtis* que acababa de poner en pie y las hizo tambalearse hasta que todas cayeron al suelo.

—¡Ten cuidado, idiota! —le reprendió Weems, que compuso una sonrisa y vino a saludarnos.

Mamá empezó a quitarse los guantes dedo a dedo. Cuando Weems estuvo lo suficientemente cerca, declaró:

—Creo que no es necesario faltar a nuestros empleados, ¿no le parece, señor Weems? Los insultos son propios de los matones que no disponen de otras habilidades para motivar a sus trabajadores. Pero ese no es su caso, ¿verdad? —Alzó la vista de forma brusca y lo miró fijamente a los ojos—. No me gustaría pensar que cometimos un error con usted.

El vestíbulo se sumió en un silencio sepulcral mientras observábamos cómo enrojecía la cara de Weems. Casi todos parecíamos a punto de echarnos a gritar de la alegría. Finalmente, mi padre se aclaró la garganta.

—Creo que las armas del taller están listas para meterlas en cajas y traerlas aquí abajo. Encárguese de eso, Weems. Fagenbush, la colección de escarabajos también está lista para cambiarla de sitio.

Weems parpadeó rápidamente, con la nuez subiendo y bajando de la angustia.

—Sí, señor —dijo con los labios fruncidos.

Se volvió y salió del vestíbulo con paso furioso. Fagenbush le siguió. Mi madre sonrió a los demás.

—Ya empieza a parecer una exposición —dijo, y se fue a buscar su ropa de trabajo.

Por supuesto, lo cierto era que, a pesar de lo que le había dicho a mis padres, no tenía intención alguna de acostarme. Tenía demasiadas cosas que atender. En primer lugar, ¿cómo se había enterado Sopcoate de la existencia de la Tablilla Esmeralda?

Únicamente lo sabían unos cuantos: Stilton, Wigmere, Fagenbush, Will, Henry y Awi Bubu. Estaba segura de que Will, Henry y Wigmere no se lo habían contado. Ni Fagenbush, si el criterio de Wigmere era el correcto. Y, aunque no me costaba imaginarme a Stilton haciéndole saber a Trawley de la existencia de la tablilla, no creía que quisiera que cayera en las manos del Caos. Igual que Trawley. Si Stilton se lo había contado, querría tenerla en sus manos, no dársela al Caos.

Solo me quedaba Awi Bubu.

¿Pertenecería a las Serpientes del Caos? Eso explicaría muchas cosas: lo que sabía sobre el báculo de Osiris y el Corazón de Egipto, sus poderes extraordinarios. Y tenía sentido que el Caos reclutara a gente que había trabajado en el Servicio de Antigüedades de Egipto.

También cuadraba con la afirmación de Awi Bubu de que era un exiliado de su propio país.

Pero si era una Serpiente del Caos, ¿por qué no se había llevado la tablilla la otra noche? Había tenido la oportunidad al alcance de la mano. Y nunca me había amenazado, lo cual era algo que las Serpientes hacían muy a menudo.

No obstante, si no era una Serpiente del Caos, estaba claro que tampoco me había contado todo lo que sabía sobre la Tablilla Esmeralda. Si el Caos la quería, debía de ser un objeto muy poderoso, seguramente destructivo. Ese egipcio y yo teníamos que charlar. Quería saber la verdad sobre la maldita tablilla. Ya.

El siguiente paso sería dar con Wigmere y contarle todo lo que sabía. Estaba tan desesperada por saber su opinión que, durante un instante, consideré contárselo a Fagenbush para que me consiguiera la ayuda de Wigmere. Sin embargo, si la filtración de la tablilla no había sido a causa de Awi Bubu o Stilton, entonces Fagenbush era el siguiente en la lista de sospechosos. Tal vez trabajara para las Serpientes del Caos, pero se le había asignado infiltrarse en la Venerable Hermandad de los Guardianes para estar al tanto de sus movimientos. Si ese era el caso, no quería mostrarle mis cartas. O darle más información de la que fuera estrictamente necesaria.

Eso significaba que tenía que quitármelo de encima para salir y entrar a mi antojo sin arriesgarme a que me siguiera. ¿Qué distracción podía crear para la próxima media hora? Mi padre le había pedido a Fagenbush que montara esta tarde la colección de escarabajos. Escarabajos... ¡Ah!

Corrí a la exposición egipcia. Allí había un escarabajo que había desafiado todos mis intentos de levantar la maldición que lo infectaba. Afortunadamente, no se trataba de una maldición grave, pero era muy desagradable.

Me alegré de seguir llevando los horribles guantes del funeral cuando saqué el escarabajo de lapislázuli de su funda y me lo escondí en el bolsillo. Ahora solo tenía que colar el escarabajo maldito entre los demás sin que Fagenbush se diera cuenta. Una maniobra arriesgada, teniendo en cuenta que vigilaba todos y cada uno de mis movimientos.

Me dirigí al vestíbulo y esperé a que se me presentara la oportunidad.

Poco tiempo después, cuando volvió cargando con una caja, aproveché el momento. Me despegué de la pared, eché una mirada rebosante de culpabilidad por encima del hombro y corrí por el pasillo este hasta desaparecer de la vista.

–Vaya por Dios. –Su voz resonó por todo el pasillo hasta donde yo esperaba–. Se me ha olvidado el tablón expositor –le dijo a Stilton–. Ahora vuelvo.

Evidentemente, no subió al piso de arriba, sino que empezó a seguirme. Me volví y seguí caminando por el pasillo. Luego rodeé la zona de descarga y salí por el pasillo oeste, con lo que volví de nuevo al vestíbulo antes de que me alcanzara.

Cuando entré allí, Stilton dio un respingo y dejó caer el *shabti* que tenía en la mano, lo que provocó que el resto volvieran a caer.

—Lo siento —me disculpé mientras me acercaba a la caja de los escarabajos.

Stilton suspiró.

—No es culpa suya, señorita Theo.

Como quien no quiere la cosa, coloqué el escarabajo maldito sobre los demás que mi madre había encontrado en la tumba de Tutmosis III. A continuación, me incliné sobre la caja y hurgué en su interior como si estuviera buscando algo. Cuando Fagenbush apareció en el corredor, alcé la vista y me alejé rápidamente.

—¿Qué estaba haciendo? —le ladró a Stilton.

—¿Quién? ¿Theodosia?

—¿Quién más has visto por aquí? Sí, Theodosia.

—N... no lo sé. Estaba mirando los escarabajos. ¿Has encontrado el tablón expositor?

Fagenbush ignoró la pregunta de Stilton, se acercó a zancadas a la caja y empezó a rebuscar entre los escarabajos. Esperé pacientemente en el pasillo hasta que oí a Stilton decir:

—Por el amor de Dios, ¿qué es esa peste?

Eso indicaba que Fagenbush había tocado el escarabajo maldito. Por supuesto, yo sabía qué era ese olor: estiércol. Estiércol de buey, para ser más exactos. Los escarabajos solían ser estatuillas de piedra de escarabajos buey, considerados sagrados por los egipcios. Este escarabajo en concreto tenía una maldición que provocaba un olor a estiércol de buey durante varios días. Cuando escuché que Sweeny intervenía con un: «Aquí huele a granja», supe que el escarabajo había cumplido su función. Aproveché la consiguiente confusión para escaquearme sin ser vista.

Si tenía suerte, Fagenbush estaría distraído con ese desastre durante un buen rato. Si no, al menos podría olerlo a distancia.

Estaba a medio camino de la calle Oxford cuando escuché que alguien me llamaba.

—¡Espere, señorita!

Me volví y encontré a Will Dedoslargos corriendo tras de mí y me sorprendí de lo mucho que me alegraba de verlo.

—¿Qué estás haciendo aquí?

—Intentar seguirla, señorita —dijo cuando por fin me alcanzó.

—¿Ha pasado algo?

—No. Solo quería que empezáramos las clases lo antes posible. Supuse que seguirla sería un buen comienzo.

Detestaba decepcionarlo, pero es que no tenía tiempo... Un momento. Quizá sí. Tal vez podía acompañarme a confrontar a Awi Bubu, como refuerzo. Si la cosa se ponía fea, podría ir en busca de ayuda. Además, me daría tiempo a ponerlo al día por el camino.

—Excelente. Empecemos, ¿te parece?

La cuestión era que, si iba a tomarme en serio el deseo de Will de convertirse en Venerable Guardián, tenía que mantenerlo informado de todo, y eso implicaba todos los problemas mágicos y toda la actividad de las Serpientes del Caos. Si quería tener una educación completa, tenía que saber todo lo que sucedía. Eso sin mencionar que era una audiencia magnífica, que jaleaba y exclamaba cuando tocaba. Con eso en mente, le conté todo lo sucedido por la mañana y, cuando llegamos al teatro Alcázar, estaba al tanto.

–Sabía que esto iba a ser mejor que los colegios de postín –dijo con los ojos abiertos como platos–. ¿Quiere que entre con usted?

–No, creo que es mejor que esperes aquí fuera. Si no he salido dentro de media hora, pide ayuda.

Se entristeció un poco.

–Jo, señorita, correr en busca de ayuda no es muy divertido.

–Lo sé. Pero, si Awi Bubu pertenece de verdad al Caos, necesitarás ayuda, créeme.

Will accedió de mala gana y yo, sintiéndome mucho más segura de que alguien me cubriera las espaldas, entré a buscar al mago.

Afortunadamente, Will me había explicado cómo llegar a la puerta de atrás por la que se colaban él y sus hermanos sin pagar entrada, por lo que no tuve que inventarme ninguna explicación de última hora para entrar en el teatro.

Una vez estuve entre bambalinas, no tardé en encontrar el camerino de Awi Bubu. Por el camino, mi furia se había reducido a un leve burbujeo, pero, aun así, llamé con fuerza a la puerta. La habría abierto de par en par si no me hubiera dado miedo que se estuviese cambiando de verdad.

La puerta se abrió y tuve que alzar la vista hacia la cara ancha y morena del ayudante de Awi Bubu.

–¿Quién es, Kimosiri? –preguntó Awi Bubu.

–Soy yo –respondí.

Kimosiri emitió un gruñido y se hizo a un lado para dejarme pasar. En el interior del camerino, Awi Bubu se encontraba sentado a una mesita con un mapa del firmamento extendido. Reconocí algunas de las constelaciones, pero en los márgenes se acumulaban líneas, números y otras anotaciones.

Una extraña sonrisa adornó los labios de Awi Bubu.

–Ah, señorita. Justo estaba pensando en usted. –Bajó la vista a su mapa–. ¿Por casualidad sabe dónde nació?

Esa pregunta tan insólita me tiró por la borda la diatriba que pensaba soltarle.

–¿Cómo dice?

–Le pregunto si conoce el lugar y la hora de su nacimiento.

–Nací el veintiocho de noviembre en nuestra casa de la calle de Queen Anne. Aunque no es de su incumbencia.

–Sí que lo es. Porque la señorita se equivoca. No nació en su casa de Queen Anne. Creo que ni siquiera nació en Gran Bretaña.

–¿Qué está diciendo?

–Fui al registro a mirar la fecha y la hora de su nacimiento para consultar su carta astrológica...

–¿Que ha hecho qué? ¿Sin mi permiso?

Awi Bubu se limitó a encogerse de hombros.

–No lo necesité. No obstante, figúrese mi sorpresa cuando descubrí que no había ninguna Theodosia Throckmorton nacida en terreno británico.

Sentí como si me hubiera pegado un puñetazo en el estómago.

–¿A... a qué se refiere?

–Me refiero a que no sé dónde nació, pero no fue en este país.

–¡C... claro que sí! ¡Es usted un estúpido! Lo más probable es que la gente del registro no quisiera darle esa información.

Impávido, Awi Bubu volvió a encogerse de hombros.

–O tal vez la señorita no conoce las circunstancias exactas de su nacimiento. ¿Ha hablado del tema con sus padres?

–¡Basta! –exclamé–. No he venido por eso.

No estaba dispuesta a malgastar más tiempo en este sinsentido absurdo, así que recordé la razón por la que estaba allí.

–¿Trabaja usted para las Serpientes del Caos? –le espeté con toda sinceridad.

Awi Bubu se volvió hacia su ayudante.

–Déjanos, Kimosiri.

El gigantón silencioso asintió y salió cerrando la puerta a su paso. Cuando estuvimos a solas, Awi Bubu se reclinó en su silla y se cruzó de brazos.

–No, señorita, no trabajo para ninguna manifestación del caos, sean serpientes o de cualquier otro tipo.

–¿Le ha contado a alguien lo de la Tablilla Esmeralda?

–Claro que no.

Por la mirada de sorpresa que me dedicó, tuve que admitir que parecía que estaba diciendo la verdad. Eso implicaba que la filtración se había producido por otra vía. Aun así, todavía me debía un montón de información sobre la tablilla.

–Muy bien. Entonces, cuénteme lo que sabe de la Tablilla Esmeralda. Esta vez, la verdad. –Me crucé de brazos y me quedé mirándolo–. ¿Qué hace la tablilla?

–Creí que lo había entendido. El valor de la tablilla reside en la información que contiene, no en un poder innato que posea.

–Mentira. Las Serp... Unos hombres muy malos andan buscándola y no lo harían si no tuviera algún poder de destrucción descomunal.

Awi Bubu se quedó totalmente quieto.

–¿Quiénes son esos hombres? –preguntó.

–¿Por qué debería contárselo si no es capaz de decirme la verdad?

–Porque tal vez pueda ayudarla.

–¡Ayudarme! ¡Ja! La única forma que tiene de ayudarme es siendo sincero.

Su mirada se endureció y sentí que su voluntad empujaba a la mía, obligándome a responder.

–¡Deje de hacer eso! –grité.

La sensación desapareció. Awi Bubu apartó la mirada y empezó a enrollar el mapa que tenía delante.

–Muy bien. Ya se lo he dicho: la Tablilla Esmeralda tiene muy poco poder por sí sola. Su verdadero valor es que es un mapa, una serie de direcciones que llevan a un escondite que alberga tesoros egipcios de un valor incalculable. Unos objetos que pocos se atreven a imaginar.

–¿Qué tipo de objetos? –pregunté, pero tuve un presentimiento de que sabía lo que iba a responder.

–Objetos que han sido forjados por los mismísimos dioses y diosas de Egipto. Objetos que aún contienen el poder de esos dioses, un poder destructivo que ningún hombre debe poseer: el poder de la vida sobre la muerte –explicó.

De repente, sentí que me fallaban las rodillas, así que retrocedí hasta la única silla que había contra la pared y me senté.

–¿Cuántos objetos hechos por los dioses hay allí? –pregunté.

–No lo sabemos. Algunos se han perdido a lo largo de los siglos, pero hay muchos que todavía existen.

–Reginald Mayhew –murmuré al acordarme del agente británico encubierto que Wigmere había mencionado unas semanas antes.

Awi dio un respingo hacia delante, como si quisiera zarandearme.

–¿Qué sabe de Mayhew?

Sorprendida, recogí cable.

–¿Qué sabe usted de Mayhew?

–Sé que afirma poseer ciertas cosas que no son suyas y que no tiene derecho a tocar.

–Yo he escuchado que se las dio un francés –añadí sin pensar.

Entonces, até cabos.

Thelonius Munk había mencionado que habían encontrado a un francés vagando por el desierto balbuciendo algo sobre los wedjadeen. Y, cuando estuvimos investigando el báculo, Wigmere había hablado de un grupito de hombres abnegados que habían sacado ciertos objetos de la Biblioteca de Alejandría. ¿Sería posible? Le dediqué una mirada seria a Awi Bubu.

–¿Es usted uno de los wedjadeen?

Antes de que terminara de pronunciar la palabra, Awi Bubu cruzó la estancia, me puso una mano sobre la boca y me indicó con un gesto que me callara, como si pudiera borrar la palabra del aire. El sonido de unos pasos apresurados resonó por el pasillo exterior y Kimosiri irrumpió en el cuarto jadeando con dificultad y realmente asustado.

CAPÍTULO 24

LA VENGANZA DE BOYTHORPE

Awi Bubu puso su rostro marchito tan cerca del mío que nuestras narices estuvieron a punto de tocarse. Pude ver las gotitas de sudor que se le acumulaban en el labio superior.

–Nunca jamás vuelva a pronunciar esa palabra. ¿Me ha entendido?

Anonadada, parpadeé rápidamente y dije por detrás de sus dedos:

–Sí –me salió como una especie de graznido.

–Entra de una vez y cierra la puerta –le ordenó Awi Bubu a Kimosiri, y se alejó de mí–. ¿Alguna vez se ha preguntado por qué mi leal ayudante no habla, señorita?

Antes de que tuviera la oportunidad de admitir que la cuestión sí que se me había pasado por la cabeza, Awi Bubu continuó:

–Porque pronunció esa palabra una vez. Y le cortaron la lengua.

Kimosiri abrió la boca y me la mostró. Reprimí un grito y me quedé mirando esa cavidad sin lengua.

–Debe irse –dijo Awi Bubu empujándome hacia la puerta–.

Vendrán a por usted enseguida.

–¿A por mí?

–A por la persona que se ha atrevido a pronunciar esa palabra. Aún no puedo mantenerla a salvo, así que debe irse.

–¿Pero de quién está hablando? –pregunté sumida en la confusión y cada vez más alarmada.

–¡Rápido! No hay tiempo. Le explicaré el resto mañana, cuando vaya a ver a su madre. Kimosiri, acompáñala hasta que llegue al museo y luego vuelve de inmediato.

El gigantón titubeó.

–Yo estaré bien –le aseguró Awi Bubu–. Puedo dar las explicaciones pertinentes a los otros si es que se presentan. Además, no me harán daño. O eso quiero pensar.

Antes de que tuviera tiempo de hacer más preguntas, Kimosiri me sacó del camerino de Awi Bubu, me acompañó por el pasillo y salimos por la puerta de atrás. Le pilló algo desprevenido encontrarse a Will esperándome.

–¡Señorita! –Los ojos de Will se iluminaron al verme, pero frunció el ceño en cuanto vio que Kimosiri me pisaba los talones–. ¿Va todo bien?

–Sí, no pasa nada –le aseguré. Me volví hacia la mole que era el ayudante de Awi Bubu–. Como ves, ya tengo un escolta. Puedes volver con Awi Bubu.

No se movió ni un ápice; simplemente se quedó allí plantado, mirándome con suspicacia.

–Vuelve. Con. Tu. Amo –entoné en un intento de practicar el hipnotismo de Awi Bubu.

El tosco gigantón se limitó a levantar una ceja burlona. ¡Porras! Eso significaba que se requería algo más que la entonación vocal. Probé con una táctica distinta.

–De verdad –repetí–, Will puede llevarme a casa sana y salva. Si vienen los demás, será mejor que estés aquí con tu amo.

Kimosiri movió los pies con intranquilidad y miró el teatro por encima del hombro.

–Venga –le alenté–. Ya sabes dónde está tu obligación primordial. Vete.

Algo que se asemejaba mucho al alivio recorrió el rostro del ayudante. Juntó las manos delante del cuerpo, nos dedicó una corta reverencia y se metió en el teatro.

En cuanto estuvimos solos en la acera, Will se giró hacia mí.

–¿Adónde vamos ahora, señorita?

–A Somerset House –respondí–. Ya no me cabe ninguna duda. Debo ir a ver a Wigmere.

Las cejas de Will desaparecieron en su cuero cabelludo.

–¿A Somerset House? ¿Está segura? Porque no creo que sea el mejor sitio para que vaya yo, no sé si me entiende.

Lo miré de reojo de forma distraída.

–Tienes razón. Tal vez sea mejor que esperes fuera, lejos del alcance de las ventanas.

Los hombros de Will se relajaron del alivio.

Caminamos en silencio hasta Somerset House. ¡Wigmere tenía que enterarse de muchas cosas! Debía advertirle de que el Caos estaba detrás de la tablilla y también esta nueva información que me había contado Awi Bubu: que esta era en realidad un mapa que llevaba hasta un alijo de objetos de una fuerza destructiva inconcebible. En fin, ¿no era eso lo que solía vigilar la Hermandad?

Sin mencionar que la Hermandad querría tener datos sobre algo llamado los wedjadeen, fueran lo que fueran.

Cuando llegamos a Somerset House, Will se quedó en una de las fachadas laterales del edificio y yo crucé sola el enorme patio desierto. El portero me saludó al entrar y empecé a subir las escaleras. Intenté ordenar mis pensamientos para no irrumpir en el despacho de Wigmere con una historia descabellada e histérica. Me pareció esencial comportarme lo mejor posible ante él en esos momentos.

Me detuve en el descansillo del tercer piso. Había confiado en que podría evitar a Boythorpe; simplemente, esta vez no tenía la paciencia necesaria para pelearme con él. Me cuadré de hombros y dejé atrás su puerta a toda velocidad, rezando para que no me viera.

No tuve suerte.

Se levantó y salió del despacho en apenas dos segundos.

–¡Disculpa! –dijo en un tono engreído y cotilla–. No puedes ir por ahí.

–Ah, no pasa nada –repliqué rodeándolo–. Wigmere me está esperando.

O lo estaría si supiera la mitad de lo mucho que tenía que contarle. Boythorpe se lanzó en mi camino con los brazos abiertos para impedirme el paso.

–Estoy convencido de que no te espera. De hecho, me han dado instrucciones muy concretas respecto a ti y tus visitas.

Se me encogió el estómago.

–¿Ah, sí?

–Así es. Me han ordenado que te pida que te marches de inmediato y que informes de todo lo que tengas que decirle a Wigmere a través de Fagenbush, el contacto que se te ha asignado. No te queda otra que usar los canales apropiados.

–¿Quién ha dado esas órdenes? –pregunté. El impacto de lo

que acababa de decir me dejó devastada. ¿Ya no tenía acceso a Wigmere?

Boythorpe se enderezó con aires de importancia.

—Vienen de alguien con un cargo muy superior al tuyo. Ahora, por favor, márchate o tendré que pedir que alguien te acompañe a la salida.

¡Acompañarme a la salida! Ni que fuera un ladronzuelo o un maleante.

—No será necesario —le contesté tratando de mantener la voz calmada y optimista—. Me marcho.

A Will le molestó más el trato que me habían dispensado a mí que su propio despido.

—¿En qué está pensando ese pedante con cerebro de chorlito al cortar las comunicaciones con Wigmere? —exigió saber—. ¿Quién se cree que es? —Se quedó callado un momento—. ¡Ya sé! Entraré, los distraeré con algo y usted podrá colarse, señorita. Será como en los viejos tiempos.

Me limité a negar con la cabeza, estaba demasiado disgustada para hablar. Intenté convencerme a mí misma de que estaba molesta por tener que lidiar con todo esto sin Wigmere, pero lo cierto era que las órdenes de Boythorpe de negarme la entrada me habían dolido mucho.

El camino de vuelta al museo pareció más largo que nunca y el cielo plomizo y lleno de nubes reflejaba mi estado de ánimo a la perfección. Una vez llegamos, me di cuenta de que no tenía la energía necesaria para ponerme a investigar o levantar maldiciones, ni siquiera para estar con Henry. Tampoco tenía ninguna gana de ver a mis padres; me daba miedo soltarles alguna pregunta sobre mi nacimiento. ¿Qué me habían ocultado todos estos años?

¿Dónde había nacido si no había sido en Gran Bretaña? O peor, ¿había nacido en Gran Bretaña pero con otro nombre? ¿Sería una huérfana de la que mamá y papá se habían apiadado? ¿Y si esta no era mi verdadera familia? Eso explicaría muchas cosas: por qué la abuela me desaprobaba tanto o por qué tenía unos talentos tan insólitos que nadie más parecía poseer.

Aunque siempre había deseado obtener respuestas a esas preguntas, nunca había imaginado que serían esas.

Al percibir mis ánimos, Isis apareció junto a mis tobillos y me siguió a mi alcoba, donde se acurrucó sobre mi regazo y me hizo compañía hasta que llegó el momento de irnos a casa.

Esa noche, en la cena, descubrí que mis ojos no paraban de recaer en mi madre una y otra vez. Analizaba su rostro, tratando de discernir las similitudes entre sus rasgos y los míos. Al cabo de un rato, mi padre se exasperó y soltó:

–Por el amor de Dios, Theodosia, deja de escudriñar a tu madre como si fuera una traducción que te está dando más problemas de lo habitual.

–Lo siento, papá –farfullé, centrándome en la chuleta que tenía en el plato. Para más inri, estábamos cenando cordero, que era la comida que menos me gustaba.

–¡Alistair! –le reprendió mi madre. Luego me dijo a mí–: ¿Sucede algo, cariño? ¿Quieres que hablemos?

Una oportunidad que podía aprovechar.

—Lo cierto es que sí, mamá. ¿Podrías contarme algo sobre el día en que nací?

Se oyó un golpeteo metálico cuando a mi padre se le cayó el tenedor, mientras que mi madre profirió un grito ahogado y se le sonrojaron las mejillas. Tras un minuto de sorpresa, frunció el ceño.

—Theodosia, ese es un tema muy inapropiado para sacarlo en la mesa. Una chica de tu edad ya debería saberlo.

Se me encendió el rostro del bochorno. En realidad, no lo sabía. De hecho, mi madre jamás había montado revuelo por mantener el sentido del decoro, evitar los insultos ni ninguna cosa por el estilo. Esa era una de las razones por las que a la abuela le caía tan mal.

A pesar de la vergüenza que sentía, entendí que esa reacción tan exagerada se debía a que me estaba ocultando algo. Algo tan terrible que no se podía comentar durante la cena.

CAPÍTULO 25

UN HUMILDE NACIMIENTO

A la mañana siguiente, consideré seriamente quedarme en casa. De hecho, lo único que consiguió sacarme de la cama fue la imperiosa necesidad de encontrar otra oportunidad de hablar con mi madre sobre mi lugar de nacimiento.

Mientras me lavaba la cara, busqué el parecido de nuestros rasgos. Me habría conformado hasta con el aspecto simplón de mi padre. Pero, así como mi madre tenía una espesa cabellera de color castaño recogida elegantemente en un moño alto con ricitos sueltos, yo tenía el pelo más liso que una plancha y del color más anodino del mundo. De vez en cuando, cuando el sol brillaba con fuerza, creía ver algunos mechones resplandecientes de un rubio pajizo; pero, como el sol no solía brillar en Londres, ¿de qué me servía eso? Y no había manera de rizarlo, por mucho que usara el rizador. ¡Se me quemaba el pelo!

Los ojos tampoco se parecían en nada a los de mi madre. En vez de ser de color marrón chocolate como los suyos, los míos tenían un poco de todos los colores, que sonaba bonito, pero que, en realidad, se traducía a una especie de verde embarrado. Mi padre y Henry tenían los ojos azules, así que siempre había pensado que yo tenía una mezcla del marrón de mi madre y el azul de mi padre. Sin embargo, con la revelación de Awi Bubu aún resonando en mis oídos, me di cuenta de que podría no ser el caso.

No pillé a mi madre a solas en toda la mañana. Y cuando llegamos al museo fue todavía peor. Weems quería preguntarle algo sobre la ubicación de la estatuilla de Sekhmet; estaba claro que quería congraciarse con ella tras la reprimenda del día anterior. Mi padre también se quedó en el vestíbulo, comprobando cómo le iba a Fagenbush con el montaje del carruaje de guerra de Tutmosis III. El único que había desaparecido de la ecuación era Stilton, lo cual me vino de perlas, porque también quería pillarlo a solas. Aún le debía un agradecimiento por su ayuda el sábado por la noche y quería hacerle saber que el funeral había transcurrido sin el más mínimo incidente. Había querido decírselo el día anterior, pero me distraje tanto con la aparición inesperada y las exigencias de Sopcoate que se me olvidó.

Me abrí paso por el pasillo hasta el despacho de Stilton y me sorprendí al ver la puerta cerrada. Levanté el puño para llamar, pero me detuve al escuchar unas voces. ¿Con quién estaría hablando Stilton? Todo el mundo estaba en el vestíbulo.

–No deberías estar aquí.

No logré identificar si lo que oía en su voz era pánico o rabia.

–Llevas días ignorando las órdenes del gran maestro, desde que te perdiste la reunión del sábado por la noche.

Conocía aquella voz. Pertenecía a Basil Whiting, el segundo de a bordo de Aloysius Trawley. ¿Por qué Stilton no me había advertido de que se iba a saltar una reunión del Sol Negro? No quería despertar más ira en Trawley.

—No he ignorado a nadie —dijo Stilton—. Estamos hasta las cejas de trabajo por aquí, tratando de montar la nueva exposición. No puedo escaquearme sin levantar sospechas.

—¿Es que has olvidado tu juramento de lealtad?

—N... no. ¡Por supuesto que no!

—La lealtad hacia el gran maestro es más importante que tu trabajo —dijo Whiting.

—¿Y cómo espera que coma o tenga un techo sobre mi cabeza?

Sin duda alguna, estaba furioso.

—Esos aspectos tan mundanos no son de su incumbencia —replicó Whiting.

Stilton hizo amago de responder, pero el segundo de Trawley le interrumpió.

—Se acabaron las excusas. El gran maestro dice que tienes que elegir.

—¿Elegir?

—Sí, escoger a quién prefieres servir: a él o a la niña. Y asegúrate de elegir correctamente o la prueba de Neftis te parecerá un paseo por el parque en comparación. El maestro dice que esta es tu última advertencia.

Con esa banderilla, me di cuenta de que la conversación había acabado. El suelo crujió cuando Whiting se acercó a la puerta. Rápidamente, me pegué a la pared y me escondí detrás de un traje de armadura.

Whiting salió del despacho de Stilton, comprobó que no hubiera nadie en el pasillo y corrió en dirección a la puerta trasera.

¡Qué suceso más perturbador! Evidentemente, cualquier intento de cooperación se había ido al traste y ahora solo nos quedaba la guerra abierta. La única pregunta era: ¿a quién elegiría Stilton?

Mi corazón aún latía con fuerza cuando salí de detrás de la armadura. Tenía que hablar con Stilton y...

—¡Aquí estás!

Me di la vuelta como un látigo y me encontré a Fagenbush fulminándome con la mirada.

—Ven a mi despacho —me ordenó.

Miré a mi alrededor para asegurarme de que nadie nos veía y, luego, lo seguí de mala gana. Nunca me había invitado a entrar en su despacho y tampoco me interesaba demasiado. Me sorprendió que estuviera mucho más limpio que el de papá o el de Stilton; sin embargo, sentí que estaba en territorio enemigo. Me quedé quieta y esperé.

Cuando cerró la puerta, el hedor a estiércol de buey se volvió apabullante.

—¿Cómo lo quito? —me gruñó.

—Pruebe a limpiar las botas en el césped...

—No finjas que no ha sido cosa tuya.

—No tengo ni idea de qué me está hablando.

Fagenbush apretó los dientes y cerró las manos, pero cambió de tema.

—Ayer fuiste a ver a Wigmere.

Como no era una pregunta, no me molesté en responder.

Dio un paso hacia mí y me aguanté las ganas de taparme la nariz. ¿Quién habría dicho que echaría de menos el olor a col hervida y cebollas en vinagre?

−¿Qué mensaje tenías para Wigmere? Ha pedido que me lo digas a mí.

Me obligué a girar el rostro y respondí como quien no quiere la cosa:

−Solo quería hacerle una visita social. Para ver si tenía pensado ir a la inauguración de la exposición. Eso es todo.

−¡Mentirosa! −me espetó Fagenbush−. Estás poniendo en peligro mi carrera con esa tozudez.

Me encaré con él.

−¡Mi tozudez! ¿Mi tozudez? ¿Acaso me ha demostrado una pizca de confianza, de amabilidad o de cualquier cosa que me asegure que confiar en usted no sería un terrible error?

Incluso mientras le echaba la bronca, mi mente iba acelerada como el motor de un coche. ¿Quién le había dicho que había ido a Somerset House? ¿Boythorpe? ¿O el propio Wigmere?

Fagenbush se acercó un poco más, empujándome contra la pared.

−¿Y dónde te metiste ayer por la tarde? Desapareciste mucho más tiempo del que se tarda en hacer una visita a Somerset House. ¿Con quién más estás trabajando? Me pregunto qué pensaría Wigmere si se enterara.

Aquello fue la gota que colmó el vaso. Estaba harta de que me observaran como si fuera un espécimen en un tarro. Estaba harta de todos esos malditos adultos que se pensaban que solo estaba jugando. Levanté un dedo, lo dirigí al pecho de Fagenbush y avancé un paso, obligándolo a retroceder ligeramente.

−¿Quiere saber lo que sucedió ayer? Vale, se lo diré. El almirante Sopcoate. −Fagenbush abrió mucho los ojos−. Sí, el almirante Sopcoate. Apareció en la misa del entierro, ¿qué le parece? Por si fuera poco, exigió que le entregara el objeto que todo el mundo asegura que no es más que una chorrada absurda de los ocultistas. –Presioné con el dedo y se lo clavé con fuerza en el pecho–. Puede llevarle esa información a Wigmere, a ver qué dice al respecto.

Entonces, mientras Fagenbush seguía farfullando, salí a zancadas de su despacho y me encaminé al taller del piso de arriba. Ahora que había acumulado una buena cantidad de arrojo, parecía un buen momento para pillar a mi madre a solas y preguntarle dónde había nacido. Hasta que no lo hiciera, no podría concentrarme en nada más.

La encontré sola en el taller, encorvada sobre las estelas de la excavación.

La pregunta que me moría por preguntarle se disolvió en mi garganta. Miré de reojo la estela, que estaba en la mesa que tenía delante.

–¿Algo interesante?

–Ah, sí, mucho.

Esperé un momento más, haciendo acopio de valentía, hasta que mi madre dijo:

–¿Necesitas algo, cariño?

Lo intenté de nuevo:

–Mamá –empecé a decir.

La boca se me estaba secando. La pregunta que estaba a punto de hacer me daba pavor. O tal vez lo que me perturbaba era la posible respuesta. Me aclaré la garganta y traté de suavizar el tono, como si fuera una simple conversación casual y no dependiera de ella toda mi identidad.

–¿Nací en casa, como Henry, o en un hospital?

El cuerpo de mi madre se quedó totalmente petrificado durante un segundo y mis entrañas se convirtieron en gelatina. Era evidente que no le gustaba la pregunta.

–¿Por qué lo preguntas, cariño?

Eso no se podía considerar una respuesta. De hecho, lo contemplé como una táctica evasiva básica, ya que yo misma la usaba a menudo. Cada vez me sentía más intranquila.

–Por nada, en realidad; simple curiosidad.

–¿Te acuerdas de cuando nació Henry? –dijo mi madre con entusiasmo–. ¿Lo raro que era? Parecía un gnomito arrugado. Y el viejo doctor Topham también estaba.

–Sí, mamá; pero yo quiero hablar de cuando nací yo.

Mi voz salió con más gravedad de la que pretendía. Mi madre me miró impasible y yo me perdí en sus ojos marrón oscuro, unos ojos que no se parecían en nada a los míos. Me invadió una fría sensación de pavor. ¿Por qué no me respondía a la pregunta?

–Está bien –soltó una risilla nerviosa–. En realidad, es una historia inusual. No naciste en casa ni en un hospital. Naciste en Egipto.

No sé qué me esperaba, pero no era esa respuesta.

–¿Egipto? –repetí como una boba.

Mi madre volvió a reírse con nerviosismo y las mejillas se le encendieron en un tono rosado.

–Sí, me temo que sí. Tu padre y yo estábamos trabajando en la excavación de un templo cuando me di cuenta de que estaba embarazada. Además, la temporada de lluvias empezó pronto ese año y hubo grandes inundaciones, por lo que era imposible viajar. Cuando acabaron las lluvias, era demasiado tarde para emprender el viaje en mi estado, así que me quedé y seguí trabajando.

En Egipto. Nací en Egipto. Antes de que pudiera asimilar ese dato, continuó.

—Como digo, decidí seguir trabajando. Me sentía perfectamente, fuerte y sana, y no vi motivos para encerrarme en la habitación del hotel. Me habría vuelto loca. No obstante, como la niña ansiosa que eres, llegaste con tres semanas de antelación y nos pillaste a todos desprevenidos —se aclaró la garganta—. Naciste en el templo en el que estaba trabajando en ese momento.

¡Un templo!

—¿Qué templo era? —pregunté casi temiendo la respuesta.

—Era un templo en honor de Isis.

Al menos no era un templo dedicado a Seth.

—¿Por qué no me lo habías contado antes?

Quería saber la razón. ¿Se avergonzaba de ello?

—Es que se armó un poco de revuelo con el tema. Fui la primera arqueóloga que dio a luz en una excavación —contó en un tono más seco que el polvo del Sáhara—. Eso sin mencionar que era del todo indecoroso. De hecho, tu abuela todavía no me ha perdonado. Es una cosa muy vulgar, ¿entiendes? ¡Tener un hijo en un país extranjero y en terreno pagano!

—¿Por eso le caigo tan mal?

—Ay, Theo, cariño, no es que le caigas mal, sino que se preocupa por ti. Está convencida de que al haber nacido y haber pasado tus primeros meses de vida en un país extranjero has perdido la oportunidad de convertirte en una señorita británica decente. Es una memez, pero así es tu abuela. Sin embargo, a tu padre le fascinó la situación. Decía que eras su objeto más preciado.

—¿De verdad?

Sus palabras me dejaron atónita. ¿Era el objeto más preciado de mi padre? ¿Cómo era posible? Me empezaron a picar y arder los ojos.

No obstante, antes de que pudiera avergonzarme con toda una demostración de lagrimones, oímos un grito que provenía de la planta de abajo: «¡Fuego!».

CAPÍTULO 26

UNA TREGUA MOMENTÁNEA

Mamá y yo salimos corriendo. Cuando llegamos al vestíbulo, nos encontramos a papá ondeando su chaqueta para apagar las llamas de una estatuilla que estaba ardiendo. Por debajo del olor a humo, cenizas y estiércol, noté el hedor a huevos podridos propio del azufre. No auguraba nada bueno.

–¿Qué ha pasado? –preguntó mamá adelantándose.

Una vez que el fuego estuvo extinguido, mi padre se colgó el chaqué en el antebrazo y se pasó una mano por el pelo.

–No estoy seguro. Esa maldita cosa se ha prendido de repente. ¿Weems? –Se giró hacia el primer ayudante de conservador–. ¿Qué ha hecho?

–N... nada, señor.

Weems se revolvió incómodo.

–Pues no creo que haya sido una combustión espontánea –afirmó mi padre.

–M... me temo que ha sido así –continuó el pobre Weems–. No hay otra explicación.

—Cuéntenos exactamente qué estaba haciendo antes de que estallara en llamas —pidió mi madre.

Weems se frotó la cara con las manos, como si tratara de olvidar el recuerdo.

—Yo solo estaba desenvolviendo la estatuilla del rollo de fieltro...

—¿Dónde está el fieltro? —preguntó mi padre.

Weems señaló la tela de color verde oscuro, que se había caído al suelo. Mi padre se agachó, la recogió, la acarició con los dedos y la olisqueó.

—Continúa.

—... para ponerla en el pedestal de exhibición.

—¿Cómo exactamente? —inquirió mi padre.

—Así.

Weems le arrebató la estatuilla a mi padre y la colocó con cuidado en el pedestal. Unas diminutas motas de polvo y cenizas se arremolinaron bajo los rayos resplandecientes del sol de la mañana, que iluminaron con fuerza la estatuilla de basalto negro. Entonces se oyó un leve swoosh, un chasquido, y la estatuilla volvió a prenderse en llamas.

Mi padre soltó un grito de sorpresa, levantó la chaqueta y empezó a atizar las llamas de nuevo.

—¡Deje de hacer eso! —gritó.

El pobre Weems parecía mareado de la perplejidad del asunto. Era evidente que no tenía ni idea de cómo estaba haciendo que la estatuilla se incendiara.

Sin embargo, yo sí lo sabía. Por mucho que detestara a Weems, sabía que no tenía nada que ver con él. Claramente, la estatuilla de Sekhmet estaba maldita.

En realidad, era una maldición muy ingeniosa, y solo la había visto un puñado de veces. Los magos de la antigüedad maldecían los objetos fúnebres para que, cuando les diera el sol, estallaran en llamas. De esa forma, esperaban desalentar a los profanadores de tumbas de saquear las tumbas de los faraones.

Cuando apagó la última de las llamas, mi padre parecía demacrado.

−Tal vez sea el soporte −dijo, inclinándose para verlo mejor.

Pero estaba claro que no lo era. Vi que Clive Fagenbush observaba a Weems con un brillo cómplice en los ojos; nuestras miradas se cruzaron e intercambiamos un gesto de entendimiento. Fagenbush también sabía qué había causado el incendio, y no era el soporte.

−Dámela, papá −dije, dando un paso al mismo tiempo que Fagenbush−. Deja que la lleve arriba, al taller.

Fagenbush me fulminó con la mirada, furioso por haberme ofrecido antes que él.

−Ah, gracias, Theodosia. Creo que será lo mejor. −Se volvió hacia Weems−. Y usted, creo que será conveniente que se ponga con la lista de invitados de la fiesta del viernes. No quiero arriesgarme a que incinere otra cosa.

−De acuerdo, señor −accedió Weems, que intentó sonar como si no se sintiera totalmente abrumado por la situación.

Acepté la estatua que me dio mi padre, con cuidado de tocar solo la parte superior de la cabeza y los pies. Sekhmet era la diosa con cabeza de leona que representaba el poder destructivo del sol, y tanto ella como sus sacerdotisas eran ligeramente vengativas. Solían cubrir las estatuas como esta con venenos varios para que, en caso de librarte de las llamas, te atacara el veneno. Con suerte, algunas cenizas se habrían adherido a la superficie y actuarían como una capa protectora, lo que me permitiría leer los jeroglíficos malditos que habían usado. Me sorprendí de lo fría que estaba al tacto, pero eso solo me confirmó que todo este asunto era culpa de la magia y no del principio de la combustión.

Cuando llegué al taller, acerqué la estatuilla de Sekhmet a la ventana, con cuidado de no dejar que ni el más mínimo rayo de sol la tocase. Desgraciadamente, ni siquiera con una fina capa de ceniza sobre la estatua distinguí los jeroglíficos que habían causado la maldición; y, hasta que no los conociera, no podría eliminarla.

Con cautela, moví la estatuilla hacia los tenues rayos que entraban por el grueso cristal de la ventana. Sujeté a Sekhmet de forma que no le diera el sol directamente, sino que los rayos se limitaran a acariciar las motas de polvo que danzaban bajo la luz.

Funcionó. La estatuilla no se incendió, pero empezó a calentarse y, conforme lo hacía, se hicieron visibles los jeroglíficos poco marcados. Como no estaba en contacto directo con el sol, los jeroglíficos inscritos en la estatuilla no se movieron ni revolotearon, sino que más bien vibraron, por lo que, a pesar de estar poco marcados, se quedaron quietos y fue más fácil leerlos.

Me di prisa y, antes de que la estatuilla volviera a prenderse, eché un vistazo a los símbolos. Destrucción. Caos. El poder del sol. Vengadora de las injusticias. Nuestra señora de la muerte. ¡Por favor! ¡Habíamos tenido suerte de que la estatuilla solo se hubiera incendiado!

Por lo que entendí del hechizo de la inscripción, la maldición de la estatuilla invocaba los fuegos del desierto sobre cualquiera que la sacara de la oscuridad del templo de Tutmosis III y la expusiera a la luz.

Una vez que hube leído claramente todos los jeroglíficos, llevé la estatua a la mesa de trabajo con cuidado de que no se rozara con nada. La maldición confirmaba lo que pensaba: se había creado para que los saqueadores no la robaran. Sin embargo, con ello presuponían que todos los ladrones de tumbas podían leer los jeroglíficos, lo cual no era cierto en absoluto.

Un momento. Miré la superficie de la estatua, los símbolos empezaban a desvanecerse. ¡Porras! La tomé de nuevo y me acerqué a la ventana, prestando especial atención a uno de los jeroglíficos en concreto.

A mi espalda, se abrió la puerta del taller.

–Llegas en el momento oportuno –dije–. Necesito tu opinión.

Y me di la vuelta. Pero no era mi padre, como esperaba, sino Fagenbush. Tenía una mirada de lo más extraña, como si su desdén habitual se hubiera teñido de un atisbo de esperanza.

–¿Necesitas mi opinión? –repitió, claramente incapaz de creer lo que había oído.

Se produjo un momento raro y sentí que nos jugábamos algo que no supe ni tan siquiera identificar. Incómoda, miré la estatuilla y dije:

–Necesito una segunda opinión. Dese prisa, antes de que vuelva a incendiarse.

Hubo un largo silencio y, después, oí sus pasos dirigiéndose hacia mí. Conforme se acercaba, noté que el hedor a estiércol de buey iba desapareciendo. La maldición se estaría acabando.

–¿Qué has descubierto por ahora? –preguntó.

–Lo habitual en Sekhmet: caos, el poder del sol, vengadora de injusticias, nuestra señora de la muerte. Pero ¿ve este jeroglífico de aquí? Necesito su opinión. ¿Cómo lo traduciría usted?

Fagenbush se acercó un poco más y ladeó la cabeza.

–«Tumba». No, «templo».

–¡Sí! –Le sonreí, y él se quedó atónito–. Yo he cometido el mismo error. Pero es «templo», ¿verdad?

Asintió.

–Lo cual hace que sea de lo más extraño, porque la inscripción afirma que esta estatua debe quedarse en el templo de Tutmosis III durante toda la eternidad, no en su tumba, como pensé al principio. El único problema es...

–Que no hay ningún templo de Tutmosis III.

Fagenbush me miró y, prácticamente, vi los engranajes moviéndose en su cabeza.

–Exacto. O, al menos, ninguno que se haya descubierto por el momento.

Se produjo un silencio muy largo y pesado que me hizo sentir algo incómoda.

–¿Le importa vigilarla un momentito? Tengo que ir a buscar algo para eliminar la maldición.

Y, antes de que pudiera negarse, corrí hasta la puerta y fui a toda velocidad a la alcoba, donde tenía mi bolsa para levantar maldiciones. La agarré y corrí escaleras arriba. En el taller, Fagenbush estaba leyendo atentamente una de las estelas que abarrotaban la mesa de trabajo. Cuando me acerqué, sus ojos se posaron sobre mi bolsa, pero no dijo nada.

La solté sobre la mesa y empecé a hurgar en el interior, hasta que encontré una cajita amarilla que dejé sobre la mesa junto a la estatuilla.

–¿Qué es eso? –preguntó Fagenbush.

–Cera de abeja –le respondí mientras abría la caja–. No levantará por completo la maldición, pero, si la froto por toda la estatuilla, actuará como una barrera entre el basalto y los rayos del sol, por lo que anulará la maldición hasta que tenga tiempo para investigarla como es debido.

Me miró de forma extraña.

–Cera de abeja –repitió en un tono monótono.

–Sí, observe. –Humedecí en la cera la esquina de un trapo que tenía a mano y empecé a frotar la estatua–. No daña el basalto del que está hecho la estatuilla –añadí–. ¿Y ve lo brillante que queda?

Cuando terminé de aplicar la primera capa de cera, empezaron a picarme las manos. Las miré extrañada y me di cuenta de que tenía unas ganas desmesuradas de lavármelas. Eso no tenía sentido, ya que llevaba guantes, como siempre. Ignoré la sensación, humedecí el trapo en la cera para aplicar una segunda capa y, entonces, me detuve.

¿Y si algún elemento de la maldición había conseguido colarse a través del trapo y los guantes? Nada más pensarlo solté el trapo y la estatuilla.

–¿Quiere aplicar usted la segunda capa? Tengo que lavarme las manos. Pero tenga cuidado, es posible que la estatuilla esté transfiriendo algún picor.

Me fulminó con la mirada y, de repente, fui dolorosamente consciente de todas las trampas que había interpuesto en su camino.

–Lo digo en serio –dije enseñándole las manos–. Me pican muchísimo las palmas, así que tenga cuidado.

Su rostro se relajó, agarró el trapo y lo humedeció en la caja de cera. Miré de reojo las estelas desperdigadas por la mesa de trabajo y me agobié al pensar que pudiera terminar la segunda capa de cera y tener tiempo de buscar referencias de «templo» antes de que volviera. Luego me recordé a mí misma que solo iba a salir un minuto. ¿O cuánto tardaba una en lavarse las manos?

CAPÍTULO 27

HISTORIA DE DOS BUBUS

Cuando llegué al baño del primer piso, me quedé pasmada al ver a Awi Bubu esperándome allí. Al instante, me dejaron de picar las manos.

—¿Awi Bubu?

Me dedicó una leve reverencia.

—Señorita.

—¿Q... qué está haciendo aquí?

—Su madre y yo terminamos nuestra reunión hace un cuarto de hora.

Entonces caí en la cuenta.

—¡Es usted el que ha hecho que me piquen las manos!

Parecía absurdamente orgulloso de ello.

—¿Cómo lo ha hecho?

—Es solo uno de mis talentos. ¿Hay algún lugar en el que podamos hablar a solas?

—De acuerdo.

Pensé cuál era el mejor sitio al que ir. Sería muy fácil que nos oyeran en la sala de lectura. Las catacumbas quedaban totalmente descartadas; a saber cómo reaccionaría si veía alguno de los objetos que había allí abajo. Por lo que parecía, tal vez los querría todos de vuelta.

—Iremos a mi... habitación —dije al fin.

Lo llevé hasta mi alcoba diminuta, aliviada de no encontrarnos a nadie por el camino. Abrí la puerta y le indiqué que pasara primero, con el corazón latiéndome con prisa por la anticipación. ¿Me enteraría de una vez de lo que estaba pasando?

Awi Bubu escrutó el espacio reducido. Sus ojos negros y sagaces no perdieron detalle mirando todo, desde los vestidos que tenía colgados hasta la manta doblada a los pies del sarcófago. Tocó la manta y se quedó mirando el sarcófago con curiosidad.

—La señorita nunca deja de impresionarme —afirmó—. Y no me sorprendía desde hace muchos muchos años.

Me encogí de hombros. No se me ocurría nada que decir a eso.

Sin más dilación, se volvió hacia la pared que tenía a la espada y escribió tres jeroglíficos con el dedo, gesto que repitió en las otras tres paredes restantes. Aunque lo estaba observando atentamente, no logré distinguir los símbolos.

—Ya —pronunció al fin—. Ahora Shu no llevará nuestras palabras a nadie más.

—¿Por qué haría eso el dios del aire? —pregunté.

—Porque los wedjadeen hemos jurado proteger los secretos de los dioses. Es nuestro deber sagrado.

Me encogí cuando dijo la palabra prohibida y, entonces, me di cuenta de que había dicho «nuestro».

—Si los dioses nos escucharan tomándonos a la ligera sus asuntos, informarían a los demás, que podrían no ser tan empáticos como yo con este problema. Porque, en realidad, usted ha acertado. Soy un wedjadeen, uno de los Ojos de Horus; aunque soy un exiliado, esa parte de mi historia es cierta.

Nos quedamos petrificados al oír un arañazo en la puerta. Awi Bubu miró la puerta como si viera a través de ella. Acto seguido, asintió.

—No es más que su gata. Déjela entrar.

Y sí que era Isis. Entró sigilosamente en la habitación y cerré la puerta a su paso.

—Más le vale acomodarse. Es una larga historia.

Me senté en el suelo con la espalda apoyada en la pared y recogí a Isis en mi regazo. Ambas nos quedamos mirando a Awi Bubu, que parecía librar una lucha interna consigo mismo.

—He llegado a la conclusión de que debo contárselo todo, aunque vaya en contra de nuestras normas. Lo que ha averiguado a medias es demasiado peligroso. Lo mejor es que conozca toda la verdad. Además, estoy convencido de que tiene un papel importante, aunque ni yo mismo lo comprenda aún.

Me daba miedo de que cambiara de opinión si pronunciaba alguna palabra, así que me limité a asentir.

—Somos —comenzó Awi Bubu— un grupo muy honorable y de muchísima antigüedad. Nuestras raíces se remontan a los sumos sacerdotes del Imperio Nuevo, que intentaron imponer un único dios, Aton, sobre los dioses y diosas que habían gobernado Egipto desde el principio de los tiempos. Vivimos en pueblecitos poco conocidos, allí donde no hay interés turístico o arqueológico. Nuestros padres y los padres de nuestros padres tuvieron la misma misión que nosotros. Solo seguimos un principio: guardar y proteger los objetos sagrados de los dioses hasta que el verdadero faraón vuelva a su trono. Esa es la única razón por la que existimos.

»Cuando los persas invadieron Egipto, trajeron sus propios dioses y trataron de imponérselos a nuestro pueblo. Aunque estuvimos bajo el yugo de la opresión persa, conseguimos evitar la herejía y mantener nuestros propios dioses, pero fue duro. Tras décadas de laboriosa manipulación, logramos llevar a un egipcio de vuelta al trono. Durante un tiempo, todo fue bien. Pero Egipto se había debilitado bajo la opresión extranjera y los dioses estaban furiosos con los nuevos dioses que habían aparecido en su tierra. El rey persa Artajerjes atacó y Nectanebo II huyó a Macedonia junto a un grupito de sacerdotes egipcios. Y, cuando llegó el momento y Alejandro conquistó Egipto, nos alegramos en secreto, ya que la sangre de los faraones corría por sus venas.

—¡Un momento! —exclamé totalmente confundida—. El padre de Alejandro era el rey Filipo de Macedonia. ¿Por qué dice que Alejandro tenía sangre egipcia?

—Su padre no era Filipo, sino Nectanebo II, aunque muy pocos lo sabían (entre ellos, los wedjadeen). Sin embargo, no tuvimos en cuenta lo mucho que había influido la cultura griega sobre el joven Alejandro. No tardó en empezar a combinar nuestros dioses egipcios con los griegos, una abominación a nuestros ojos. Los sumos sacerdotes hablaron y discutieron con él, pero sus protestas cayeron en saco roto. No obstante, no se decidieron a actuar, ya que era un verdadero hijo de Egipto. Cuando Alejandro murió y su general Ptolomeo asumió el control, la situación fue diferente. Ya no corría sangre egipcia por las venas de ese general y no tenía derecho a llamarse «faraón» a sí mismo. Aun así, continuó con la misión de Alejandro, construyó nuevos templos y siguió combinando sus dioses con los nuestros, un sacrilegio.

»Cuando, al fin, construyó el serapeum en Alejandría, avisó a todos los templos de que trajeran sus objetos más sagrados para guardarlos en ese magnífico monumento. Los sumos sacerdotes convocaron un consejo privado y decidieron que no seguirían las órdenes de ese faraón impostor. En su lugar, llevaron al serapeum objetos de menor importancia. Los objetos más sagrados, los auténticos, se los confiaron a un grupito de sacerdotes de armas tomar y con dotes mágicas que se hacían llamar a sí mismos los Ojos de Horus, los wedjadeen. Hemos jurado proteger esas reliquias hasta que vuelva a alzarse el verdadero faraón.

»Y eso hemos hecho. Escondidos en el desierto, protegemos los regalos sagrados que nos otorgaron los dioses, manteniendo a raya las manos de los ignorantes y los ambiciosos.

»Evidentemente, Egipto es un país muy grande y tiene muchos templos. Por desgracia, no tenemos todos esos objetos. Hemos perdido algunos tesoros. Algunos sí que llegaron al serapeum y fueron saqueados cuando lo arrasaron por completo. Otros nunca salieron de sus templos y acabaron siendo descubiertos por aventureros o saqueadores. Pero tenemos constancia de todos ellos. Y seguiremos peinando el mundo hasta que los encontremos.

–¿Y la Tablilla Esmeralda es uno de esos artefactos de los dioses? –pregunté con la mente dando vueltas a toda velocidad con lo que había descubierto.

–No. La Tablilla Esmeralda es el único mapa que desvela la ubicación secreta en la que guardamos esos objetos. Con ese mapa, cualquiera tendría acceso a todos los poderes de los dioses de la antigüedad, a objetos con una capacidad de destrucción masiva que hace que su báculo de Osiris sea un juego de niños. La humanidad no está capacitada para albergar tanto poder, por lo que reinaría el caos para siempre.

–Por eso la quiere Sopcoate –murmuré.

–Por desgracia, la existencia de los objetos no es ningún secreto. Eran las reliquias que adornaban con orgullo los templos de nuestro pueblo. Aunque hayan pasado siglos, abundan los rumores que afirman su existencia. Siempre hay quien está pendiente de ese tipo de historias, deseoso de encontrar lo que los dioses han decidido que debería permanecer oculto. Y por ello, señorita Theodosia, debe confiarme la Tablilla Esmeralda. Para que pueda devolvérsela a mis compañeros wedjadeen y podamos descansar, sabiendo que hemos recuperado el último testimonio de nuestra ubicación.

–Pero pensaba que había dicho que era un exiliado. ¿Cómo va a volver?

–La tablilla me facilitaría la entrada. Gracias al honor que me aportaría el haber devuelto la tablilla, recuperaría mi reputación y volvería a ser un wedjadeen.

El rostro le cambió al decir esto; el deseo y la esperanza transformaron sus rasgos envejecidos.

Me quedé callada un buen rato asimilando la situación. Era complicado de explicar, pero lo cierto es que creí sus palabras. En primer lugar, su historia encajaba con los datos que había recabado aquí y allá. Aun así, había mucho que digerir. Y la única prueba que tenía eran unas palabras escritas a mano en los márgenes de unos libros. Pensé que lo mejor era ser precavida.

–¿Cómo puedo estar segura de que devolverá la tablilla a los Ojos de Horus? –pregunté–. ¿Cómo sé que no es un oportunista o un aventurero como los hombres que afirma querer evitar?

Awi Bubu sonrió.

–Una pregunta excelente, señorita. Sabía que mi fe en su persona estaba justificada.

Entonces, su alegría se esfumó y su expresión se tornó preocupada.

—Espero que, al contarle todo lo que le he contado, entienda por qué es tan importante que me devuelva la Tablilla Esmeralda para ponerla a salvo. Hemos guardado estos secretos durante milenios; me temo que solo nosotros somos capaces de esconderla para que no haga daño a nadie.

—Dice que es un exiliado. ¿Por qué? ¿Cómo sé que no fue porque intentó usar los objetos para su beneficio personal o quiso dárselos a alguien que no debía?

Su gesto se volvió solemne al recordarlo.

—Hace muchos años, dejé que se me escapara uno de los objetos más poderosos. Era joven, arrogante y exudaba confianza, y no entendí el peligro que entrañaba.

—De acuerdo. Aunque tengo que reflexionar sobre el tema. No pretenderá que decida qué hacer en este mismo instante.

A Awi Bubu se le descompuso ligeramente la cara, como si esperara eso mismo.

—No tenemos mucho tiempo...

—No, no lo tenemos. Pero necesito estar segura de que, aunque le entregue la tablilla, podré mantener a mi familia a salvo.

Awi Bubu asintió.

—Tiene razón. —Se dirigió hacia la puerta, pero se detuvo—. ¿Cómo sabré cuándo se ha decidido?

—¿No es capaz de notarlo por la vibración del ambiente?

Me miró con reproche.

—Le mandaré un mensaje —dije—. O iré a verlo yo misma.

—Cuando lo haya decidido, podrá encontrarme en el teatro. Pero no creo que sea inteligente tardar mucho en decidirse.

¡Como si no lo supiera! Estaba a mitad de camino de la

puerta cuando me acordé.

–¡Espere!

Awi Bubu frenó con una mirada de esperanza.

–¿Sí?

–Tenía razón –admití–. No nací aquí, en Gran Bretaña. Nací en Egipto. En un templo a Isis, para ser exactos. El 28 de noviembre de 1895.

–Ah –dijo, como si hubiera entendido muchas cosas.

Sentí un empujoncito en la rodilla y, al bajar la vista, vi que Isis estaba pidiendo mimos. Cuando me incliné para acariciarle el pelaje suave, pregunté en voz baja:

–¿Cree que ese es el motivo por el que soy tan... diferente?

Noté que los ojos de Awi Bubu recaían en mí, pero me sentía demasiado vulnerable como para mirarlo cara a cara.

–Si con «diferente» se refiere a tener un gran talento en lo que a la magia egipcia se refiere, entonces la respuesta es sí. El lugar y la ubicación de su nacimiento han condicionado su vida. Si tuviera a mano un calendario egipcio, podría decirle la profecía que se predijo el día de su nacimiento.

–¿En serio? –Me puse en pie–. Pues sí que tenemos uno. Mi padre lo encontró hace dos años en El Cairo.

Awi Bubu alzó las cejas.

–Una sorpresa más –murmuró–. Le sugiero que le eche un vistazo entonces. Aclarará muchas de sus dudas. –Juntó las manos y me dedicó su típica reverencia corta–. Espero tener noticias de usted pronto en relación con el otro asunto.

Y se marchó.

Mi curiosidad era una bestia voraz que me condujo a la sala de lectura y al calendario egipcio, aunque había otras muchas cosas a las que debía prestar atención. Entré en una de las salitas, donde había dejado de traducir el calendario hacía un montón de tiempo, antes de que el despiporre de magia egipcia irrumpiera en nuestras vidas. Encontré el papiro antiguo que papá había traído y empecé a buscar la estación exacta: la estación de Inundación. Cuando la encontré, traté de averiguar qué fecha correspondía al 28 de noviembre. Era el último día del último mes de Inundación.

Es un día de gran alegría para todos los dioses. Todas las ofrendas que se realicen a los dioses en este día se recibirán con el mayor de los regocijos. Aceptarán las ofrendas de pleno corazón y, a cambio, otorgarán grandes favores.

Con cuidado, dejé el papiro sobre la mesa con el ceño fruncido por el desconcierto. Eso no explicaba nada; ¡lo único que hacía era hablar de las ofrendas a los dioses! ¡Por favor! ¿Cómo esperaba Awi Bubu que esto me aclarara nada? ¡Ah! Le eché otro vistazo y leí el augurio. Entonces me senté de un plomazo en la silla que había junto a la mesa. Yo había nacido en un templo, en el templo de Isis. ¿Significaba eso que los dioses egipcios pensaban que yo era... una ofrenda? ¿Y que me habían aceptado de pleno corazón y me concedían favores especiales? ¿Y si esos favores eran habilidades inusuales?

De nuevo, Awi Bubu había dado respuesta a una pregunta de una forma que me dejaba más perpleja que nunca.

CAPÍTULO 28

¡NO HAY QUIEN AGRADE A ESAS SERPIENTES!

Al día siguiente, mientras todo el mundo estaba en el piso de abajo encargándose de los últimos retoques de la exposición de Tutmosis III, yo estaba atareada en el taller revisando las traducciones de mi padre de una serie de papiros y estelas. En primer lugar, porque tener algo que hacer me calmaba los nervios. También era más fácil pensar si tenía las manos ocupadas. ¡Y vaya si tenía cosas en las que pensar!

Además, después de lo que había descubierto el día anterior sobre la estatuilla maldita de Sekhmet, estaba convencida de que debía de haber algo más que me iluminara sobre la materia.

Por fin, a media mañana encontré lo que andaba buscando. Era un decreto oficial de un sumo sacerdote del templo de Montu.

El templo de Montu. No debería haber ningún templo funerario dedicado a un sacerdote. No tenía sentido. Se me aceleró el pulso en cuanto recordé la inscripción de la estatuilla de

Sekhmet. «Guardado en el templo de Tutmosis III para toda la eternidad». El único templo que habíamos descubierto en el Valle de los Reyes era uno muy pequeño dedicado a Montu, en el interior de la tumba de Tutmosis III. Este decreto se refería a una estructura totalmente distinta. Una que aún no se había descubierto.

Incapaz de contenerme ni un segundo más, dejé el papiro sobre la mesa y eché a correr en dirección al vestíbulo, con la esperanza de apartar a mi madre de los demás para darle las noticias.

En el piso de abajo, mi padre estaba totalmente desquiciado y trabajaba en manga corta con el pelo alborotado. Mi madre lo hacía con el mismo ahínco, pero con un poco más de habilidad, aunque tenía una telaraña colgando del dobladillo de la falda. Me abstuve de hacer ningún comentario al respecto, ya que he aprendido que, aunque a los adultos les encanta hacer críticas constructivas a los niños y alentarlos a ser ordenados, detestan recibir el mismo trato. Además, tenía cosas mucho más importantes que hablar con ella. Sin embargo, antes de que pudiera encontrar su mirada, alguien llamó a la puerta.

—¿Quién demonios será? —preguntó mi padre.

Vicary Weems, al que se le había prohibido tocar cualquiera de los objetos de la exposición y al que habían dejado a cargo de los últimos retoques de la recepción, dio un respingo en el sitio, donde estaba revisando las invitaciones.

—No tengo ni idea, señor, pero lo comprobaré de inmediato.

Weems abrió la puerta y se encontró con un lacayo ataviado con librea retorciéndose las manos. Lo reconocí de casa de la abuela y sentí una sensación de intranquilidad en el estómago.

—Me han pedido que venga a buscar al señor Throckmorton... –dijo el lacayo.

–Lo siento, pero está muy ocupa...

–¿John? –interrumpió mi padre a Weems. Dejó en la mesa las tarjetas explicativas que había estado colocando y se apresuró hacia la puerta–. ¿Va todo bien?

–Me temo que no, señor. La señora me ha pedido que venga a buscarlo. Verá, ha habido un incidente. Se ha producido un robo. Ha sido un robo con allanamiento.

–¡Un robo! –estalló mi padre–. ¿Hay algún herido?

–No, señor.

–¿Habéis llamado a la policía?

–Sí, señor. Ya están en la casa, pero la señora estaba un poco alterada y ha pedido que vaya a verla de inmediato.

Me costó imaginarme a la abuela alterada. Lo más probable era que quisiera desquitarse con alguien.

–De acuerdo –accedió mi padre; la mala gana y el apremio se debatieron en su expresión–. Será mejor que vaya a ver cómo está –le dijo a mi madre.

–Supongo que sí –coincidió esta.

Papá se pasó los dedos por el pelo.

–¿Dónde estará mi abrigo?

–Está aquí –dije alegremente, y lo recogí de la vitrina sobre la que estaba.

–Ah, gracias, Theo –dijo mientras se lo ponía.

–Que no se te olvide el sombrero –le recordé a la vez que se lo daba. Mi padre me fulminó con la mirada–. Tienes el pelo un poco alborotado –expliqué.

Mi padre se relajó y aceptó el sombrero.

–Papá, creo que debería ir contigo para consolar a la pobre abuela.

Me miró con una extrañeza que, sin duda, se debía a que el efecto habitual que solía tener sobre la abuela no era precisamente «consuelo».

–Últimamente nos llevamos mejor –puntualicé.

–Cierto. De acuerdo, si crees que puedes ayudar...

–Así es –dije con firmeza.

Además, esa sensación de intranquilidad en el estómago no paraba de crecer. Solo me quedaba un día para cumplir las exigencias de Sopcoate y, después de que amenazara a la abuela, no creía que este incidente fuese una coincidencia.

Cuando llegamos a la casa de la abuela, los agentes se estaban marchando. Mi padre se paró a preguntarles algunas cuestiones mientras que yo fui en busca de la abuela. La encontré en el salón, bebiendo una copa de vino. Apenas era la una de la tarde, pero supongo que cuando a una le entran a robar se le permiten ese tipo de cosas. Vacilé en la puerta.

–¿Abuela?

–¡Ay, Theodosia! ¿Está tu padre contigo?

–Sí, abuela. Está hablando con la policía en la entrada.

–Ay, qué pesadilla. ¡Que alguien se atreva a entrar en mi casa y perpetrar un ataque así a mi persona!

Aunque estaba desconsolada, noté que seguía sentándose en la silla recta como un palo.

–¿Ataque? ¿Te han atacado? –pregunté.

–A mí no, pero sí al pobre Beadles. Le han pegado en la cabeza. Le ha salido un buen chichón. La cocinera lo está curando en la cocina.

En ese momento, entró mi padre en el salón. Se acercó a la

abuela y le dio un beso en cada mejilla.

–Gracias a Dios que estás bien –dijo.

–¿Bien? ¡No estoy bien en absoluto! ¡Han violado mi privacidad, han invadido mi casa!

–Sí, pero al menos no eres tú la que tiene un chichón –señaló mi padre con amabilidad.

Mi abuela resopló y le dio un buen sorbo a la copa de vino.

–La policía dice que no se han llevado mucho. Solo un collar, ¿no?

–¡Sí, es de lo más extraño! Se colaron por los aposentos de los criados, golpearon al pobre Beadles cuando se acercó a ver por qué estaban gritando la cocinera y Rose y fueron directos a mi dormitorio para rebuscar entre mis joyas. Después de tanto esfuerzo, solo se llevaron una cosa.

–¿Y qué era? –pregunté conteniendo la respiración.

–Mi collar de esmeraldas –contestó la abuela–. Nada más.

–Pues no tiene mucho sentido –intervino papá.

«Sí que lo tiene si lo que quieren es mandar un mensaje», pensé yo.

Dejé a mi padre consolando a la abuela y fui en busca de Beadles para ver si podía darme una descripción de los intrusos. Lo encontré en la cocina, aplicándose un filete de ternera en la cabeza. Agobiadas, la cocinera y Rose revoloteaban a su alrededor como dos gallinas. La cocinera me vio primero.

–¡Ay, señorita! ¿Se ha enterado? Ha venido a consolar a su abuela, ¿verdad?

–Eh, sí. –Entré en la cocina con cierto titubeo–. ¿C... cómo estás, Beadles? Siento muchísimo que te hayan hecho daño.

No estaba segura de cómo iba a reaccionar ante esas palabras de amabilidad por mi parte, ya que no nos llevábamos especialmente bien. Aún no era consciente de cuánto se rebajaban las barreras sociales habituales cuando le atacaban a uno.

–Vaya, gracias, señorita Theodosia. Supongo que debo estar agradecido de que no haya sido algo peor –dijo, aunque no sonaba para nada agradecido y, de hecho, su voz delataba un deje un tanto amargo.

–¿Te importa si te pregunto cuántos eran?

–Eran dos. Como poco –añadió por si acaso–. Además, eran enormes. Grandes como bueyes.

–¿Por casualidad alguno de ellos tenía una barba canosa? ¿O un parche en el ojo?

Se quedó pasmado.

–Pues sí, señorita. ¡Así eran! ¿Cómo lo ha sabido?

¡Porras! No lo había pensado detenidamente.

–Era solo una suposición. Imagino que aquellos que actúan como unos canallas deben tener pinta de canallas.

–Tiene razón, señorita –afirmó, y me contó su versión.

Le habían asaltado dos..., no, quizá tres, hombres del tamaño de bueyes con puños tan grandes como jamones. Para cuando terminó con el relato, era imposible discernir la verdad que escondían sus palabras. Lo único que pude reafirmar fue que Sopcoate, ataviado con su nuevo disfraz favorito, había sido uno de ellos. Tras conseguir esta importante confirmación, volví al salón.

Después de atender a la abuela y conseguir calmarla, papá y yo volvimos al museo. Estaba a punto de perder los nervios a causa del tiempo perdido, así que retomó la exposición con una concentración renovada, lo que me permitió escaparme sin que nadie se diera cuenta.

Porque ya me había decidido. Era evidente que Sopcoate y el Caos no se detendrían ante nada con tal de conseguir la tablilla.

Sin embargo, no podía entregar sin más un artefacto que indicaba la ubicación de objetos con tanto poder como el báculo de Osiris. El mundo no volvería a estar a salvo nunca más.

Si Wigmere hubiera estado disponible para mí, le habría pedido consejo; pero, según Boythorpe, ahora yo era *persona non grata*. Los miembros del Sol Negro estaban presionando a Stilton y no tenía ni idea de dónde residía su verdadera lealtad. Eso solo me dejaba una persona a la que recurrir.

Awi Bubu y los wedjadeen. O los Ojos de Horus, como él los llamaba. La situación me ponía el estómago del revés, pero, en el fondo, era la única opción que me quedaba. Sin embargo, si lo recapacitaba largo y tendido, había muchas razones para no hacerlo. ¿Cómo sabía que estaba diciendo la verdad? No solo sobre los wedjadeen, sino sobre la tablilla. Aunque, si no mentía, las consecuencias eran demasiado lúgubres para pensarlas siquiera.

No obstante, Wigmere, Trawley y los académicos en general no consideraban que la tablilla fuese tan importante, por lo que, si había metido la pata hasta el fondo, solo estaríamos perdiendo un artefacto ocultista.

Por supuesto, la clave estaba en averiguar cómo alejar las manos del Caos de la tablilla y mantener a mi abuela (y a mí misma) a salvo. Decidí que iba a dejarle ese dilema a Awi Bubu. Si de verdad pertenecía a una de las organizaciones más antiguas y secretas del mundo, seguro que se le ocurrían un montón de ideas.

Mientras me colaba por la puerta trasera del teatro Alcázar, no pude evitar preguntarme si Awi Bubu viviría allí. Y si era así, ¿lo sabía el encargado?

La puerta del camerino se abrió de inmediato para revelar a un Kimosiri amenazante. Asintió con un cabeceo y me indicó que pasara. Awi Bubu dio un paso en mi dirección y se inclinó.

—Veo que la señorita ha tomado una decisión.

No era una pregunta. Lo sabía. Asentí.

—Solo si puede idear un plan que mantenga a mi abuela y al resto de mi familia sanos y salvos.

—Nadie está a salvo del todo —afirmó Awi Bubu—. Por ejemplo, a la señorita la podría atropellar un coche de camino a casa. Pero haré todo lo que esté en mi mano para asegurarme de que nuestras acciones no atraigan el peligro hacia su familia.

Supuse que tendría que conformarme con eso.

—De acuerdo —accedí—. Confío en que tiene un plan, ¿no?

—Tengo muchos, ya que no he hecho otra cosa desde que descubrí que la tablilla estaba aquí, en Londres.

—Sí, bueno... Independientemente del que elija, tiene que ser mañana, porque esa es la fecha límite que me ha impuesto Sopcoate.

—Lo sé, señorita.

—Muy bien. Entonces, ¿cuál es su plan?

—Sus padres tienen la gran inauguración mañana, ¿no es así?

—Sí —contesté—. Es un evento especial, vendrán personalidades, la junta del museo y miembros importantes de la sociedad para ver la nueva exposición.

—Entonces será muy fácil para usted escaparse sin ser vista.

—Muy fácil —coincidí—. Por eso Sopcoate eligió ese momento para reunirnos.

Awi Bubu asintió y, después, lo reconsideró un momento.

—No cabe duda de que la está siguiendo alguno de los hombres de Sopcoate y también alguno de los hombres del calvo.

—¿Cree que los he traído hasta aquí? Lo siento, no me di cuenta de que...

Awi Bubu sacudió la mano.

—No importa. Kimosiri y yo nos habremos ido el sábado. Hemos comprado pasajes para un barco con dirección a Marsella. En cuanto tenga la tablilla en mis manos, subiré al barco y volveré a mi patria —el deseo era palpable en su voz—. En fin... como iba diciendo, suponemos que la están siguiendo, así que mañana, en el apogeo de la gran inauguración, llevará la tablilla al lugar acordado con Sopcoate, como si pensara entregársela. De esta forma, parecerá que está cooperando y lo que suceda después no será culpa suya.

—¿Qué ocurrirá entonces?

—Al calvo no le va a gustar que entregue un tesoro que desea con tanto ahínco. Creo que hará algo para impedir este intercambio. Dejaremos que las dos fuerzas contrincantes se peleen la una con la otra y aprovecharemos ese caos —se permitió una sonrisilla por la broma— para intervenir y arrebatarle la tablilla en sus propias narices. El Sol Negro no es contrincante para las Serpientes, así que habrá una persecución. Sin embargo, usted ya no tendrá nada que ver con el intercambio. Tal como le pidió, habrá entregado la tablilla a Sopcoate y habrá cumplido su parte del trato.

—Pero ¿cómo le arrebatarán la tablilla a las Serpientes del Caos? Habrá un montón de agentes y ustedes solo son dos.

Awi Bubu me dedicó su leve reverencia.

—Soy mago, señorita. Tengo muchos trucos en la manga. Aunque no nos vendría mal que llevara el orbe de Ra encima.

Nos quedamos en silencio un buen rato, imaginándonos cómo iba a desarrollarse ese plan. Al cabo de unos minutos, suspiré.

—Supongo que es nuestra mejor opción.

—Eso creo. Una vez que Kimosiri y yo nos hayamos ido, no le cuente a nadie lo que sabe de los Ojos de Horus. Es una organización totalmente secreta y he arriesgado mi vida al contarle el secreto.

—¿Y por qué lo ha hecho?

—Porque no tardé en darme cuenta de que, si solo sabía la verdad a medias, se convertiría en un peligro. Y porque cuenta con la marca de Isis.

—Ay, por favor, no empiece con eso otra vez.

Awi Bubu me agarró por los hombros con sus manos arrugadas y me sacudió ligeramente.

—Debe aceptarlo. Nació en el templo de Isis, a los pies de la gran diosa, en un día de lo más favorable. La ha aceptado como ofrenda y usted debe respetarlo. Incluso ahora, sus sirvientes acuden a usted...

—¿Qué sirvientes? —resoplé. Si sonaba desdeñosa, quizá toda esta historia no sería tan aterradora.

—La gata. El chacal. ¿Qué poderes cree que los mantienen con vida? ¿A quién cree que sirven?

—E... está diciendo tonterías. Cállese, por favor.

—No, señorita, no estoy diciendo tontería alguna. Este es uno de los motivos por los que accedí a ayudar a sus padres para que recuperaran el permiso para excavar en el Valle de los Reyes. Usted debe ir con ellos. Debe regresar a su lugar de nacimiento.

—Estaré más que encantada de volver a Egipto, pero ¿por qué es tan importante para usted?

—Porque estoy seguro de que usted tiene una misión esencial que desempeñar. La diosa la ha elegido por una razón, y esa razón no se encuentra aquí, en Londres. Y hay otra cosa más

–se calló unos instantes, el aire del camerino se tornó aún más solemne–. Si sale algo mal mañana y no consigo triunfar, debe prometerme que devolverá la tablilla a Egipto en mi lugar.

–¡No sea tonto, no le va a pasar nada! –mi voz emergió ligeramente chillona. Me aclaré la garganta y probé de nuevo–. Usted mismo ha dicho que es mago. Puede conseguirlo.

–Pero, si no –repitió con tozudez–, quiero que me lo prometa. El permiso de sus padres para excavar será aprobado. Ya me he encargado de eso. Pero necesito que me lo prometa.

Cuando me vio vacilante, se acercó algo más a mí.

–Kimosiri no puede hacerlo. ¿Un extranjero enorme que no puede hablar? Lo cuestionarán a cada paso que dé. No, debe ser usted. La información que contiene la tablilla no debe caer en las manos equivocadas. Los objetos que descubrirían causarían una destrucción inimaginable, incluso abrirían las fronteras entre la vida y la muerte. Debe prometerme que volverá a Egipto si no lo consigo.

Sus ojos negros me atravesaron hasta que respondí:

–¡Vale, vale, se lo prometo!

Entonces, su rostro se relajó y me dedicó una reverencia.

–Le estoy muy agradecido. Pero ahora debe irse. Tengo mucho que preparar para el encuentro de mañana.

–Esto es una despedida, ¿verdad? Mañana no tendremos tiempo, no si quiere conseguir arrebatarle la tablilla al Caos.

–Sí, es una despedida. Al menos, hasta que regrese a mi patria. Luego la encontraré y nos volveremos a ver.

Le hizo un gesto con la cabeza a Kimosiri, que se acercó para acompañarme hasta la puerta. Mi mente rumiaba tantas preguntas y emociones que no supe ni por dónde empezar. Me volví para mirar a Awi Bubu; la tenue luz del camerino contorneaba su cuerpo delgado y, entonces, me di cuenta de lo mucho que lo iba a echar de menos. Aunque ambos habíamos estado en desacuerdo durante las últimas semanas, por algún motivo, confiaba en él.

CAPÍTULO 29

LA GRAN INAUGURACIÓN

El viernes todo el mundo se puso manos a la obra desde bien temprano. Mi padre nos despertó y nos sacó de casa al alba, sin apenas tiempo de engullir el desayuno.

Fue un día largo y penoso, que pasé sintiendo que caminaba de puntillas sobre carbón ardiente. No solo porque todos los adultos estaban histéricos con los detalles de última hora, sino porque me agobiaba mi encuentro con Sopcoate.

Mi padre ladraba, mi madre tranquilizaba, Weems saltaba de un lado a otro y Fagenbush merodeaba en silencio. Stilton era un manojo de nervios que no paraba de retorcerse, encogerse y echarse a temblar. Intenté pillarlo a solas en tres ocasiones distintas a lo largo de la mañana, pero me evitó.

Henry estaba hasta el gorro de todo y se había retirado al salón familiar con otro libro. Hasta Isis empezó a perder la paciencia conmigo cuando traté de acariciarla y acabé apretándola demasiado fuerte. Me dedicó un maullido de protesta y se marchó.

Al final, decidí ser de utilidad y fui a la sala de lectura para investigar la maldición de la estatuilla de Sekhmet. También quería ver si conseguía encontrar alguna mención de un templo dedicado a Tutmosis III. No tuve suerte con ninguna de las dos cosas, pero logré mantenerme lejos de todo el mundo hasta que llegó el momento de vestirse para saludar a los invitados.

A las cuatro menos cuarto, papá nos vino a buscar; Henry y yo nos habíamos puesto nuestras mejores ropas de domingo. Él estaba de lo más elegante con su levita.

−Vosotros dos, no os entrometáis en nada hoy −nos recordó−. Y por el amor de Dios, no montéis ninguna escenita.

Me fulminó con la mirada antes de volverse al vestíbulo.

A las cuatro en punto, el cuarteto de cuerda emitió la primera nota, un sonido largo y vibrante que resonó por todo el museo. La actuación acababa de empezar.

Sin decir una sola palabra, Henry y yo nos situamos en el balcón del segundo piso, que tenía vistas al vestíbulo, para ver mejor las idas y venidas.

Vicary Weems se plantó junto a la puerta delantera (¡el muy idiota llevaba esas ridículas polainas!) y fue comprobando las invitaciones de la gente antes de hacerlos pasar. ¡Por favor! Era tan malo como el bibliotecario del Museo Británico.

Se había frotado tanto la cara que la tenía más reluciente de lo normal, y llevaba el pelo engominado tan liso y aplastado que parecía que alguien le había echado betún en la cabeza. Sus orejas, sin embargo, seguían sobresaliendo con la mayor alegría del mundo, como si estuvieran decididas a escuchar todas las conversaciones de esa noche.

Debía ser duro ser un dandi con unas orejas como esas.

Los miembros de la junta fueron de los primeros en llegar, todos con bastante pinta de pijos con sus levitas y sus pantalones a rayas. La abuela llegó poco después y no tardó en preguntar por mí.

Henry compuso una sonrisa malvada y yo le pegué un codazo en las costillas antes de ponerme en pie. Me limpié las rodillas y le pedí con un movimiento histérico que me acompañara a buscar a la abuela, que me estaba esperando.

Evité a un criado que cargaba con una bandeja llena de copas de champán y casi le piso los zapatos de seda a la abuela. Me preparé para la reprimenda, pero se limitó a decir:

–Aquí estás. ¿Dónde te escondías?

–Henry y yo estamos haciendo todo lo posible para quitarnos de en medio, abuela –le expliqué–. Creo que ya he ido a demasiadas fiestas por una temporadita, gracias.

Me fulminó con la mirada para ver si estaba siendo una descarada. Cuando decidió que no era así, asintió.

–Excelente. Me alegro de que empieces a desarrollar cierto sentido común, al contrario que tus padres.

Me costó la vida misma reprimir una contestación, pero lo conseguí y me retiré rápidamente a nuestro escondite antes de que cambiara de opinión. Henry volvió poco después, aunque había tenido el buen juicio de robar unos cuantos canapés. Me sorprendió que me ofreciera.

–Gracias –le dije.

Aunque no me cupiera comida en el estómago (estaba demasiado lleno de mariposas nerviosas), acepté dos de ellos para que no pensara que estaba siendo desagradecida. Además, podía ser una tarde larga y no me vendría mal tener algo de sustento. Hasta los prisioneros que aguardan su sentencia de muerte reciben una última comida. Seguro que yo también tenía derecho. Aunque dudaba mucho que dos canapés contaran como una comida completa.

Sin embargo, estuve a punto de atragantarme con el segundo cuando vi llegar la regia figura de Wigmere. Era el presidente de la Sociedad de Anticuarios, así que tenía sentido que estuviera allí; no obstante, al verlo sentí como si me apuñalaran el corazón. Me alegré de no estar a la vista, ya que no sabía si podría soportar verlo cara a cara. De repente, decidí que lo más sensato era marcharse pronto.

Solo me quedaba una única cosa por hacer. Le indiqué a Henry que se acercara.

Abrió un poco los ojos.

–¿Ahora qué?

Entonces, le conté mis planes. De cabo a rabo. Lo hice por varios motivos: ante todo, quería reparar la confianza entre nosotros. La echaba de menos y quería volver a tenerla. Además, a pesar de todos mis esfuerzos, Henry ya había experimentado lo peor de la magia egipcia y no tenía sentido seguir ocultándole el secreto. Como Awi Bubu había dicho, las verdades a medias podían ser peligrosas. Y, por último:

–Creo que sería mejor que no vinieras, Henry. Me gustaría que alguien se quedara aquí, alguien que pudiera contarle a los demás qué ha pasado si... –tragué saliva–. Si la cosa se tuerce.

Al oírlo, Henry pareció aliviado, pero luego, avergonzado. Se miró las botas increíblemente relucientes que estaba arañando contra el suelo.

–Siento no haberte creído –murmuró.

–¡Ay, Henry! Ojalá nunca hubieras tenido un motivo para creerme. Mi esperanza era mantenerte a ti y a los demás al margen de todo esto.

–Lo sé, lo cual me hace sentir aún peor por haberme reído de ti. No estás jugando a ningún juego, ¿verdad? Todo es verdad, ¿a que sí?

Me miró a los ojos con la esperanza de que se tratara de un juego.

–Sí, Henry, todo es verdad.

Se quedó callado un buen rato y preguntó:

–¿Te queda alguno de esos amuletos?

–Por supuesto.

Cogí el ojo dorado del wedjat que me había dado Wigmere, el amuleto más poderoso que tenía, y se lo puse alrededor del cuello.

Bajó la vista hacia él antes de metérselo bajo la camisa, donde nadie pudiera verlo.

–Gracias –dijo, mirando por el balcón que tenía delante como si fuera lo más fascinante del mundo–. Creo que no soy como tú, Theo. No soy valiente con las cosas que no puedo ver.

El pecho me dolió un poco y se me humedecieron los ojos.

–Eres valiente de otras formas, Henry. ¿Te importa mucho quedarte aquí esta noche? Serás el que lidere la caballería si no vuelvo dentro de unas horas.

De nuevo, el alivio recorrió su rostro.

–Estaré encantado –replicó marcando con cierto énfasis el «encantado».

–Excelente. Me encontraré con Awi Bubu en la Aguja de Cleopatra a las cinco. Si no he vuelto a las seis y media, supongo que tendrás que contarle a mamá y a papá que he desaparecido.

–Pero volverás mucho antes de esa hora, ¿verdad, Theo?

Sus ojos azules y brillantes, que en nada se parecían a los míos, me rogaron una confirmación.

—Ese es el plan, Henry.

Alcé una mano y le alboroté el pelo, igual que había hecho mi padre cientos de veces, y me sorprendí de lo sedoso que era.

—Nos vemos dentro de un rato –dije, y salí por el pasillo en dirección a mi alcoba.

Saqué la tablilla y el orbe de sus correspondientes escondites, los metí en mi bolsa y me dirigí a la entrada oeste.

Según los planes, la gran inauguración duraría hasta última hora de la tarde para aprovechar al máximo las horas de sol y ver mejor la exposición. Por desgracia, no había mucha luz. La niebla se había extendido como un manto espeso, sucio y nauseabundo; aun así, me sentí terriblemente expuesta cuando salí del museo, como si el viento tuviera ojos.

En realidad, según Awi Bubu, el viento sí que tenía oídos e informaba a los demás, por lo que tampoco estaba siendo demasiado fantasiosa al respecto. Me aferré a la bolsa con más fuerza y agarré el amuelo de la sangre de Isis con tanta firmeza que uno de los bordes atravesó la tela del guante.

Estaba arriesgando mi propia vida al tratar de cruzar la calle New Oxford a esas horas y con ese tiempo. Nadie veía nada. La mitad de los conductores se habían bajado de los carruajes y estaban guiando a los caballos para no arriesgarse a chocarse con otro carruaje o, lo que era peor, con un ómnibus o un coche. La niebla distorsiona el sonido, así que tampoco se podía confiar en ese sentido.

Después de cruzar la calle New Oxford, aligeré el paso con determinación. La niebla era aún más espesa en esta zona, por lo que ocultaba la mayor parte de los edificios en ruinas y sus habitantes angustiados. Pero me ponía los vellos de punta saber que estaban ahí, ocultos en la niebla. Creo que habría preferido verlos.

Cuando giré hacia la calle Garrick, escuché un sonido que me heló la sangre: los ecos de unos pasos a mis espaldas. ¿Intentaría Sopcoate quitarme la tablilla antes de que llegara al lugar acordado? Me aferré a la bolsa con más fuerza y solo me detuve unos segundos para escuchar si los pasos también se detenían. Si lo hacían, era una prueba clara de que me estaban siguiendo.

Esperé, y los pasos amortiguados empezaron a enlentecerse hasta detenerse por completo. El sabor ácido del miedo me subió por la garganta. Seguí caminando a un paso aún más ligero. Tenía que llegar al lugar acordado antes de que me pillara el Caos.

¿O eran Trawley y sus Escorpiones? Stilton había estado atareado en la recepción y no le había explicado mis planes. Traté de tranquilizarme al recordar que Awi Bubu contaba con que los Escorpiones me seguirían. Era parte de nuestro plan.

Solo deseé que no fuese tan angustiante. Ojalá hubiera podido salir corriendo en dirección al embarcadero Victoria, pero había tanta niebla que seguramente me habría perdido.

Tenía los nervios más tensos que las cuerdas de un arpa. Hice todo lo posible por ignorar los pasos que me seguían y traté de ver entre la bruma dónde estaba la siguiente calle. Entonces, una figura salió de mi espalda y me hizo sombra desde la izquierda. Empecé a correr, pero me agarró del brazo.

CAPÍTULO 30

STILTON SE QUEDA SOLO

–¡Espere, señorita! ¡No se asuste!

Toda esa adrenalina se convirtió en melaza caliente por mis venas y me dejó flojas las rodillas.

–¡Will!

Se giró sobre sus talones y me miró con gesto preocupado.

–Pensaba que era uno de los tipos del Caos, ¿verdad?

–O uno de los Escorpiones. En todo caso, me alegro de que seas tú.

Lo cierto era que, de la alegría, le habría dado un beso en esa mejilla colorada y fría.

–Por eso estoy aquí, para cubrirle las espaldas.

El corazón me latió con fuerza al oír esas palabras, del alivio que sentí al no verme sola en esto. Y, entonces, recordé lo que estaba en juego para él.

–Ay, Will, ¡no puedes hacerlo! Es demasiado peligroso...

Resopló un poco.

–¿Cómo? ¿Es demasiado peligroso para mí pero no para usted? Me parece poco probable. Además, este es mi barrio. Me lo conozco de pe a pa.

–No me refiero a ese tipo de peligro. Wigmere se pondrá furioso con los dos, y me temo que arruinará la posibilidad de unirte en el futuro a la Venerable Hermandad de los Guardianes.

Will frunció los labios con testarudez.

–Prefiero arriesgarme, señorita. Eso es lo que hacen los amigos, cuidarse los unos a los otros. No pienso dejarla ir sola.

Al oír esa firme declaración de apoyo, me empezaron a picar los ojos. Parpadeé rápidamente.

–Pero Wigmere no se tomará a bien que vayas por tu cuenta.

Will se quedó callado un buen rato. Por su rostro aparecieron todo un abanico de emociones: frustración, indignación, resignación y determinación.

–No me importa. Tengo que hacer lo correcto. Y dejarla ir sola no lo es.

Incapaz de contenerme, lo abracé y casi le doy un golpe con la pesada bolsa.

–Ay, Will.

–¡Quítese de encima! –exclamó con un deje de pánico mientras me apartaba.

Cuando estuve a un brazo de distancia, se enderezó la chaqueta y se aclaró la garganta.

–Bueno, no podemos quedarnos de cháchara aquí toda la tarde. Vamos.

Al enfilar de nuevo la calle, oí que alguien nos seguía. Quise mencionárselo a Will, pero él me dijo:

–No se preocupe, señorita. Solo es Rata. Trabajamos mejor en pareja.

—Ah —repliqué al entenderlo—. Él te cubre las espaldas como tú haces con las mías.

—Exacto.

Will me sonrió como si fuera una alumna excepcionalmente inteligente.

De camino al embarcadero, le expliqué el plan que habíamos urdido Awi Bubu y yo. Will decidió que él y Rata elegirían un sitio en el que esconderse hasta que pensaran que la cosa no podía torcerse más, y entonces intervendrían.

El resto del camino lo recorrimos en un silencio solemne, nuestros pasos se amortiguaban por la niebla. Apenas era capaz de distinguir a Will a mi lado y tampoco oía a su hermano, lo cual parecía de lo más extraño.

Lo más complicado fue cuando llegamos a la calle Wellington y tuvimos que pasar delante de Somerset House con sus cientos de ventanas. No pude evitar acordarme de Wigmere y me alegré de que estuviera en la inauguración de la exposición y no sentado en su despacho. Tener que escaquearme también de él habría empeorado la situación.

Entonces, llegamos al embarcadero y nos mantuvimos en la parte ajardinada del paseo. La niebla impregnaba el río Támesis y las farolas bien espaciadas proyectaban sobre el cemento una luz verde amarillenta un tanto peculiar. Hacía tanto frío y humedad que apenas había tráfico. Era imposible ver a más de unos metros de distancia y me empecé a agobiar por si nos topábamos de lleno con la Aguja de Cleopatra. Eso sin mencionar que Sopcoate y sus agentes del Caos podrían emerger de la niebla y atacarnos en cualquier momento. Me ajusté la bolsa con la que cargaba.

Por fin, vislumbramos el monumento. De hecho, no fue la aguja en sí lo que vi primero, sino los cuartos traseros de una de las esfinges guardianas. Frené mis pasos y puse una mano en el brazo de Will.

—Hemos llegado —susurré por si Sopcoate había decidido llegar antes.

Will asintió.

—Siga avanzando, señorita. Silbe si la costa está despejada y nos pondremos en posición.

—¿Que silbe? —pregunté—. ¿No crees que es demasiado obvio?

Will puso los ojos en blanco.

—¿Qué señal usaría usted?

—¿Y si carraspeo?

Will me miró con recelo.

—Fuerte —añadí.

—Vale, de acuerdo. ¡Ahora muévase antes de que lleguen los otros!

Sintiéndome terriblemente vulnerable, crucé el embarcadero, corriendo desde el refugio que me otorgaban los árboles del parque y por los escalones de cemento que llevaban hasta la Aguja de Cleopatra. No había ni rastro de nadie. Subí un corto tramo de escalones de la base del obelisco, con cuidado de no resbalarme con el suelo húmedo. Eché un vistazo a mi alrededor para ver si había alguien merodeando. Ni rastro.

Solo quedaban las escaleras que bajaban hasta el muelle del Támesis. Me desplacé hasta la espalda de la aguja y me asomé, pero lo único que vi fueron las nubes de espesa niebla que se ondulaban suavemente ante la brisa que provenía del río.

Carraspeé y esperé.

Muy levemente, como si no fueran más que gotas de lluvia, empecé a oír el golpeteo de unos pasos. Un par a mi izquierda y otro par a mi derecha. Deseé con todas mis fuerzas no haber cometido un terrible error al dejar que Will y Rata me acompañaran. Tampoco es que hubiera podido detenerlos, pero, aun así... Después del follón con Henry, no soportaba la sensación de ser responsable de la seguridad de nadie.

Me senté en el último escalón, me metí la bolsa entre las rodillas y me quedé esperando. Sopcoate había dicho que nos veríamos a las cinco en punto. Y eran menos cuarto. Supuse que Awi Bubu estaría en sus puestos en alguna parte; pero no era más que una suposición.

El sonido de los pasos no tardó en alcanzarme. Provenían de la izquierda, la dirección opuesta de donde habíamos venido nosotros. No veía a nadie por culpa de la niebla, pero agucé el oído y sentí que había una docena de personas. Sin embargo, me parecía exagerado, ¿no? ¿Cuántos hombres necesitaba el Caos para recoger un solo paquete?

La primera figura emergió de la neblina; reconocí al instante el cuerpo bajito con forma de barril de Sopcoate. Había cambiado su disfraz de marinero por un sombrero de copa y un abrigo enorme que lo escudaba del mal tiempo. El corazón se me encogió al ver a un alto hombre alemán a la izquierda de Sopcoate: Von Braggenschnott. Arrastraba una venganza personal contra mi persona y estaba como una cabra.

Me puse de pie en el instante en el que aparecieron de entre la niebla el resto de los agentes del Caos. Había casi una docena de hombres. Sopcoate se detuvo cuando llegó a la esfinge.

—Has venido —expresó—. Supongo que has recibido mi advertencia.

Al pillar la referencia a mi abuela, perdí los estribos.

—Sí, fue muy valiente al entrar a robar a una anciana indefensa. —La rabia me burbujeaba por todo el cuerpo. Aparté la vista de Sopcoate y miré a sus compañeros–. ¿Cuántos hombres necesita para arrebatarme una mísera tablilla?

Tal vez no fuera lo más sensato decir algo así, pero tener la espalda contra la pared me dio algo que me hizo tirar la precaución por la ventana.

La única mano de Von Braggenschnott se retorció, y dio un paso al frente. Sopcoate hizo un gesto y lo detuvo.

–Hemos aprendido a las malas que no debemos subestimarte. Además, pensamos que necesitaríamos a los demás para someterte.

Una campanilla de alarma se activó en mi mente. ¿Someterme? Eso no sonaba nada bien.

–Verás, esta vez no tenemos la más mínima intención de dejarte aquí. Te vienes con nosotros. Es evidente que eres demasiado valiosa para quitarte de en medio, pero demasiado molesta para dejarte atrás. No solo podrías identificarnos, sino que tu instinto y talento para entrometerte es asombroso. Además, cuando encontremos el almacén de los dioses, nos podrían venir bien esas habilidades tan insólitas que tienes.

¡Querían secuestrarme! ¿Por qué había creído que mantendrían su palabra?

Sopcoate dio tres pasos hacia mí.

–Esta ha sido la última vez que interfieres en nuestros planes. Te llevaremos con nosotros y te convertiremos en una agente del Caos, lo quieras o no.

Un chillido de miedo me arrasó la garganta, pero me lo tragué. Esto era mucho peor de lo que me había imaginado. Nunca se me había ocurrido que pretendieran llevarme con ellos.

–Antes de seguir, quiero ver la tablilla. No quiero sufrir ninguno de tus trucos, así que abre la bolsa lentamente.

Me incliné hacia delante y dejé la bolsa sobre el escalón de cemento húmedo. Entonces la abrí y saqué la tablilla de color verde apagado. Los ojos de Sopcoate se centraron en el objeto y se le iluminó la cara.

—Es nuestra. Por fin tendremos acceso a todo el poder de los dioses. Entréganosla.

Oí un leve susurro a mi espalda.

—Me temo que ha habido un cambio en tus planes —la voz de Awi Bubu bajó flotando desde su escondite en los escalones superiores de la aguja; el alivio me invadió. Su tono escondía un deje amenazante que nunca había escuchado.

Sopcoate retrocedió un paso sorprendido.

—¿Quién eres?

—Tan solo soy un egipcio que tiene mucho más derecho que tú a reclamar este objeto.

Sopcoate soltó una carcajada.

—El único derecho válido pertenece a quien lo tome por la fuerza. Como habrás observado, estás en clara desventaja.

Se oyó un pie enorme rozando el cemento junto a Awi Bubu.

—Como habrás visto tú, no vengo solo —explicó.

Sopcoate rio de nuevo.

—Un hombre, aunque sea de ese tamaño, no inclina la balanza a tu favor.

—Puede que no, pero, claro, yo nunca he puesto mi fe en las balanzas. Yo tengo fe en cosas más importantes. Ah, mira. Tenemos más compañía.

Sopcoate se dio la vuelta rápidamente para ver lo que Awi Bubu estaba mirando en los jardines que limitaban el embarcadero. Ocho hombres ataviados con largas túnicas salieron de detrás de los árboles. La luz de las farolas se reflejó en la calva blanca de uno de ellos: Aloysius Trawley. Prácticamente en contra de mi voluntad, mis ojos repasaron a los Escorpiones. Sentí una fuerte punzada de decepción al ver que Edgar Stilton estaba entre ellos.

No quiso mirarme a los ojos.

Awi había acertado. Stilton había guiado a Trawley hasta nosotros. A pesar de que lo habíamos tenido en cuenta para que funcionara nuestro plan, me dolió.

Los ojos desencajados de Trawley se entrecerraron en dirección a nuestro cónclave. Miró brevemente a Sopcoate y, por último, su mirada recayó en mí.

—Nos has mentido —me acusó y, antes de que pudiera contestar, dio un paso al frente— en numerosas ocasiones. Habíamos confiado en ti y te aceptamos en nuestra familia. Hasta dejé que mis hombres te cuidaran.

—¿Cuidarme? Más bien me secuestraban a la primera de cambio.

Trawley movió la mano con teatralidad en dirección a Sopcoate.

—¿Por eso entregas a estos hombres lo que nos pertenece por derecho?

—¡Ja! —No quería reírme, pero, en serio, ¡como si yo hubiera estado dispuesta a entregar nada a nadie!—. No se la doy porque sí. Mi familia estará en peligro si no se la entrego.

—Entonces nosotros también tendremos que amenazar a tu familia.

Hubo otro atisbo de movimiento en los árboles que había detrás de los Escorpiones. ¿Más refuerzos? Pero la figura alta permaneció escondida y no dio un paso al frente. Un momento después, me llegó un leve hedor a estiércol de buey. Fagenbush. ¿Lo habría mandado Wigmere para que me ayudara?

Como si hubiera escuchado mi pregunta, Fagenbush se movió ligeramente para que nuestras miradas se encontraran. Acto seguido, me dio la espalda y desapareció entre los árboles. Mi corazón se hundió como una piedra. Traté de convencerme de que solo era un hombre, que tampoco habría cambiado mucho la situación; pero, aun así, me sentí traicionada como si se hubiera roto la última de nuestras conexiones.

–¡Ya basta! –exclamó Sopcoate. La autoridad que denostaba su voz tras años dando órdenes a sus hombres dejó a todo el mundo en silencio–. Somos nosotros los que hemos venido a por la tablilla y somos nosotros los que nos iremos con ella. Y con la niña.

A su lado, Von Braggenschnott sonrió. Trawley le devolvió la sonrisa.

–No tan rápido. Estamos igualados, en mi opinión, y yo quiero la tablilla. Puedes quedarte con la niña. Es demasiado problemática.

–¿Me lo dices o me lo cuentas? –farfulló Sopcoate. Entonces, ahora en voz alta, siguió–: En realidad, creo que pronto vas a descubrir que ya no estamos igualados.

Trawley frunció el ceño y miró a sus hombres, como si los estuviera contando. Cuando llegó a los que había a su derecha, Basil Whiting y dos más dieron dos zancadas en dirección a los hombres del Caos. Trawley parecía irritado.

–No os mováis hasta que yo os lo ordene –ladró.

–Lo siento, maestro supremo –replicó Whiting–, pero me temo que ya no aceptamos tus órdenes. Hemos encontrado un nuevo guía, alguien que no es tan patético.

Cuando Trawley asimiló el significado de las palabras de Whiting, pareció como si hubiera recibido un guantazo.

—¿Quieres que haga yo las cuentas? —se ofreció Sopcoate con una voz casi amable—. Ocho más tres son once. Once contra cinco son unas probabilidades estupendas.

Se oyó entonces un sonido suave e incómodo, como si alguien se aclarara la garganta. Busqué con la mirada hasta que vi que Stilton se alejaba de los Escorpiones que quedaban y avanzaba para ponerse a mi lado.

—Eh... cuatro —le dijo a Trawley con un tono cargado de disculpa—. Me temo que solo sois cuatro.

Durante un momento, a pesar de la crudeza de la situación, me estalló el corazón. Stilton no me había traicionado. O no del todo, al menos. Si no hubiera tenido el rostro petrificado por el miedo, le habría sonreído.

Antes de que Trawley tuviera tiempo de asimilar la devastación entre sus filas, Sopcoate habló:

—Estoy harto de estos jueguecitos. Dame la tablilla. ¡Ahora!

A mis espaldas, Awi Bubu alzó la voz en un cántico que me resultó familiar. Me hice a un lado para ver mejor lo que hacía.

Miraba a los Escorpiones con los brazos extendidos como si fuera un director de orquesta, sin parar de cantar.

Pero no sucedió nada. Rectifico: Stilton se abalanzó hacia delante como si quisiera atacar a las Serpientes del Caos él solo; pero ninguno de los Escorpiones se movió. Estiré la mano para detener a Stilton antes de que se metiera en líos.

Trawley mostró un gesto engreído.

—Tus trucos de salón no funcionarán esta vez —explicó—. Mis hombres llevan cera en los oídos para ahogar tus intentos de darles órdenes.

¡Oh, oh! Eso no lo vimos venir.

–¡Se acabó la cháchara! –chilló el almirante Sopcoate–. Coged la tablilla. ¡Yo voy a por la niña!

Sin embargo, cuando Sopcoate se volvió hacia mí, Awi Bubu saltó los pocos escalones que nos separaban y me arrebató la Tablilla Esmeralda de las manos. Antes de que Sopcoate pudiera tan siquiera lamentarse, Awi Bubu corrió, rodeando el obelisco, hasta la rampa que llevaba al río.

CAPÍTULO 31

SERÁ DIESTRO, SERÁ RÁPIDO

Sucedieron muchas cosas a la vez. Von Braggenschnott gritó algo en alemán y salió corriendo tras Awi Bubu junto a cuatro hombres más. Sopcoate chilló de rabia, pegó un salto, me agarró y me sostuvo con fuerza. Oí un grito estridente cuando las Serpientes del Caos que quedaban, incluidos los antiguos compañeros de Trawley, cargaron contra él y sus tres hombres.

Traté de obviar el dolor que me causaba en el hombro el agarre tenaz de Sopcoate y volví el cuello para ver cómo avanzaba Kimosiri para cortarle el paso a Von Braggenschnott y los demás, que iban en busca de su amo. Pero eran demasiados. Mientras Kimosiri luchaba solo contra tres de ellos, Von Braggenschnott y otro tipo de las Serpientes bajaron corriendo la rampa en busca de Awi Bubu y la tablilla.

Contuve la respiración y recé para que el mago hubiera conseguido escapar. Mis esperanzas se desvanecieron rápidamente cuando vi a cuatro Serpientes del Caos escoltándolo rampa arriba.

La voz presuntuosa de Sopcoate me hizo cosquillas en la oreja.

–Tenemos todas las salidas vigiladas.

Kimosiri, que acababa de dejar fuera de combate al tercer hombre con el que luchaba, se volvió para ver cómo se llevaban cautivo a su amo. Tras proferir un grito de furia, se lanzó desde el escalón del obelisco hacia el grupo de siete Serpientes que rodeaba a Awi Bubu.

Había tantas personas alrededor del pequeño egipcio que no conseguía verlo.

Stilton se quedó plantado impotente a su lado, pasando la vista de Sopcoate a mí. No era capaz de decidir qué debía hacer.

–¡Ayúdelos! –le dije.

–¿Y qué pasa con usted? –preguntó.

–¡Yo estaré bien, váyase!

Apretó la mandíbula, cerró los puños y subió corriendo los escalones hasta donde estaban los demás para meterse en la pelea. Cerré los ojos unos instantes y me di cuenta de que, si sobrevivíamos a todo esto, él y yo tendríamos una conversación muy seria sobre planear estrategias.

Entre el revoltijo de hombres, oí una exclamación lejana de Awi.

–¡El orbe, señorita, el orbe!

Kimosiri salió del batiburrillo de brazos y piernas y corrió a mi lado. Tenía el brazo izquierdo en una posición extraña y le sangraba la nariz. Se acercó a mi bolsa para buscar el orbe y dárselo a Awi.

Hurgué en el bolsillo de mi vestido donde tenía guardado el orbe, una presencia dura y fría contra mi pierna.

–¡Kimosiri! –grité–. ¡Toma!

El egipcio alzó la vista de la bolsa y, antes de que Sopcoate se diera cuenta de mis movimientos, saqué la mano del bolsillo y le lancé el orbe a Kimosiri.

Sin embargo, es difícil tirar algo cuando te tienen sujeta con el agarre de una boa, así que mi tiro se quedó bastante corto. Kimosiri se lanzó al suelo, agarró el orbe y se puso en pie en un único movimiento. Volvió a introducirse en la pelea, empujando con los codos y los pies como si fueran cachiporras.

Un segundo después, una luz dorada estalló entre la algarabía de hombres. Algunos cayeron al suelo y cerraron los ojos con fuerza ante la fiereza del resplandor. A través de la escasa multitud, conseguí ver a Awi Bubu de rodillas trazando un patrón sobre los símbolos del orbe. Se oyó entonces una leve vibración y la noche estalló bajo un rugido ensordecedor y una luz cegadora.

Sopcoate siguió agarrándome con fuerza a pesar de que caímos al suelo.

Parpadeé varias veces y, cuando recuperé la vista, Kimosiri estaba ayudando a Awi Bubu a ponerse de pie; Awi aún tenía la tablilla en la mano. El resto de los agentes del Caos estaban desperdigados por el suelo. Algunos, callados; otros, gimiendo.

Al notar que lo observaba, Awi Bubu trató de hacerme una reverencia, pero acabó torciendo el gesto del dolor y se echó una mano al costado. Cuando se volvió para marcharse, Sopcoate exclamó:

—¡Espera!

Trastabilló hasta ponerse en pie y me arrastró con él.

Awi se detuvo, y entonces vi que tenía que el ojo tan hinchado que se le había cerrado y que el brazo izquierdo le colgaba de forma extraña. Tenía un corte que sangraba en el labio y un largo tajo que le cruzaba la frente. Se abrazaba el cuerpo con cautela, como si tuviera algo roto.

Sopcoate echó mano al bolsillo y sentí que algo frío me presionaba la sien.

–La niña –dijo con tranquilidad–. Si no me das la tablilla y el orbe, mataré a la niña.

En mi interior todo se detuvo, y cualquier idea sensata o útil que había tenido en la vida desapareció de mi cabeza.

Awi Bubu también parecía bastante perplejo. Me miró a mí, luego a Sopcoate, después a la propia tablilla, al único mapa que indicaba la ubicación del almacén de unos objetos tan poderosos que dejaban al orbe como un juego de niños. ¿Qué caos horrendo desataría la organización con un poder como ese? Aun así, no fui capaz de asentir con la cabeza para darle permiso para marcharse. No soy tan valiente.

Awi Bubu dejó caer los hombros.

–De acuerdo –accedió.

Sin quitar la pistola de mi sien, Sopcoate ordenó:

–Déjalos en el último escalón.

Con los ojos fijos en Sopcoate, Awi Bubu hizo lo que le mandaba.

Sopcoate levantó la pistola de mi sien y apuntó a Awi.

–Ahora retírate lentamente.

Mientras Awi retrocedía poco a poco, oí el susurro de un movimiento detrás de la esfinge. ¿Lo habría oído Sopcoate? Desvié mi mirada hacia su rostro, pero estaba totalmente centrado en Awi Bubu, que subía las escaleras.

Por ello nunca vio la piedra que atravesó volando el aire nocturno y le dio de pleno en la frente. Bramó un chillido, me soltó y se inclinó del dolor. No lo dudé dos veces. Me agaché y me alejé de allí. Sopcoate volvió a chillar y trató de agarrarme, pero recibió otra pedrada, esta vez en la mano, que hizo que soltara la pistola.

Sin detenerme a pensar, salté en busca de la pistola y le pegué una patada con todas mis fuerzas. Se alejó dando vueltas en la oscuridad.

En cuando el arma desapareció, Will salió corriendo de entre las sombras y fue directo a por la tablilla y el orbe, que estaban en el último escalón.

–¡Vamos, señorita! –gritó.

Sin dejar de correr, recogió los artefactos del suelo, saltó sobre dos cuerpos que había por el camino y desapareció entre los árboles que limitaban el extremo opuesto del embarcadero.

–¡Id a por él! –ordenó Sopcoate.

Los pocos agentes de las Serpientes del Caos que seguían en sus puestos junto a los miembros caídos del Sol Negro se echaron a la carrera.

Awi cayó de rodillas. Kimosiri se arrodilló a su lado, pero Awi le indicó que se fuera con un gesto de la mano.

–Ve tras el chico. Asegúrate de que está a salvo.

Kimosiri se quedó quieto; era evidente que no quería marcharse.

–Ve, mi leal amigo –insistió Awi con un deje autoritario–. Y que los dioses sean contigo.

Cuando Kimosiri se puso en pie, le dedicó una mirada a Sopcoate cargada de un odio tan amargo que me sorprendió que no cayera fulminado en ese mismo instante. Acto seguido, Kimosiri corrió a zancadas hacia los árboles en pos de los demás.

Intenté ponerme de pie, pero las piernas no me funcionaban como era debido, así que me arrastré hasta Awi Bubu, que se había dejado caer en cuanto Kimosiri estuvo fuera de su vista. Antes de llegar a él, algo me agarró de la ropa y me tiró para atrás.

–Ah, no, eso sí que no.

¡Porras! Sopcoate me tenía agarrada como si fuera un *bulldog*.

Me revolví entre sus brazos, rezando para que mi horrible vestido se desgarrara y me dejara escapar, pero no tuve esa suerte. Me agarró de la falda como si fuera una caña de pescar y empezó a tirar de mí. Me resistí con todas mis fuerzas, haciendo todo lo posible por alejarme de él.

Una figura emergió entre la espesa niebla a espaldas de Sopcoate. Parpadeé, incapaz de creer lo que veían mis ojos. Entonces un bastón recio cruzó el aire y cayó sobre la cabeza de Sopcoate con un sonoro crujido. Este me soltó como si fuera una patata ardiendo y se dio la vuelta para encontrarse con...

–¿Abuela? –dije sin dar crédito.

CAPÍTULO 32

UNA HISTORIA DE DOS ABUELAS

Mi abuela no me prestó ni la más mínima atención y volvió a levantar el bastón.

–¡Quítale. Las. Manos. De. Encima. A. Mi. Nieta! –dijo enfatizando cada palabra con un nuevo golpe de bastón. Sopcoate se apartó y consiguió evitar algunos de ellos–. ¿Cómo te atreves?–. ¡Pum!–. ¿Y cómo es que estás vivo? –¡Pum!

Antes de que Sopcoate pudiera responder a esa pregunta, la abuela le acertó de lleno en la cabeza y se derrumbó en el suelo.

–¿Abuela?

No podía creer lo que veían mis ojos. Pero, antes de que lograra decir nada más, una tos atormentada llamó mi atención.

–Discúlpame un momento, abuela –dije, y corrí junto a Awi Bubu, temiendo lo que fuera a encontrar.

Seguía vivo, aunque su respiración era rápida y superficial. La abuela vino tras de mí y se agachó junto al escalón con un crujido de las articulaciones. Con los ojos totalmente centrados en el egipcio, me preguntó:

–¿Tú estás bien?

–Sí, abuela. Gracias por tu ayuda. ¿Cómo supiste dónde estaba?

–Henry –replicó sin más. Pero se calló al ver que Awi Bubu intentaba decir algo.

Cuando vio que no era capaz de pronunciar palabra alguna, se acercó a Awi Bubu y se quitó los guantes. Yo me quedé mirándola boquiabierta cuando me los lanzó y empezó a remangarse.

–Cierra la boca, Theodosia –me ordenó la abuela–. Si es posible, preferiría que dejaras de aspirar esta contaminación del demonio. Es peligrosa.

Cerré la boca al instante.

–¿Está muy grave? –preguntó la abuela, examinando con esmero el rasguño que tenía en la frente.

–N... no –tartamudeé–. No he tenido tiempo de verlo.

La voz de Awi Bubu emergió con tanta debilidad que tuvimos que inclinarnos para escucharla.

–Creo que tengo la pierna izquierda rota, y también unas cuantas costillas.

Después empezó a toser, lo que le hizo retorcerse de dolor y desmayarse.

La abuela se puso manos a la obra.

–Si ha recibido un buen golpe en la caja torácica, tendremos que revisar si tiene lesiones internas o un pulmón perforado. –Se echó sobre Awi Bubu de tal forma que sus narices estuvieron a punto de rozarse–. ¿Crees que la sangre que tiene en la boca es de un corte?

Yo solo podía contemplar a aquella mujer que, evidentemente, le había hecho algo a mi verdadera abuela.

Cuando se convenció de que la sangre provenía del corte que tenía en el labio, empezó a palparle los costados para determinar las costillas rotas. Con los ojos fijos en su paciente, preguntó como quien no quiere la cosa:

–¿Desde cuándo sabes que Sopcoate está vivo?

Un regusto amargo y metálico me subió por la garganta. Consideré decirle una mentirijilla. Podría decirle que lo había descubierto esa misma noche. No obstante, farfullé la verdad; el peso de todos esos secretos bullía en mi conciencia.

–Desde que desapareció –respondí.

La abuela cubrió a Awi Bubu con su abrigo.

–Debemos mantenerlo caliente –afirmó–. Dame tu abrigo.

Mientras lo doblaba para formar una almohada y lo colocaba suavemente bajo la cabeza de Awi Bubu, resopló.

–¿Por qué no me lo dijiste?

–Me dijeron que no lo hiciera. Era un asunto importante de seguridad nacional. Nadie podía saberlo, ni siquiera mi familia.

Nuestros ojos se encararon unos instantes y, acto seguido, siguió atendiendo al hombre que se encontraba en el suelo. Sus siguientes palabras me impactaron más que todo lo que había sucedido esa noche.

–Buena chica. Me alegra saber que sabes mantener un secreto de esa naturaleza si es necesario.

Empecé a preguntarme si no estaría atrapada en una de esas pesadillas en las que la realidad está tan entrelazada con distorsiones extrañas que da la sensación de ser terriblemente reales y, cuando, por último, te despiertas, te sientes aliviada. Evidentemente, ese fue el motivo por el que encontré el valor suficiente para soltar la siguiente pregunta.

–¿Cómo sabes tanto de atender a hombres heridos?

Limpió el rostro de Awi Bubu con su exquisito pañuelo de encaje belga.

–Cuando era niña, deseaba seguir los pasos de Florence Nightingale. Por encima de todo, lo que quería era ir a su escuela y marcharme a Crimea para ayudar a nuestros valientes compatriotas heridos. Por desgracia, a mi padre no le gustó ni un pelo. Ser enfermera estaba reservado para las clases más bajas y se horrorizó al pensar que una hija suya acabara ensuciándose las manos y la reputación con un trabajo así.

¿La abuela? ¿Enfermera? Me limité a mirarla mientras mi mente se esforzaba por asimilarlo todo.

Awi Bubu empezó a toser de forma horrible, como si estuviera intentando echar un pulmón por la boca. Cuando terminó, se descompuso del dolor.

–Necesitamos vendas para estabilizar las costillas –dijo mi abuela–. Ahora mismo vuelvo.

Lentamente, se puso en pie y desapareció tras la esfinge más cercana.

En cuanto la perdí de vista, Awi extendió la mano y me agarró de la manga.

–Estoy aquí –le aseguré–. No me he ido a ninguna parte.

El egipcio abrió la boca y trató de hablar, así que me acerqué.

–Nuestro plan... No ha salido muy bien, ¿verdad?

Temí que el abatimiento empeorara su estado, así que dije:

–No ha salido del todo mal. Creo que tenemos la tablilla. Will es rápido e ingenioso y conoce bien el barrio. Le vendaremos y podrá volver con los wedja... Eh, podrá volver, como planeamos, para recuperar su lugar entre ellos.

–No, señorita. Ahora soy yo el que debe ser escéptico. Eso

no va a suceder. –Otro ataque de tos interrumpió lo que estaba diciendo y, esta vez, iba acompañado de sangre. Miré a mi alrededor en busca de la abuela, pero seguía haciendo vendas desgarrándose la combinación. Awi volvió a tirar de mí, esta vez con más insistencia–. Haga honor a su promesa –dijo. Y, entonces, se quedó inerte.

Me invadió el pánico más absoluto.

–¡Ay, no! ¡Espere, Awi! ¡Aguante! –le insté.

Entonces recordé que tenía amuletos. Me saqué dos por encima de la cabeza y los dejé encima de su pecho. Al cabo de un rato, sus párpados temblaron y abrió los ojos.

–La información de la tablilla no puede caer en las manos equivocadas. –Me agarró del brazo e intentó incorporarse–. ¡Prométamelo! Prométame que lo hará.

Aterrorizada al pensar que tuviera lesiones más graves, respondí:

–Lo prometo. Ahora túmbese antes de que sea peor.

Awi Bubu se relajó y me soltó el brazo.

–Deja una ofrenda en el altar del templo de Horus en Luxor. Los Ojos lo entenderán y vendrán a por ti.

Tras decir eso, tosió una vez más y se sumió en un silencio horrible y miserable.

–¡Abuela! –chillé.

La abuela acudió deprisa con las manos llenas de vendas.

–¿Qué ha pasado?

–Se ha desmayado.

–Tal vez sea lo mejor. –Se inclinó sobre el cuerpo y sintió el pulso–. Sigue vivo, aunque tiene una frecuencia irregular. Vamos, quítale la camisa para que podamos vendarle las costillas y evitar que se las clave en algún órgano vital.

Una parte de mi cabeza apuntó la ironía de que la abuela Throckmorton me pidiera que le quitara la camisa a un hombre. Me agaché y tiré con suavidad; el algodón, fino y desgarrado, se separó fácilmente. Entonces contuve un grito.

Ahí, en la base de la garganta, Awi Bubu tenía tatuado un ojo de Horus. El mismo dibujo que tenían Stokes y todos los hombres de la Venerable Hermandad de los Guardianes.

A mi lado, la abuela resopló.

—Qué símbolo más pagano —observó mientras se inclinaba y empezaba a vendarle las costillas.

Entonces oímos unos pasos a nuestras espaldas y temí que hubieran vuelto las Serpientes que habían estado persiguiendo a Will.

Pero era Clive Fagenbush, que estaba plantado en el embarcadero que teníamos detrás. Sus ojos negros relucían, impenetrables, en la oscuridad. Se quedó mirándome y, al cabo de un largo instante, pasó la vista a Awi Bubu. Sus palabras me habrían impactado hasta la médula si hubiera tenido capacidad de seguir impresionándome.

—He traído ayuda.

Y así era. No había terminado de murmurar esas palabras cuando un grupo de hombres emergió de entre la bruma y se dirigió hacia nosotros. Uno de ellos, un médico, se separó del grupo y echó a correr con un maletín enorme en las manos.

—Déjenme pasar —dijo.

Se arrodilló junto al hombre herido y la abuela no tardó en ponerle al día sobre el estado de Awi. El médico la miró al principio con sorpresa, pero después se arremangó y se puso a trabajar.

Más personas salieron de la niebla. Varios de ellos llevaban camillas y se dispusieron a recorrer rápidamente el embarcadero para recoger a los caídos, incluido Sopcoate, para mi gran alivio. Esta vez no se saldría con la suya. Reconocí a otro de los caídos y me apresuré a ir a su lado antes de que se lo llevaran.

Stilton estaba sentado con la espalda apoyada en la Aguja de Cleopatra y el rostro compungido y pálido. Se agarraba el brazo izquierdo, que parecía que le dolía sobremanera.

–Se ha hecho realidad, ¿sabe?

–¿El qué se ha hecho realidad? –pregunté sentándome a su lado.

–La profecía que le dijo a Trawley: «El Sol Negro se elevará en un cielo rojo antes de caer a la Tierra, donde una gran serpiente se lo tragará».

–¿Por qué lo dice?

–Porque la mitad de los integrantes del Sol Negro acabaron pasándose a las filas de las Serpientes del Caos, por lo que sí que se tragaron la organización de Trawley. Y mire –señaló el horizonte, donde el atardecer había tornado las nubes oscuras en un rojo ardiente.

Ambos nos sumimos en un silencio largo y, después, volvió a hablar.

–L... lo siento, señorita. He sido un bobo.

–Shhh –chisté–. Le curarán en un santiamén.

Stilton negó con la cabeza.

–No, señorita, la he puesto en peligro. No tengo excusa. No me di cuenta de lo desquiciado que estaba Trawley. Sé que no podrá perdonarme. Mañana a primera hora entregaré mi carta de dimisión a su padre.

–No sea tonto –repliqué.

El pobre Stilton se quedó atónito.

–¿C... cómo dice?

—Stilton, se unió al Sol Negro con buena voluntad. Usted no tenía ni idea de quién o cómo era Trawley, o de lo que era capaz de hacer, o que secuestraría a la gente por la calle. ¿No es así?

—Claro, señorita, no lo sabía.

—Y, en cuanto se dio cuenta, lo abandonó. Además, se ha arriesgado mucho para enmendar sus actos. Yo no sé usted, pero, en mi opinión, se ha comportado como es debido.

Stilton abrió la boca, pero la cerró sin pronunciar palabra alguna. Eso nos vino bien, ya que se acercaron dos hombres para subirlo a una camilla.

—Cuidadlo mucho, es de los nuestros —les dije.

—De acuerdo, señorita.

Posaron la camilla en el suelo y, con suavidad, lo ayudaron a tumbarse. Cuando estuvo seguro, agarraron cada uno de los extremos y la alzaron.

—Theodosia —la voz grave y reconocible de Wigmere reverberó como una campana.

Me volví despacio para encararlo.

—Señor —respondí con cautela.

Ayudándose con el bastón, cojeó hasta mí lo más rápido que pudo y me puso una mano en el hombro.

—¿Te encuentras bien? ¿Estás herida?

Por algún motivo, esas preguntas hicieron que me escocieran un poco los ojos.

—Estoy bien, señor. Pero Awi Bubu tiene heridas graves. —Temiendo echarme a llorar como un bebé, corrí hacia el médico y le pregunté—: ¿Cree que se pondrá bien?

—Tiene muchas probabilidades —contestó el médico—. Esta mujer ha sido de gran ayuda a la hora de salvarle la vida.

Sorprendida por el halago, la abuela se ruborizó y se incorporó para alisarse las faldas.

–Bueno... –empezó a decir.

–¿Lavinia? –interrumpió Wigmere mirando con extrañeza a la abuela–. ¿Eres tú?

La abuela alzó la cabeza de repente al oír la voz de Wigmere.

–¿Charles?

Los dos se quedaron mirándose con cierta incomodidad durante un buen rato, en el que intercambiaron párrafos enteros de cosas sin decir.

–¡Señor! –intervino el médico–. Debería venir a ver esto.

Alarmado por la urgencia en su voz, seguí a Wigmere hasta donde estaba el egipcio.

–Mire.

El médico señaló el tatuaje del ojo wedjat en la base de la garganta de Awi. Wigmere abrió los ojos en cuanto vio el símbolo del antiguo Egipto y, entonces, me dirigió una mirada fulminante.

–¿Quién es este hombre?

–Es una historia muy larga, señor –respondí.

–Sí, por supuesto. Y estarás helada y agotada, al igual que tú –le dijo a la abuela.

–Estoy bien –replicó ella con cierta rigidez–. ¿Te importaría explicarme de qué conoces a mi nieta?

–Me temo que también es una larga historia –dijo Wigmere frotándose la sien.

Con las manos firmemente entrelazadas, me acerqué a mi abuela.

–¿Te acuerdas de lo que te dije sobre la seguridad nacional? –señalé con la cabeza a Wigmere.

–Ah –dijo la abuela, que abrió los ojos de par en par y pasó la mirada de Wigmere a mí y de vuelta a Wigmere con una expresión menos gélida–. Entiendo.

Wigmere pareció sentir alivio, lo que demostraba que conocía muy bien a mi abuela.

–Necesito hablar con ella un momento antes de que nuestro carruaje os lleve de vuelta al museo –expresó Wigmere–. Por supuesto, podemos llevarte directamente a casa si así lo prefieres, pero suscitará menos preguntas si volvéis juntas a la inauguración de la exposición.

–Claro que volveremos al museo –replicó la abuela–. Pero lo haremos en mi carruaje, gracias.

–Lavinia... –empezó Wigmere y, acto seguido, ambos se apartaron para hablar en privado.

Yo me estaba muriendo de la curiosidad, pero no me atreví a seguirlos. Ya había tentado bastante a la suerte por el momento.

Me sentía especialmente exhausta, así que me senté en el último de los escalones de cemento y esperé a que alguien me dijera qué hacer. Unos segundos después, una sombra enorme se cernió sobre mí. Era Fagenbush. Estaba tan cansada que lo único que logré decir fue:

–Gracias por traer ayuda. Se nos fue un poco de las manos.

Frunció la larga nariz y habría jurado que vi un atisbo de sonrisa en sus labios.

–Eso es quedarse corto.

Entonces, hizo la cosa más extraordinaria del mundo. Se agachó y se sentó a mi lado. Por extraño que fuera, estaba demasiado cansada para intentar apartarme.

Colocó los codos sobre las rodillas y observó con gran interés cómo los hombres de Somerset House terminaban de despejar la plaza. Todos los caídos estaban ya en una camilla y se estaban trasladando en carruaje.

—Trabajan como las hormigas con las miguitas de pan, ¿verdad? —afirmó.

Sonreí.

—Exactamente igual que las hormigas con las miguitas de pan —coincidí.

Fagenbush estiró la mano y recogió del suelo una hoja caída.

—Hiciste un gran trabajo con la estatuilla de Sekhmet —admitió—. He comprobado tu traducción y tienes razón: parece que se está refiriendo a un templo importante.

Giré la cabeza para ver si se estaba quedando conmigo.

—¿En serio? ¿Lo ha comprobado?

Asintió. Y entonces no pude evitarlo.

—¿Por qué? —estallé—. ¿Por qué de repente se porta tan bien conmigo?

Se encogió de hombros, incómodo.

—¿Por qué me pediste ayuda con la estatuilla?

Porque estaba cerca, estuve a punto de decir; pero, entonces, me di cuenta de que se trataba de algo más. Estaba cansada de odiarlo. Me consumía una cantidad sorprendente de energía y tenía demasiadas cosas que hacer que eran mucho más importantes y que requerían esa energía. Yo también me encogí de hombros.

—Exacto —confirmó Fagenbush con un tono seco como un hueso.

Me quedé recapacitando unos instantes.

—¿Eso significa que somos amigos?

Una sonrisita amarga nació en sus labios.

—No sé yo si diría tanto. Digamos que no somos enemigos.

—Wigmere va a estar encantado —murmuré.

—Disculpad. —Una mujer de gesto serio que llevaba un uniforme de enfermera y denotaba una actitud práctica se puso a mi lado—. He venido a examinar a la chica.

—Por supuesto —aceptó Fagenbush, que se puso en pie—. La dejo con ella.

En cuanto se fue, le dije a la enfermera:

—Estoy bien.

—Yo seré quien decida eso.

Esa actitud no daba lugar a quejas. ¡Por favor! Era peor que una institutriz.

En contra de mis protestas, me llevó hasta uno de los carruajes poco distinguidos que estaban esperándonos y me indicó que entrara, donde procedió a hacerme una revisión muy concienzuda (y bochornosa).

—Bien, parece que no tienes ningún tipo de lesión —sonaba tan decepcionada que tuve que reprimir una disculpa—. Te voy a asear entonces.

Sacó un paño húmedo del bolso y me restregó la cara, las manos y las muñecas. Después, me cepilló los enredos del pelo y me peinó. Hasta sacó aguja e hilo para remendar el vestido desgarrado con una eficiencia pasmosa. Cuando terminó, dijo:

—Debes esperar aquí a lord Wigmere.

—Sí, señora —asentí.

Entonces, me dejó a solas con mis propios pensamientos y me pregunté qué tendría que decir Wigmere.

Unos minutos después, se abrió la puerta del carruaje y me preparé para enfrentarme a Wigmere; me quedé extasiada al ver que, en su lugar, se asomaba el querido rostro de Will.

—Hola —me saludó mientras entraba y cerraba la puerta.

Me puse en pie y casi me estrello el cráneo contra el techo del carruaje.

—¡Lo conseguiste! ¿Tienes la tablilla contigo?

—No, la he escondido en un lugar seguro, señorita. Nadie la encontrará.

La puerta volvió a abrirse y Will enmudeció. Allí estaba Wigmere.

—Excelente —pronunció—. Quería hablar con los dos y aquí estáis.

Se subió al carruaje, aporreó el techo y gritó la orden de que nos llevaran al museo.

—Tu abuela ha decidido que puedo llevarte de vuelta, ya que aún tenemos cosas de las que hablar.

—Señor —me apresuré a decir—, lo siento mucho, pero traté de...

Levantó la mano para acallarme.

—No tienes la culpa de este incidente, Theodosia.

Eso me dejó petrificada.

—¿Ah, no?

—No. Ni tú —añadió dirigiéndose a Will, que se quedó con la boca abierta—. Me temo que hemos sido nosotros los que os hemos decepcionado. Yo, más bien —se quedó en silencio un momento mientras miraba los edificios pasar por la ventana—. Quise tratarte como un principiante, Theo. Una versión en miniatura de los muchos agentes que trabajan para mí. —Me miró con su rostro arrugado—. Pero no es así. Eres... algo totalmente distinto y no debería haberte obligado a encajar en algo que no eres.

En mi pecho empezó a deshacerse un nudo en tensión muy doloroso. No quise decir nada, ya que temía que la voz me temblara si abría la boca.

—Y tú —Wigmere posó su feroz atención en Will–, tú me has recordado que la lealtad y la confianza auténticas valen más que todo el conocimiento y la experiencia del mundo.

Will se volvió del color de la grana hasta las mismísimas raíces del pelo. Trató, sin éxito, de componer su sonrisa de pillo.

—¿Eso significa que puedo recuperar mi trabajo?

—Ya lo has hecho.

Will asintió como agradecimiento, pero vaciló un instante antes de preguntar:

—¿Quiere decir que algún día podré ser uno de los Venerables Guardianes?

Contuve la respiración, temiendo que Wigmere no quisiera ir tan lejos. Will se removió en el borde de su asiento.

—Tengo intención de aprender todas las cosas egipcias que hagan falta.

Intrigado, Wigmere dijo:

—¿En serio?

—Sí —ladeó la cabeza para señalarme–. La señorita ha accedido a enseñarme todo lo que sabe.

Wigmere pareció desconcertado al principio; pero, entonces, empezó a reírse con un sonido escandaloso y cálido que llenó todo el carruaje.

Cuando terminó, murmuró:

—Supongo que ella es la única capaz de pedirle peras al olmo.

Y ya en voz alta, añadió:

—Admito que es algo poco ortodoxo, pero, si en los próximos años aprendes lo que debes saber, lo tendré en cuenta. Como he dicho, la lealtad y la más pura tozudez son tan importantes como el conocimiento. Bueno, creo que hemos llegado.

El carruaje se detuvo. Will me indicó que bajara primero, pero Wigmere me lo impidió.

–Tengo que hablar con ella un momentito.

Will asintió y se bajó de un salto para esperarme. Giré la cabeza con ansia hacia Wigmere.

–Mañana me pondré en contacto contigo –me dijo–. Todavía tenemos que aclarar varios temas. Si tus padres se dan cuenta de tu ausencia, les dirás que has ido de paseo con tu abuela. Ha sido idea suya –añadió.

Estaba deseando preguntarle de qué la conocía; pero, como si me estuviera leyendo la mente, continuó:

–Será mejor que te des prisa. Sería una pena que te echaran en falta ahora que está todo resuelto.

Y, tras pronunciar esas palabras, golpeó el techo, con lo que me obligó a saltar de coche si no quería volver a Somerset House con él.

Cobarde.

CAPÍTULO 33

QUÉ MATERNAL ERA LA HERMANDAD (O DE COLES Y HORUS)

La inauguración de la exposición fue todo un éxito y las puertas del museo se abrieron el sábado para dar la bienvenida a una muchedumbre que esperaba ver a Tutmosis III, el Napoleón de Egipto. Mis padres y los conservadores trabajaron sin descanso, respondiendo las preguntas de la gente y resaltando las partes más interesantes.

Por mucho que me alegrara por ellos, no pude participar del mismo estado de ánimo. Sentada en lo alto de las escaleras principales, apartada de la vista, estaba demasiado preocupada por Awi Bubu y sus lesiones. Por si fuera poco, Henry estaba en casa con el ama de llaves, la señora Murdley, haciendo las maletas. Volvía a la escuela esa misma tarde. Me sentí un poco sola.

Justo cuando dejé escapar otro suspiro, una figura de baja estatura apareció al pie de la escalera. Me enderecé.

–¿Will?

–Hola, señorita. ¿Por qué está tan triste?

—Ah, por muchas cosas —respondí. Me puse en pie y me sacudí la falda.

—Puede que esto la alegre. Wiggy me ha enviado con el carruaje. Dice que tiene que ir a verlos, a él y al egipcio. Si puede escaparse, claro.

Eso me levantó el ánimo.

—Por supuesto. Con este follón, nadie se dará cuenta de que me he ido.

—Pues venga, vamos, en marcha.

En cuanto el carruaje negro de la Hermandad echó a andar, me di cuenta de que Will estaba especialmente resplandeciente.

—Parece que te hubiera tocado el premio gordo —dije, preguntándome por qué estaría de tan buen humor.

Will acentuó su sonrisa.

—Le prometí que no diría nada, señorita.

Intenté enfadarme por tener secretos conmigo, pero su felicidad era tan contagiosa que no logré hacerlo. Lo acribillé a preguntas el resto del camino: ¿había visto a Awi Bubu?, ¿cómo estaba el anciano egipcio?, ¿y Kimosiri? Pero Will no soltó prenda, se limitó a sonreír como el gato de Cheshire y sacudió la cabeza.

Al cabo de un rato, llegamos a Somerset House. Will y yo nos bajamos del coche y el portero nos permitió la entrada con un gesto. Corrimos hasta el tercer piso y me detuve.

—¿Cómo vamos a burlar a Boythorpe? —pregunté en voz baja.

—No será necesario. Lo han echado.

—¿Echado? ¿A Boythorpe?

–Sí, por no dejarle ver a Wigmere el otro día.

Me quedé petrificada.

–¿Entonces, Wigmere no dio esa orden?

–No, Boythorpe escuchó a Fagenbush y al viejo Wiggy hablando y tomó la decisión de no dejarla entrar.

No es habitual que me quede sin palabras.

–Cierre la boca, señorita; parece un bacalao, así se lo digo.

Cerré la boca e intenté reconfigurar la perspectiva que tenía. Wigmere no me había cerrado las puertas. No me había rechazado. De repente, me sentí mucho más ligera.

–Vamos. Nos están esperando.

Para mi sorpresa, Will pasó de largo del despacho de Wigmere.

–¿Adónde vamos? –pregunté.

–Al Nivel Cinco –respondió.

–Dirás al Nivel Seis, ¿no? Nunca he oído hablar del Nivel Cinco.

Will se limitó a mostrar una sonrisa de satisfacción y me llevó por el pasillo hasta una puerta estrecha que rezaba: «Privado – Prohibida la entrada». La abrió y nos acercamos a las cortinas que adornaban la pared. Will las apartó y presionó un botón.

Se oyó un golpe metálico y el traqueteo de unos engranajes hasta que apareció un ascensor. El operador nos saludó con la gorra.

–¿Adónde vamos, compañeros?

–Al Nivel Cinco.

Will me dejó pasar primero.

–Nivel Cinco, ahora mismo.

Y, entonces, el suelo se hundió bajo mis pies y mi estómago trató de salirse por la cabeza. ¡Por favor! ¿Cómo aguantaban esto los demás?

Will se me acercó.

–Me encanta esa parte. ¿A usted no, señorita?

–Yo no lo describiría con esas palabras –farfullé.

El ascensor dejó de moverse y se abrió la puerta.

–Nivel Cinco –anunció el operador.

Salí del ascensor y me topé con unos suelos de linóleo impecables y cortinas que dividían la sala por zonas. Por debajo de las cortinas, vi camas. Hileras e hileras de camas. Me volví hacia Will.

–¡Es un hospital!

–La enfermería principal, señorita. Nos están esperando por aquí.

Me llevó más allá de las camas con cortinas, a una habitación pequeña y privada en la que descansaba el mago. Wigmere estaba sentado en una silla en el extremo opuesto de la habitación. Kimosiri se encontraba en una de las esquinas, con los brazos cruzados y la mirada fija en su amo.

–Awi Bubu –exclamé, y corrí a su lado. Lentamente, fue abriendo los ojos.

–Señorita.

Tenía una sonrisa débil, pero acogedora.

Alcé los ojos hacia Wigmere. Su mirada era cálida y amable, pero también preocupada.

–¿Cómo está? –pregunté.

–Bien, es más duro de lo que parece. Tiene cuatro costillas rotas, un pulmón perforado y la clavícula fracturada.

Pobre Awi Bubu.

–¿Puedo ayudar en algo?

–No –respondió Wigmere a la vez que Awi Bubu decía:

–Sí, recuerde su promesa.

Wigmere frunció el ceño.

—Eso todavía no está decidido.

Con mucha calma, Awi Bubu se giró y escrutó a Wigmere.

—Claro que sí. La señorita me dio su más solemne palabra.

—Pero solo es una niña. Seguro que hay otras formas de...

—Discúlpeme, señor; usted mismo me ha dado responsabilidades parecidas en el pasado.

Wigmere refunfuñó ligeramente tras su bigote, pero permaneció en silencio. Me acerqué más a Awi Bubu.

—Eso ya no importa, ¿no? ¿Es que no va a ser capaz de ir usted mismo?

—Ya ha oído a lord Wigmere. No podré viajar durante una temporada.

—Ah. ¿Se lo ha contado todo? —le pregunté a Awi.

—Todo no, señorita. Pero tenemos unos tatuajes de Horus tan parecidos que nuestras relaciones han dado todo un vuelco. Lord Wigmere y yo hemos estado ideando un plan para que sus padres puedan ir pronto a Luxor.

—Apenas queda tiempo en esta estación para ir y volver —intervino Wigmere—. Por eso no hemos concluido nada.

Le dedicó una mirada seria a Awi, pero el egipcio lo ignoró.

—En realidad, a mí se me ocurre una idea —dije. Ambos se giraron para mirarme—. Creo que hemos descubierto la existencia de un templo, el templo de Tutmosis III, para ser más exactos. Se menciona en algunas de las estelas y papiros que trajeron de la tumba de Tutmosis III. Aún no he tenido la oportunidad de decírselo a mis padres; pero, cuando lo haga, es posible que quieran marcharse inmediatamente para reclamar el hallazgo.

Wigmere se inclinó hacia delante en su asiento y su rostro se arrugó con preocupación.

–¿Y por qué ibas a hacer eso, Theodosia? ¿Tantas ganas tienes de volver a Egipto?

–Bueno, mi última visita se vio interrumpida antes de tiempo, no sé si se acuerda. Y...

Estaba ansiosa por regresar a la tierra en la que había nacido para ver si podía empezar a comprender cómo me había moldeado ese hecho. Miré de reojo a Awi Bubu y nos intercambiamos una mirada de comprensión absoluta.

–Y, como arqueóloga en ciernes, la señorita tiene mucho que explorar en mi patria.

–Exacto.

Finalmente, Wigmere dejó escapar un suspiro.

–De acuerdo. Si algo he aprendido, es que es imposible intentar detenerte. Es como tratar de frenar un fenómeno de la naturaleza. Lo mejor es acceder y hacer todo lo que esté en mi mano para que estés a salvo. Y no te quepa duda de que lo haré.

Me dedicó una mirada furibunda, como si me retara a rebatirlo.

–De acuerdo, señor –respondí con resignación.

Volvió a farfullar.

Entonces, entró una enfermera atareada. Fue directamente a un lado del paciente y le hizo una revisión rápida. Miró con reproche a Wigmere.

–Lo está agotando, señor. El paciente tiene que descansar.

–Está bien. De todas formas, ya habíamos acabado.

Apoyó el bastón en el suelo y se puso en pie. Awi Bubu me indicó que me acercara. Me aproximé al cabecero de la cama, pero insistió en que me arrimara más aún. Me agaché y puse la oreja junto a su boca.

—Recuerde que no debe contarle a nadie las cosas que le confesé. Hasta el viento tiene oídos.

Con las palabras de Awi Bubu resonando en mi mente, seguí a Wigmere hasta el pasillo, donde se encaminó de vuelta al ascensor.

—No me gusta esta situación, Theodosia. No me gusta ni un pelo. La última vez que fuiste a Egipto por tu cuenta fue porque nuestro país estaba en peligro.

—Pero, señor, ¿es que no lo ve? Si las Serpientes del Caos le echan el guante a la tablilla y descubren dónde están esos objetos tan poderosos, nuestro país, y todo el mundo, correrá un peligro aún mayor.

—Sí, es verdad. Hablando del tema, te alegrará saber que hemos pillado a cuatro miembros de las Serpientes del Caos; solo se nos escaparon Von Braggenschnott y tres más. Es el arresto más grande que hemos hecho hasta la fecha. Huelga decir que los de la oficina central están encantados.

—¿Qué pasa con Trawley y la Orden del Sol Negro?

—Vamos a mantener a Trawley encerrado una temporadita; parece un hombre bastante inestable. Sin embargo, afortunadamente para los demás, tenían los oídos llenos de cera por algún motivo, así que no oyeron nada que ponga en peligro nuestra organización y, por tanto, están en libertad. Les hemos dado recomendaciones y referencias de clubes más respetables. Ah, y toma. —Me lanzó un bolsito de terciopelo—. La enfermera me dijo que no llevabas el amuleto que te di.

Me ardieron las mejillas de la vergüenza.

—Lo siento muchísimo, señor. Sé que es de mala educación desprenderse de un regalo, pero Henry lo necesitaba más que yo.

Wigmere alzó una ceja poblada.

–¿Y eso?

–Lo estaba persiguiendo el *mut* de Tetley.

Cuando Wigmere abrió los ojos como platos de la sorpresa, me apresuré a añadir:

–Pero ya está todo arreglado. Me encargué de solucionarlo.

Una mirada de curiosidad pasmosa se instauró en el rostro de Wigmere.

–¿Y cómo lo hiciste?

Me quedé mirándolo con decisión.

–¿De verdad quiere saberlo?

No me importaba decírselo, pero estaba totalmente convencida de que no le iba a gustar la respuesta. Me analizó el rostro unos instantes y, por último, suspiró.

–No, creo que no.

¿Quién dice que no se puede enseñar a los adultos?

Índice

R. L. LaFevers

(Robin Lorraine cuando se ha metido en un buen lío) lleva fascinada por los museos y las bibliotecas desde que pisó una por primera vez. Está segura de que es por los misterios antiguos que duermen en los estantes esperando a que alguien los descubra. Durante buena parte de su vida le han dicho que se inventaba cosas que no existían, lo cual demuestra que su destino era escribir libros de ficción.

Cuando no está contemplando con nostalgia objetos antiguos o deleitándose con viejos textos olvidados, está ocupada intentando seguirles el ritmo a sus dos hijos adolescentes. Vive con estos, con su marido y con un gato demoníaco en el sur de California.

www.theodosiathrockmorton.com

Bambú Exit

Ana y la Sibila
Antonio Sánchez-Escalonilla

El libro azul
Lluís Prats

La canción de Shao Li
Marisol Ortiz de Zárate

La tuneladora
Fernando Lalana

El asunto Galindo
Fernando Lalana

El último muerto
Fernando Lalana

Amsterdam Solitaire
Fernando Lalana

Tigre, tigre
Lynne Reid Banks

Un día de trigo
Anna Cabeza

Cantan los gallos
Marisol Ortiz de Zárate

Ciudad de huérfanos
Avi

13 perros
Fernando Lalana

Nunca más
Fernando Lalana
José M.ª Almárcegui

No es invisible
Marcus Sedgwick

Las aventuras de
George Macallan.
Una bala perdida
Fernando Lalana

Big Game (Caza mayor)
Dan Smith

Las aventuras de
George Macallan.
Kansas City
Fernando Lalana

La artillería de Mr. Smith
Damián Montes

El matarife
Fernando Lalana

El hermano del tiempo
Miguel Sandín

El árbol de las mentiras
Frances Hardinge

Escartín en Lima
Fernando Lalana

Chatarra
Pádraig Kenny

La canción del cuco
Frances Hardinge

Atrapado en mi burbuja
Stewart Foster

El silencio de la rana
Miguel Sandín

13 perros y medio
Fernando Lalana

La guerra de los botones
Avi

Synchronicity
Víctor Panicello

La luz de las
profundidades
Frances Hardinge

Los del medio
Kirsty Appelbaum

La última grulla de papel
Kerry Drewery

Lo que el río lleva
Víctor Panicello

Disidentes
Rosa Huertas

El chico del periódico
Vince Vawter

Ohio
Àngel Burgas

Theodosia y las Serpientes
del Caos
R. L. LaFevers

La flor perdida del chamán
de K
Davide Morosinotto

Theodosia y el báculo
de Osiris
R. L. LaFevers

Julia y el tiburón
Kiran Millwood Hargrave
Tom de Freston

Mientras crezcan
los limoneros
Zoulfa Katouh

Tras la pista del ruiseñor
Sarah Ann Juckes

El destramador de
maldiciones
Frances Hardinge

Theodosia y los Ojos
de Horus
R. L. Lafevers